...ET D'ESTHER ROCHON

OR

LES CHRONIQUES INFERNALES

Du même auteur

Coquillage. Roman.
  Montréal : La pleine lune, 1986.
Le Traversier. Recueil.
  Montréal : La pleine lune, 1987.
Le Piège à souvenirs. Recueil.
  Montréal : La pleine lune, 1991.
L'Ombre et le cheval. Roman.
  Montréal : Paulines, Jeunesse-pop 78, 1992.

Le Cycle de Vrénalik

• *En hommage aux araignées*. Roman. (Épuisé)
    Montréal : L'Actuelle, 1974.
      Repris sous le titre :
      • *L'Étranger sous la ville*. Roman.
          Montréal : Paulines, Jeunesse-pop 56, 1987.
• *L'Épuisement du soleil*. Roman. (Épuisé)
    Longueuil : Le Préambule, Chroniques du futur 8, 1985.
      Repris sous les titres :
      • *Le Rêveur dans la citadelle*. Roman.
          Beauport : Alire, Romans 013, 1998.
      • *L'Archipel noir*. Roman.
          Beauport : Alire, Romans 022, 1999.
• *L'Espace du diamant*. Roman.
    Montréal : La pleine lune, 1990.

Les Chroniques infernales

• *Lame*. Roman.
    Montréal : Québec/Amérique, Sextant 9, 1995.
• *Aboli*. Roman.
    Beauport : Alire, Romans 002, 1996.
• *Ouverture*. Roman.
    Beauport : Alire, Romans 007, 1997.
• *Secrets*. Roman.
    Beauport : Alire, Romans 014, 1998.

OR
LES CHRONIQUES INFERNALES

ESTHER ROCHON

Données de catalogage avant publication (Canada)

Rochon, Esther, 1948–

    Or : les chroniques infernales

    (Romans ; 023)

    ISBN 2-922145-29-8

    I. Titre.

PS8585.O382O58 1999   C843'.54   C98-940332-X
PS9585.O382O58 1999
PQ3919.2.R62O58 1999

Illustration de couverture
LAMONTAGNE-DUCHESNE

Photographie
ROBERT LALIBERTÉ

Diffusion et Distribution pour le Canada
Québec Livres

Pour toute information supplémentaire
LES ÉDITIONS ALIRE INC.
C. P. 67, Succ. B, Québec (Qc) Canada G1K 7A1
Télécopieur : 418-667-5348
Courrier électronique : alire@alire.com
Internet : www.alire.com

Dépôt légal : 1er trimestre 1999
Bibliothèque nationale du Québec
Bibliothèque nationale du Canada

Les Éditions Alire inc. bénéficient des programmes d'aide à l'édition
du Conseil des Arts du Canada (CAC) et de la Société de
développement des entreprises culturelles du Québec (SODEC)

10   9   8   7   6   5   4   3e MILLE

TABLE DES MATIÈRES

Les Chroniques infernales...   ix

Prologue – Extrait de la Daxiade.   1
Dernière tournée   3
Brunâtre   19
Arxann   27
L'autre départ   39
1, 4, 8, 9   51
La reine captive   61
Vrénalik, l'hiver   71
Lourdeurs   77
La première convocation   83
Or   95
Le juge   103
Montréal   109
L'oiseau   117
Impact   123
L'insulte   133
Le messager   139
Suspendre le jugement   143
Une arrivée spectaculaire   151
La nuit de l'homme gras   163
Sur la banquise   173
À vol d'oiseau   185
Retour   197
Conquête   205
Séparation   217
Le parc des fourmis   225
Le rôle des juges   233
Soir d'hiver   241
Réunion   261
Épilogue – Extrait de la Daxiade   265

LES CHRONIQUES INFERNALES...*

Dans Aboli, *Rel a pris le pouvoir aux enfers pour abolir toute activité infernale sur l'ancien territoire. Huit nouveaux enfers sont établis ; on y fait aussi de la réhabilitation. Sauf aux enfers froids, où les autochtones ne veulent rien savoir des damnés et vivent cantonnés dans leurs buildings. Rel y envoie Lame, qui vient de se séparer de lui.*

Elle se lie d'amitié avec le peintre autochtone Séril Daha, lui fait quitter son building, découvrir le sort des damnés et rencontrer le sbire en chef. Ce dernier voit en lui un être exceptionnel et lui demande de lui donner un nom. Daha l'appelle Sarhat Taxiel.

Dès lors, la vie de Séril Daha est transformée. Il utilise son prestige d'artiste connu pour ameuter l'opinion publique au sujet des damnés. Cependant, il irrite ainsi des forces réactionnaires et finit par se faire assassiner. Il meurt entouré par les damnés, près de Taxiel, dans les bras de Lame à qui il a donné sa dernière toile, inachevée.

---

* Voir *Aboli, Ouverture* et *Secrets,* Éditions Alire, coll. «Romans».

La multitude des damnés dévore son corps et entre dans les buildings. Formant des grappes, ils s'attacheront désormais à chaque autochtone. La jeune Aube, fille de Rel, prend en charge les enfers froids, selon la volonté des juges du destin, mystérieux organisateurs.

Ceux-ci font apparaître devant Lame le spectre de Séril Daha, qui signe devant elle la toile qu'il lui avait donnée, indiquant qu'elle pourra lui servir d'oracle. Endeuillée, Lame se retire au bord de la mer, au nord-est des anciens enfers...

Dans Ouverture, *Lame, son ancien époux Rel et le vieux sbire Taxiel habitent au bord de la mer des anciens enfers, où Fax leur rend visite de temps en temps. Rel charge Lame et Fax de retrouver une porte inter-mondes aux enfers froids, où Lame et Taxiel ont connu l'amitié du peintre Séril Daha, qui a laissé sa dernière toile à Lame.*

Dans la forêt morte des enfers froids, Lame et Fax découvrent la porte verte, par laquelle Rel s'était enfui dans sa jeunesse vers un autre monde, moins cruel que celui que lui réservait son destin d'enfant unique du roi des enfers. Mais la porte n'ouvre plus que sur le vide.

Déçu par cette nouvelle, Rel n'en invite pas moins Lame à se joindre à lui pour une tournée des sept autres enfers : enfer du pal, enfers cloîtrés, mous, empoisonnés, tranchants, chauds et enfer de vitesse. L'expérience s'avère pour Lame beaucoup plus personnelle qu'elle ne l'avait escompté. D'une part, les différents tourments des damnés la touchent, lui rappelant par exemple des souvenirs désagréables du temps où elle-même purgeait une peine aux enfers mous. D'autre part, il lui faut composer avec le comportement de Rel en tournée, qui donne libre cours à son caractère sensuel et se révèle la coqueluche des beaux jeunes gens et des belles jeunes filles de chaque lieu où il passe.

Un point tournant est atteint aux enfers tranchants. Là, les damnés sont lentement dépecés par de grands oiseaux-bourreaux. À chacune de ses visites, Rel a coutume de faire l'amour avec leur roi, pour préserver le calme chez ces oiseaux particulièrement agressifs. Cette fois-ci, Lame à son tour fait l'amour avec le roi des oiseaux, sous le regard voyeur des juges du destin. Cette expérience intense rapproche Lame et Rel. Ils décident de faire de nouveau vie commune.

De retour chez eux, aux crépusculaires anciens enfers, une lueur au bout de la mer attire leur attention. Rel traverse avec Fax, pour se retrouver dans des limbes où sont réhabilités ceux qui n'ont pas commis de faute assez grave pour être damnés. Des géants scintillants gèrent les lieux et leur annoncent, plutôt curieusement, que la fin du monde est proche.

Fax et Rel reviennent pour faire état de tout cela à leurs concitoyens des anciens enfers. Nul ne sait qu'en penser. Continuant à communiquer à Lame son expérience des enfers, Rel l'emmène alors autour des ruines d'Arxann, l'ancienne capitale. Ils y revivent des souvenirs, y raniment leur passion, puis Rel laisse Lame. Quand elle revient vers la zone habitée, c'est pour apprendre que Rel est retourné avec Fax aux limbes qu'ils venaient de découvrir.

Lame ne sait que faire. En compagnie de l'ancien sbire Taxiel, elle commence à examiner la dernière toile, inachevée, du peintre Séril Daha, leur ami commun, dont le meurtre avait précipité la conversion des enfers froids en une zone où les écarts sont moins grands entre damnés et autochtones. La toile pourrait servir d'oracle, mais comment ? Avant qu'elle n'ait livré le moindre message, Fax revient seul des limbes : Rel y est tombé gravement malade. Lame et Taxiel suivent Fax pour aller à son chevet. Cependant, Rel renvoie Lame d'où elle vient, lui intimant de pénétrer l'énigme de la toile. Chargé de la reconduire, Fax lui suggère un détour. Dans la doublure entre les limbes et le vide, ils trouvent une source et un gouffre, tandis que se précisent des souvenirs de leur vie précédente. Fax, en particulier, se rappelle s'être déjà appelé Taïm Sutherland. Le gouffre qu'il observe, il le reconnaît pour y être passé avec la Dragonne de l'aurore. Cette découverte lui rend sa prestance.

De retour aux anciens enfers, Lame s'isole dans les ruines d'Arxann avec la toile au centre vide de Séril Daha. Taxiel lui suggère de chercher aussi une porte. Une année passe. Au loin, Rel se rétablit et Fax renoue avec celui qu'il a déjà été, dans une autre vie, tout en ayant une impression accrue d'y avoir connu Rel qui, par contre, ne le reconnaît pas.

Un jour, Lame comprend le sens que la toile de Séril Daha a pour elle. Du coup, elle découvre une porte dans les ruines. Taxiel, Rel et Fax la rejoignent. La porte découverte par Lame est celle que Taxiel avait franchie jadis pour aller à la recherche du jeune Rel en fugue ; elle mène au même monde que la porte verte avant qu'on ne la déconnecte. Celui-ci est sans doute le lieu de la vie précédente de Fax. En outre, les oiseaux-bourreaux viennent de là, c'étaient les amis du jeune Rel, qui l'ont suivi jusqu'aux enfers par loyauté et y ont été transformés en bourreaux.

La porte peut être franchie. Les enfers se préparent à rétablir le contact avec le monde où Rel et Fax ont vécu leurs plus beaux souvenirs...

Dans Secrets, *Rel, Lame, Fax et Taxiel sont aux enfers chauds. Devant une assemblée de représentants des divers enfers, de bonnes âmes, de bourreaux et de damnés, Rel révèle son passé. Son récit s'étirera sur sept jours.*

Dans sa vie précédente, à Anid, un monde céleste, Rel – alors délinquant réformé – pouvait changer de forme et s'envoler ; voilà pourquoi, pour sa vie actuelle, il s'est incarné en héritier du trône infernal, dans le but de réformer les enfers. Parce qu'il était distrait entre les deux vies, il est né hermaphrodite, avec des yeux dans le dos et des ailes, que son père furieux a aussitôt tranchées. Il dévoile son enfance maltraitée par son père qui ne l'acceptait pas. Sa mère était une Sargade, originaire du monde qui est ensuite devenu les enfers froids. Les Sargades connaissaient la porte verte ; avec la complicité de sa nourrice, le jeune Rel put ainsi s'enfuir dans ce que Fax/Sutherland identifie comme l'Archipel de Vrénalik, où il a lui-même séjourné au cours de sa vie précédente.

Là, le jeune Rel rencontra le sculpteur Vriis et sa mère Tranag, qui lui apprit un peu de sorcellerie avant que Taxiel ne vienne le chercher pour le ramener en enfer. Sutherland reconnaît en Rel celui qui a servi de modèle pour la statue du dieu de l'océan, Haztlén, que Sutherland avait retrouvée avec le sorcier Ivendra, mettant ainsi fin à quatre siècles de malheurs.

Certains infernaux, comme Rel, ont une vie longue de plusieurs milliers d'années. Le temps en enfer s'écoulant plus lentement que dans les mondes extérieurs, à l'échelle de Vrénalik quatorze mille ans ont passé depuis que Rel y a séjourné, et deux mille depuis la vie précédente de Sutherland.

Le récit de Rel est entrecoupé d'événements.

Le principal coupable du meurtre de Séril Daha, un jeune amant éconduit, est remis à Rel par les Sargades, en piteux état. Rel lui donne le nom de Meurtrier, pour qu'on n'oublie pas ce qu'il a fait, puis il l'admet parmi les gens qui écoutent son récit. Lame déclare à Meurtrier que, peu importe ce que Séril Daha lui avait fait, il n'aurait pas dû le tuer. Plus tard, le jeune homme partira se refaire aux limbes.

Les juges du destin, qui ont demandé à Rel de se charger de la redistribution des liens inter-mondes nécessitée par la «fin du monde», écoutent le récit de Rel en se dissimulant dans la tapisserie noire accrochée au mur derrière lui ; ils le déconcentrent jusqu'à ce que Sutherland intervienne, décrochant la tapisserie pour l'installer sur une chaise ; ceux qui jugent n'ont pas plus d'importance que ceux qui agissent.

Le télépathe Tryil, oiseau-bourreau des enfers tranchants et collaborateur de longue date de Rel, perd son sang-froid devant l'attitude un peu arrogante de Sutherland face à Vrénalik. Il le blesse à la cuisse d'un coup de bec. Tryil, avec son exaltation pour l'Archipel, pays de ses ancêtres, sera ensuite châtié par les siens pour son geste, malgré l'attitude clémente de Rel et de Lame qui le font rester jusqu'à la fin du récit.

Lame, troublée par le récit de Rel, prend la parole pour dire comment, dans sa vie précédente, elle avait mis fin à ses jours en se jetant sous un camion alors qu'elle était dans la vingtaine. Meurtrier fait valoir à Lame que, peu importe ce qu'avait été le comportement des gens à son égard, elle n'aurait pas dû se tuer.

Le récit de Rel terminé, il quitte la salle avec ses compagnons, en route pour Vrénalik ; Tryil fait alors vivre télépathiquement à toute l'assemblée l'atmosphère légendaire d'une arrivée dans l'Archipel, selon les traditions transmises chez les siens...

PROLOGUE

Il est difficile de faire la différence entre la rage mauvaise et la juste colère, délicat de trancher entre la dépression et le rêve qui la transcende, si on les éprouve soi-même en pleine vulnérabilité. Dans ces zones de solitude brunâtre, si délicates, l'esprit vif, prompt à décider, se sent impuissant. Toute action tonifiante ou purificatrice peut détruire la richesse d'une situation, fût-elle atroce, la simplifier à outrance, l'abaisser à n'être qu'une caricature.

Au-delà de la mort et du temps, il est une zone étrange, vivante et pourtant d'une infinie désolation. L'esprit vif, rompu à se mouvoir en fonction de structures, de lois naturelles et d'habitudes, y est décontenancé. Tel est l'univers des larves infernales, univers hanté. Tel est l'univers à venir, pour ceux qui refusent de savoir qu'elles sont là, quelque part, tremblant de haine et de dégoût d'elles-mêmes. Tel est l'univers de quiconque ne veut pas les sentir vivre en soi, leur refusant l'espace intérieur qui est leur droit.

Il importe de s'élancer vers cet univers morne. Ayant plané dans une solitude de fin du monde, l'esprit tombe sans parachute parmi les rasoirs de l'agression brutale. *Insécable, car sans réalité propre, il demeure sans coupure. On devient la lame et le vide, la larme et l'avide, la larve et l'envol, condensant d'un coup au niveau du cœur. Alarme qui s'amenuise jusqu'à la pointe du stylet, puis qui tranche. Par cet esprit qui s'élance, plane, tombe et coupe, le ressentiment est drainé et la bonté se fait jour à travers le marécage. D'un monde à l'autre peuvent s'édifier ainsi des ponts élégants et vierges, sur lesquels traverseront, pour des milliers d'années à venir, des myriades de damnés en route vers l'ailleurs bienveillant qui leur revient.*

Lorsque triomphent des cauchemars de fin du monde, ces voies s'édifient, faites du diamant du chaos, de l'hématite de l'amour, de l'or tiré de l'horreur. Elles mènent de Vrénalik jusqu'à Montréal, la cité au temps figé qui trône au-dessus d'Arxann, l'ancienne capitale infernale. Elles passent par des enfers mous et des zones polaires, joignent le passé au présent, semblent s'abîmer dans des océans de langueur et d'infortune. Telles sont les routes entre les morts et les vivants, les ponts entre les damnés et leur liberté, les grands passages.

Dès lors, les lois et la justice qui en découle apparaissent, débarrassées de leurs gangues de crainte et d'idéalisme. Hommage à ceux qui se salissent les mains, à ceux dont la parole se déstabilise, à ceux qui perdent la face en construisant de telles voies.

> *Daxiade*, encore appelée
> *Livre des Filles de Chann*,
> début du chapitre 3

Dernière tournée

Avant de quitter les enfers pour un séjour dans le monde de Vrénalik, Rel avait parlé de sa jeunesse aux représentants des enfers. La réunion s'était échelonné sur une semaine, dans les locaux administratifs de l'un des huit nouveaux enfers, les enfers chauds. Vers la fin, un incident l'avait perturbée. Taïm Sutherland, le conseiller de Rel, avait provoqué sans le vouloir la colère d'un des oiseaux télépathes qui torturent les damnés des enfers tranchants et se repaissent autant de la terreur qu'ils provoquent que de la chair de leurs victimes. Cet oiseau, l'émérite télépathe Tryil, d'une envergure immense, avait cédé à la rage, attaquant le conseiller flegmatique aux cheveux roux, lui fendant la cuisse de son bec tranchant comme un scalpel. Ce geste haineux lui avait valu aussitôt une honteuse destitution par ses collègues, friands de ce genre d'exercice.

La réunion aux enfers chauds une fois terminée, Sutherland et Lame étaient rentrés aux anciens enfers, là où anciennement s'étaient étendus des lieux de châtiments. Ils habitaient dans cette zone désaffectée, faiblement peuplée de bourreaux réformés et de leur descendance, qui cultivait les champs. C'est d'Arxann, l'ancienne capitale en ruines, que s'effectuerait le départ pour Vrénalik. Avant cela, Sutherland achèverait de se rétablir, aidant un peu Lame à mettre la dernière main aux préparatifs.

Rel, quant à lui, décida de profiter du retard provoqué par la blessure de son compagnon pour faire un détour avant de les rejoindre. Accompagné de Taxiel, son garde du corps, il commença par se rendre aux enfers tranchants, voisins des enfers chauds, pour s'enquérir du châtiment infligé à Tryil.

Les oiseaux-bourreaux étaient cruels entre eux. Ceux qui ne suivaient pas les règles étaient châtiés par leurs collègues ; s'ils y survivaient, ils allaient finir leurs jours en se nourrissant de rebuts. Plumes noircies, bec ébréché, ils étaient vaincus par les traitements qu'on leur avait fait subir. Un tel sort était jugé pire que la mort. Sauf en de rares cas d'amnistie, ils ne pouvaient plus revenir aux enfers tranchants, mais avaient accès aux autres.

Les enfers empoisonnés, avec leurs hordes et nuées d'insectes bourreaux à la vie courte, les attiraient : ils avaient le droit d'achever les plus faibles. On leur donnait accès aux anciens enfers, où ils pouvaient réapprendre à pêcher dans la mer, comme leurs ancêtres du monde de Vrénalik l'avaient fait, mais peu s'y astreignaient. La plupart se retrouvaient aux enfers mous, où ils étaient tolérés, car la nourriture y était surabondante. Ils devaient alors se tenir à l'écart des damnés, autonomes ou non : un oiseau-bourreau, même à l'instinct affaibli, pouvait éprouver un regain de cruauté en présence de ces êtres énormes et faibles, qu'il fallait au contraire protéger d'une fin rapide, leur châtiment consistant en millénaires d'humiliation et de dépression.

Les oiseaux proscrits devaient filer doux, mini-miser leurs contacts, devenir des ombres. S'ils gênaient le moindrement, c'était la mort. Beaucoup renonçaient à la télépathie, pour moins sentir le mépris dont ils étaient l'objet. Isolés, marginaux, ils ne survivaient pas longtemps.

Rel était préoccupé par l'incident entre Tryil et Sutherland. D'abord, son conseiller avait été blessé ; en plus, cela retardait leur départ pour Vrénalik ; finalement, Tryil était un collaborateur de longue date. Sutherland se rétablissait bien de sa blessure ; le départ retardé n'était qu'un détail : les deux premiers soucis n'étaient pas graves. Par contre, Rel s'en faisait pour Tryil, ne voulant pas que le talent d'un télé-pathe aussi remarquable se perde à cause d'un coup porté dans un moment de folie. Aux enfers, peut-être plus nettement qu'ailleurs, le criminel d'hier est la victime d'aujourd'hui.

Aussitôt que Tryil avait commis son geste, Rel et surtout Lame avaient indiqué qu'ils favorisaient la clémence pour Tryil. Celui-ci avait manifesté sa gra-titude en faisant vivre télépathiquement à la salle tout entière l'ivresse de retrouver l'Archipel de Vrénalik. La performance en avait ému plus d'un. En plus d'avoir été le lieu des plus beaux souvenirs de Rel et de Sutherland, à des époques différentes, l'Archipel était aussi la demeure des ancêtres de Tryil, qui s'étaient laissé entraîner aux enfers par loyauté envers Rel. Tryil avait une immense mémoire ; il connaissait tout ce que les oiseaux-bourreaux avaient conservé de ce monde-là.

Au milieu de la plaine ensanglantée des enfers tranchants, Rel trouva Tryil enfermé dans une petite cage où ses anciens collègues mettaient un point d'honneur à l'arroser de leurs excréments. Qu'ils se défoulent ; ensuite ils le banniraient. Tryil n'était plus qu'une boule puante de plumes engluées.

— Je tiens à toi, déclara télépathiquement Rel du ton froid qui convenait au contact de supérieur à inférieur.

Tryil ouvrit un œil entouré de cils poisseux. Rel ajouta :

— Garde-toi en vie jusqu'à mon retour.

— Je veux voir Vrénalik, répliqua Tryil.

Sa fierté était toujours présente. Il n'avait pas abandonné le projet de voir le pays de ses ancêtres. C'était bon signe. Par contre, avec le bec collé, les pattes saignantes et les ailes soudées au corps par les excréments séchés, s'il demeurait laissé à lui-même, il ne survivrait pas. Rel l'avertit :

— Tu ne verras jamais Vrénalik si tu ne sais pas te tenir tranquille.

Tryil cligna de l'œil, ce que Rel interpréta comme un assentiment. Rel indiqua le seau d'eau tiède qu'il avait apporté et, passant la main à travers les barreaux de la cage, il demanda à Tryil de se laisser nettoyer.

Prenant son temps, il lui lava la tête, notamment le bec qu'on avait ébréché, qu'il fit tremper jusqu'à ce qu'il s'ouvre et reprenne sa mobilité. Il apporta un soin particulier aux organes facilitant la télépathie, petits éventails situés près des narines. Puis il passa aux pattes aux serres coupées trop ras, aux ailes et à la queue aux plumes cassées. Il était aidé en cela par Taxiel et quelques autres, qui apportaient le nécessaire.

Tandis qu'ils s'affairaient, des oiseaux s'attroupaient autour d'eux. Télépathes, ils captaient dans les détails ce qui se passait entre Rel et Tryil, la tendresse bourrue et le calme de leur attitude. Les perceptions sensorielles de Rel et de Tryil étaient entremêlées ;

l'un savait comment soulager l'inconfort de l'autre et n'hésitait pas à faire les gestes les plus gênants, à se plonger les mains dans les substances les plus viles, même s'il était le roi des enfers.

Rel était encore secoué par ce qu'il avait révélé sur lui-même au cours des jours précédents. Il se sentait incapable, pour un temps, de se concentrer sur autre chose que des tâches simples, utiles, telles celle qu'il effectuait. En plus de nettoyer Tryil, il se ressourçait ici, aux enfers tranchants, parmi ces oiseaux cruels mais romantiques dont les ancêtres avaient abandonné les rives splendides de Vrénalik par amour pour lui.

Comme sa tâche prenait du temps, il se mit à avoir envie de partager avec les oiseaux la façon dont il envisageait leur avenir. Tout en s'occupant de Tryil, il leur précisa sa politique à leur égard. Il rêvait de leur rendre le pays lointain pour lequel il allait partir bientôt ; par contre, il lui était impossible d'estimer si c'était réalisable, ou même souhaitable. Jusqu'à nouvel ordre, il ne permettait à aucun d'eux de traverser la porte d'Arxann, sauf en cas d'urgence. D'abord, il n'avait aucune idée de ce qu'il découvrirait là-bas. De plus, une chose était claire : le passage à Vrénalik leur serait impossible s'ils persistaient à se montrer aussi méchants, non seulement envers les damnés, mais les uns envers les autres. Les fauves qu'ils étaient devenus n'avaient pas leur place dans un honnête monde extérieur.

De son côté, il fallait aussi qu'il change son attitude et prenne une distance vis-à-vis d'eux. Ils avaient fait l'amour ensemble, dans des orgies collectives où la sauvagerie se muait en passion violente. Cela appartenait désormais au passé. Il voulait donner l'exemple d'une plus grande retenue. Le monde de l'autre côté méritait qu'on l'aborde avec des mœurs plus délicates. Leurs ancêtres avaient été moins épris d'atrocités, de débordements ou de comportements bizarres. Ce n'est pas seulement Tryil qui aurait à se réformer, mais chacun de ceux qui, comme lui, voudrait quitter les enfers, mû peut-être par le profond instinct qui s'éveille vers la fin du monde.

Sous le regard fixe de multitudes d'oiseaux-bourreaux au plumage immaculé ou rougi de sang, Rel leur signifia que, pour eux comme pour lui, Vrénalik serait peut-être le lieu de l'innocence qui se retrouve, du passé qui a quelque chose à dire au présent, et ne serait jamais un héritage que l'on tient pour acquis, sur lequel on se jette avec rapacité.

La question du passage d'un être infernal à un monde extérieur touchait l'aspect physique de la morale. À long terme, les bons allaient vers l'agréable et les méchants vers le désagréable, avec toutes les exceptions, nuances et subtilités qu'un tel énoncé suppose. Différentes situations impliquaient divers degrés de liberté d'action. Tout cela ne dépendait pas de Rel, ni même des juges ; c'était plutôt une règle empirique. Une porte inter-monde comme Rel le découvrait en étudiant le sujet, servait de lien entre deux types de destin, donnant accès à deux types de mondes.

Quiconque pénétrait dans un monde qui ne lui convenait pas le ressentait ; il lui fallait battre en retraite, sinon il était rapidement détruit. Il pouvait faire des séjours plus ou moins prolongés, plus ou moins fructueux, selon son style et la raison qui l'amenait là. Si quelqu'un s'aventurait dans un monde et y demeurait, c'est qu'il avait un lien avec ce monde-là, même si ce qu'il y vivait était désagréable. La plupart des bourreaux n'avaient aucun lien avec les mondes extérieurs. Cela valait même pour les oiseaux des enfers tranchants. Leur rêve de rentrer à Vrénalik n'était peut-être que leur tourment à eux.

Par contre, ce lien était individuel et non collectif, sa force et ses caractéristiques se vérifiaient sur le terrain et nulle part ailleurs. Donc, inutile d'exclure quiconque *a priori*. Mieux valait faire connaître les critères qui rendaient le passage possible ; ils étaient d'ordre moral. Puisque l'évaluation d'une expérience comme agréable ou désagréable était l'affaire de chacun, une question privée, subjective, l'évaluation des différents mondes les uns par rapport aux autres n'était pas si stricte. On pouvait être heureux en enfer et malheureux dans les mondes extérieurs. La morale en question était intime, hors d'atteinte du jugement d'autrui, tout en ayant rapport à des règles empiriques qu'il convenait de diffuser largement.

Ayant terminé son discours, Rel se tut et se ferma télépathiquement, comme c'était son habitude. Tryil, surpris de la rupture de contact, lui jeta un coup d'œil. Il le savait pourtant, Rel n'aimait pas qu'on lise tout le temps ses pensées. L'oiseau curieux, qui commençait à se sentir mieux, se demanda s'il ne pourrait pas suivre quand même le fil de ses idées, rien qu'en l'observant.

Rel, sans se soucier de lui, tenait son esprit fermé à toute intrusion. Il était ennuyé de la réaction à ce qu'il venait de dire. Autour de lui se pressait la foule amicale et remuante des oiseaux. Ils étaient fiers de l'avoir parmi eux, donc ils le laissaient raconter ce qu'il voulait. Il s'était laissé entraîner par son sujet ! Une partie de son discours leur avait échappé, non qu'ils fussent incapables de comprendre mais, dans le fond, son message leur puait au nez. Leur résistance sous forme d'insouciance, il la connaissait si bien !

D'habitude, il en riait avec eux. Aujourd'hui, il n'en avait pas envie.

Ils étaient si cruels ! Pourquoi étaient-ce eux, sadiques et méchants, qui l'aimaient le plus ? Ils ne s'amélioraient jamais ! En un moment de découragement, Rel eut l'impression qu'ils n'étaient plus ceux qui l'avaient littéralement suivi jusqu'en enfer. Par leur obstination, ils lui paraissaient soudain aussi hostiles que des Sargades. Et quand il se mettait à penser aux Sargades, ce n'était pas bon signe.

Les Sargades, voilà un problème qu'il laisserait entier en partant en vacances. Sa mère avait été Sargade, il les connaissait de l'intérieur. Ils étaient si intelligents : artistes, scientifiques, juristes, amoureux de la connaissance et de la beauté ! Quelle société policée et admirable ! Pendant sa jeunesse, ils lui avaient offert hospitalité et amitié – pour tout dire, il n'aurait pas survécu sans leur appui. Mais dès qu'il avait pris le pouvoir, leur ton avait changé. Et pour cause : lors de la restructuration des enfers, c'était pour les honorer en leur présentant un défi à leur mesure que Rel leur avait confié le plus difficile, les enfers froids. Sa motivation avait été des plus sincères. En outre, les dirigeants sargades de l'époque – dès amis de l'influente famille de sa mère – avaient accepté avec plaisir sa suggestion, prêts à s'attaquer à la difficulté. Ils avaient été ainsi à la hauteur de ses espérances. Autrement dit, leur idéalisme s'était joint à son inexpérience !

Les Sargades étaient rarement dotés de longue vie ; ceux qui avaient signé l'engagement étaient morts de vieillesse. Leurs successeurs avaient remis en question la décision, se plaignant de voir leur beau pays dévasté par le froid. Mais on ne pouvait plus rien changer ! Dans leur version des faits, leurs ancêtres n'avaient eu aucun tort, tandis que Rel s'était montré d'un cynisme diabolique en couvrant de glace le pays de ceux à qui il devait tant.

Les sept autres mondes devenus nouveaux enfers avaient vu eux aussi leur géographie bouleversée. Les gens l'avaient accepté. C'était à leur tour d'abriter des enfers, rien de plus. Pourquoi les Sargades ne s'étaient-ils jamais adaptés, eux les plus brillants ? Était-ce à cause de tous leurs talents, justement ? Ils estimaient mériter mieux ?

Depuis lors, Rel avait essayé de leur montrer sa bonne foi. Malgré la visite de Lame et les tentatives de son ami le peintre sargade Séril Daha, les choses avaient empiré. Le peintre, plutôt idéaliste lui aussi, avait été assassiné. Alors, en une rare démonstration de force, les juges infernaux avaient collé à chaque Sargade une grappe de damnés froids, qui le suivait jour et nuit, le forçant à être doux et gentil pour ceux qui étaient moins favorisés que lui. Les Sargades s'étaient adaptés, ils en étaient capables. Mais cette mesure n'avait rien fait pour améliorer leur opinion de Rel. Sa propre fille, son unique enfant, Aube, habitait parmi eux, se dévouant pour tout le monde ! Rien n'y faisait, ils persistaient à le détester.

En plus, ils devaient passer par lui pour au moins une chose. Même s'il avait délégué le plus possible, Rel détenait des privilèges de grâce et d'amnistie que les juges préféraient qu'il conserve. En particulier, lui seul pouvait, par mesure exceptionnelle, délier un Sargade de sa grappe de damnés. Il ne l'avait jamais fait, parce qu'on ne lui avait jamais soumis de cas exceptionnel. Malgré sa bonne volonté, aucune des requêtes sargades qu'il avait reçues, rédigées en termes plus ou moins amicaux, ne répondait à ses critères, qu'il tenait des juges. Il n'était pas mandaté pour élargir ces critères, et les juges se faisaient rares. Rel se demandait parfois si les requêtes qu'on lui avait adressées récemment ne participaient pas de la nature du sarcasme pur et simple.

En effet, qu'aurait fait un Sargade d'une vie sans grappe ? Il aurait dû la couler hors du regard envieux des autres ! Donc s'exiler, devenir fonctionnaire ou technicien dans un autre enfer. Or les Sargades ne quittaient pas facilement leur chez-soi. De l'arrogance, ils n'en avaient pas seulement pour Rel. Tous les autres infernaux leur semblaient inférieurs ! Ils avaient bien quelques accès, difficiles, à des mondes extérieurs. Certains de ces mondes étaient sauvages ; ils y expédiaient leurs criminels. D'autres, avec lesquels ils commerçaient, étaient beaucoup plus attrayants, mais Rel s'était renseigné : même avant qu'ils soient affublés de grappes, les Sargades n'avaient jamais été plus portés sur l'immigration lointaine que les infernaux ordinaires. Autrement dit, ils y rêvaient, rien de plus. Un Sargade éventuellement gracié devrait s'exiler dans un autre enfer, ce qu'il ne voudrait pas. Alors à quoi jouaient-ils, en lui demandant de les débarrasser de leur grappe, sinon à lui faire perdre son temps ? D'accord, il était mesquin, mais ces gens-là le poussaient à bout !

Non, Rel devrait renoncer à l'estime des Sargades, à la réconciliation avec eux. Le problème dépassait la dimension personnelle. Il ne savait plus quel intermédiaire trouver chaque fois qu'il avait quelque chose à leur dire. Seuls infernaux à ne pas le respecter, ils étaient de fait isolés des autres. En plus, ils haïssaient les juges ou n'y croyaient même pas ! Ils avaient droit à leur opinion, mais les réunions des gouverneurs infernaux étaient empoisonnées par leur présence. Le gouverneur sargade, quand il se donnait la peine

de venir, ne ratait pas une occasion de dire à Rel ce
qu'il pensait de sa compétence. Et l'atmosphère était
meilleure quand Rel était absent ! Dans un mouvement
de découragement, Rel songea que cette tension aux
enfers ne serait réglée que par son départ ou bien par
sa mort !

Alors qu'il ressassait ces pensées en décrassant ce
qu'il restait d'une serre de Tryil, l'oiseau lui piqua la
main de son bec, impressionnant malgré tout.

— Qu'est-ce qu'il y a ? fit Rel.

— Ta figure, répondit Tryil. Les Sargades te tra-
cassent.

Rel se ressaisit. Il fallait un oiseau crotté, à moitié
mort dans une cage, pour lui rappeler qu'il avait mieux
à faire que de grogner. En plus, Rel était fermé télépathiquement ; l'oiseau avait dû deviner à sa seule
expression ce qui le préoccupait. Il était remarquable !
Pour le remercier, Rel lui déclara :

— Tu es un bon télépathe. Quand tu sortiras d'ici,
continue à lire les pensées, même si ça te fait mal.
Ne te ferme pas. Tu n'es pas fait pour ça.

Tryil ne devait pas oublier ce conseil.

Rel, se frottant le dos de la main là où Tryil l'avait
piqué, demeura songeur. En abandonnant brusquement
ses récriminations au sujet des Sargades, qui étaient
un peu ses têtes de Turc privées, il s'était replongé
ici, parmi les déjections visqueuses qui l'entouraient.
Il devait se rendre compte d'une évidence : une fois
la porte d'Arxann refermée derrière lui, il n'aurait pas
envie de la repasser de sitôt. Depuis le temps qu'il
désirait retourner à Vrénalik ! Pourtant, de fait, son
séjour serait court : il était hors de question qu'il aban-
donne ses responsabilités. Il préféra ne pas s'attarder
sur son désir de demeurer indéfiniment à Vrénalik.

Le décor gluant qui l'entourait évoquait une question sensible plus ancienne que celle des Sargades, qu'il laisserait également non résolue. Celle des enfers mous. Pourquoi n'irait-il pas y jeter un coup d'œil avant de partir? Étrangement, l'idée l'attirait. Rien de tel que la contemplation des problèmes des damnés pour remettre le reste en perspective.

Rel demeura auprès de Tryil jusqu'à ce qu'il se désaltère et recommence à manger, ce qui prit trois jours. Pour terminer, il installa une ombrelle à manche tronqué sur le dessus de la cage, pour le protéger des déjections. Le châtiment consistait à être désarmé et mis en cage, pour être banni plus tard; la pluie d'immondices n'était qu'une fioriture traditionnelle.

Finalement, il laissa un seau d'eau propre à la portée de Tryil, ainsi qu'un plat de sa nourriture de prisonnier, des granulés noirs imprégnés de drogues dont l'effet cumulatif l'auraient rendu inoffensif au moment de sa libération. Rel lui dit au revoir, ainsi qu'aux autres oiseaux, puis il s'en alla. Son attitude pragmatique suivie d'un départ rapide indiquaient qu'il n'avait nul besoin de se répéter, mais faisait confiance à tous, en particulier à Tryil.

Rel avait le temps de faire un autre arrêt avant son départ. En rapport avec ce qu'il avait saisi plus tôt, il décida de se rendre aux enfers mous, un autre des huit nouveaux enfers, pas trop éloigné des enfers tranchants. Avec le vieux sbire Taxiel, qui l'accompagnerait à Vrénalik, il alla contempler les étendues mornes où les damnés, appelés larves, étaient enfouis.

Taxiel n'était pas rassuré. Dans ces glaises mouvantes des enfers mous, qui sait quel accident pouvait arriver. D'habitude, les larves étaient laissées aux bons soins des fourmis et des machines. Taxiel se demandait la raison de leur visite impromptue en dès lieux aussi sinistres. Si Rel était sous l'emprise d'une dépression à la suite de l'étalage qu'il avait fait de son passé devant tout le monde, Taxiel se sentait concerné.

Par contre, Rel ne lui fournit aucune explication. Il passa un long moment à observer les lieux, demeurant sur ses gardes. À son retour de Vrénalik, quand il se sentirait plein d'idées neuves, peut-être oserait-il revenir ici. La télépathie serait nécessaire. Comment ? Ne valait-il pas mieux persister à écarter tout oiseau télépathe de ce genre de défi ? Surtout Tryil ?

La nature de la collaboration entre Rel et Tryil en aurait fait frémir plus d'un. En effet Rel, souverain consciencieux, désirait avoir une expérience directe de ce que vivaient ceux dont il avait la responsabilité, fussent-ils tortionnaires ou damnés. Pour de courtes périodes n'excédant pas ses forces, il s'était servi de Tryil, durant toutes ces années, afin de savoir ce que c'était, être dépecé vivant, être brûlé, bouffi de poison, écrasé répétitivement, et ainsi de suite. Il connaissait la gamme de tous les tourments et de tous les sadismes, grâce à Tryil et à l'excellence de la transmission qu'il savait établir entre son esprit et celui de quelqu'un d'autre. Il en tirait une plus grande connaissance des divers aspects de la souffrance, de son soulagement et de la résistance aux conditions adverses, qui lui étaient utiles quand il s'agissait de prendre des décisions.

Le fait est que cela donnait un aspect poivré à sa vie. Rel était sensibilisé aux risques de dérives sadomasochistes pour quiconque assume longtemps le pouvoir en un lieu tel que les enfers : son père lui-même y avait succombé. Pour s'en garder, sauf exception Rel n'utilisait Tryil qu'avec des personnes consentantes, averties, dans un climat de respect mutuel. Pas question d'utiliser la télépathie pour espionner ou pour se donner des plaisirs proches du voyeurisme. En jargon, on appelait ça « vampiriser quelqu'un ». Rel était connu pour avoir cela en horreur. Au temps de sa jeunesse malheureuse, il avait d'ailleurs mis au point des parades efficaces pour qu'on ne le vampirise pas, lui.

Avec Tryil, il lui était aussi arrivé de réconforter des damnés par voie télépathique, mais les juges lui avaient fait savoir que c'était à la limite de l'acceptable. Il ne fallait tout de même pas gommer la souffrance par des moyens si puissants que l'idée même de châtiment en perde son sens.

Dans ce monde de logique perverse et de douleur que ne peuvent s'empêcher d'être les enfers, la relation privilégiée de Rel avec Tryil avait pu faire du tort, à la longue, à l'oiseau dont les penchants agressifs, et l'instabilité émotive qui en découle, caractérisaient l'espèce entière. Rel se questionnait sur la part de responsabilité qu'il pouvait avoir dans l'explosion de rage qui avait valu à Tryil son incarcération présente. S'agissait-il de simples scrupules ? Il n'était pas si rare que les oiseaux-bourreaux piquent une crise, comme Tryil l'avait fait.

Les exercices auxquels Rel avait astreint Tryil depuis des années avaient pu miner l'équilibre de l'oiseau qui, tout bourreau fût-il, n'appartenait pas à une race conçue pour servir de lien de communication entre Rel et n'importe qui, en train de vivre n'importe quoi. N'importe quoi, à quelques exceptions près. Rel n'avait jamais essayé de se joindre télépathiquement aux larves des enfers mous, damnées enfouies dans le sable. Il craignait que Tryil ne puisse maîtriser son instinct cruel et ne leur saute dessus pour les faire éclater, en une orgie de destruction motivée par le dégoût.

Pour tout dire, Rel lui-même ne se sentait pas de taille à affronter leur univers. Si les Sargades posaient un problème administratif, les larves, elles, lui semblaient au-delà de sa compétence. Pourtant, il faudrait bien faire quelque chose un jour ! En contemplant la plaine vivante des larves, Taxiel avait hâte que Rel se décide à quitter ces lieux qui, de toute évidence, le troublaient. Cependant, Rel ne bougeait pas. Comme aucun des souverains des enfers ne l'avait fait auparavant, il songeait à ceux qui se trouvaient devant lui.

Ses pensées prirent une tournure plus poétique que d'habitude, comme pour lui permettre de mieux se mettre en situation.

BRUNÂTRE

Au sein des divers enfers, il existe des régions dont l'accès est à peu près interdit à ceux qui se vouent à soulager les souffrances. Les damnés y sont tournés vers eux-mêmes, enfouis, happés par des tourbillons hallucinatoires. S'agit-il d'autre chose qu'un délire maléfique ? Pourrait-on voir là un pourrissement nécessaire, menant vers une résurrection splendide, à moins qu'elle ne s'avère inquiétante ? Ceux qui voudraient aider ces damnés demeurent perplexes : convient-il d'essayer de ramener ces malheureux vers une réalité plus banale ? Question théorique ! Un tel résultat demeure hors d'atteinte, lui qui semblerait pourtant la première étape d'une réhabilitation. Alors que faire ? Rêver à son tour que le sort des enterrés délirants n'est pas si affreux, imaginer qu'il jette les bases d'un avenir moins brutal ?

Dans les enfers mous, pourquoi appelle-t-on larves ceux qui vivent enfouis dans la boue et le sable, paralysés et colonisés par des myriades de fourmis ? A-t-on jamais vu de ces larves fangeuses devenir autre chose ? Hélas ! non, cela ne s'est jamais produit. Les larves infernales demeurent énormes, infécondes et difformes, jusqu'à la fin de leur vie très longue. Nul n'a pu établir de contact amical avec ces êtres, qui gisent dans des zones où règne une profonde dépression, où l'air lourd résonne du seul bruissement chitineux de millions de fourmis. Quiconque s'aventure dans ces régions de sable et de glaise risque d'écraser des tumeurs enfouies, maladivement sensibles, des chairs bouffies et irritées. On s'abstient d'établir un contact, de peur d'ajouter à l'inconfort et d'encourir quelque informe malédiction, issue du cerveau morbide mais toujours alerte de la créature enfouie, que l'on devine purulente d'amertume.

Car, cela se sait, les larves demeurent conscientes. Elles se rendent compte de ce qu'est devenu leur corps, de l'humiliation et de l'isolement millénaire qui est leur destin. Parfois un spasme les secoue, gélatineux, désespéré. Les fourmis s'affairent alors, sans doute pour couper court à tout épanchement glaireux, pour que le venin demeure dans la plaie, que l'enflure subsiste et augmente.

Les enfers sont des lieux de miracles. Des damnés des enfers chauds, carbonisés, se sont rétablis pour terminer leur vie dans la sérénité. Quant à ceux des enfers froids, si nombreux, cela n'étonne personne d'en voir, sous un faible stimulus de tendresse ou de bonté, s'extraire subitement de leur haine glaciale pour accéder à une vie plus réconfortante. Aux enfers de vitesse, cela se produit spontanément ! Quelque forme que prenne le tourment, aussi terrible soit-il, il est réversible. Cela fait partie des règles : aucune torture n'est éternelle, la mort n'est pas la seule porte de sortie. Par contre, les larves des enfers mous semblent l'exception. Leurs tourments sont réfractaires aux interventions extérieures, tandis que leur cheminement interne semble empreint de lourdeur, de haine et de ressentiment. Leur état devrait être réversible, comme celui des autres damnés. En pratique, seule la mort met fin à leur peine. Jamais la larve ne devient papillon. La métamorphose ne s'opère pas.

La tristesse du pays des larves demeure et s'étend ; ces territoires infernaux doivent sans cesse augmenter leur superficie pour que s'étalent de plus en plus de larves malades, qui enflent inexorablement. Elles reposent, enfouies sous la couche de sable imprégné d'huile et de substances médicinales ou empoisonnées, que les fourmis maintiennent sur elles pour que leur chair demeure moite. C'est une région désolée. Nulle plante n'y pousse, nul oiseau ne la survole. Les légères ondulations qui indiquent la présence de larves enfouies s'étendent jusqu'à l'horizon. Des planches posées sur le sol meuble, ainsi que des passerelles, à la position constamment rajustée pour ne rien écraser de vivant, permettent le passage à quelques robots de service, agiles et légers. De loin en loin, de puissants palans peuvent mettre en place les nouvelles larves, délicatement, pour qu'elles n'éclatent pas et demeurent prisonnières de leur haine qui ne s'exprimera jamais.

À contempler ces étendues lugubres, cette plaine de gélatine consciente et hargneuse, couverte de poussière collante, à respirer cette atmosphère immobile dans laquelle se mêlent des relents de pourriture, de désinfectants et d'onguents douteux, on se sent engourdi, sans force et complètement seul. La conviction que tout est perdu d'avance imprègne les lieux. On est loin des brasiers des enfers chauds ou des glaces cruelles des enfers froids, loin de ces lieux spectaculaires où l'on se fait couper en morceaux ou écraser. On se trouve dans les enfers mous, lieux de dépravation, où les damnés encore autonomes s'empiffrent, grossissent, jusqu'à ce qu'on les porte ici, énormes et incapables de bouger.

Ici, la fête est finie. Elle ne reprendra pas de sitôt. Les larves ne peuvent plus que rêver aux orgies d'antan. Terminé, le temps où elles pouvaient communiquer avec autrui, ne fût-ce que dans l'obscénité. Elles sont prises en charge par des fourmis qui ne leur parlent pas, mais les soignent et les enterrent juste assez superficiellement pour leur éviter de mourir. Elles en éprouvent une douleur de basse priorité, celle de l'humiliation, du rejet, de la perte d'autonomie, de l'isolement et des délires muets. Leur souffrance, qui ne les affaiblit pas, est la raison d'être d'une vie longue et inutile.

Quelle larve saurait faire la différence entre une vision qui libère et une hallucination qui enchaîne ? Même parfaitement lucide et intelligente, aussi brillante qu'au temps où elle était médecin ou chanteuse populaire, comment pourrait-elle savoir, monstrueuse et aveugle à présent, si elle s'engage ou non dans une démarche qui la mènera à une compréhension plus juste de la réalité ? Elle ne dispose d'aucun point de repère hormis sa propre confiance, laquelle est minée par ce qu'elle sait et ressent de l'état actuel de son corps et de sa damnation. Qui, de l'extérieur, pourrait juger de son progrès ou, au contraire, de ses reculs ?

Les enfers connaissent la télépathie, mais elle n'est pas si fiable, pratiquée par des oiseaux extrêmement cruels, dont l'humeur sanguinaire ferait des ravages dans l'atmosphère contemplative des plaines tièdes et sinistrement vivantes. Jusqu'à maintenant, donc, le contact est demeuré impossible à établir avec ces larves repoussantes, totalement dépendantes des fourmis. Celles-ci les manipulent-elles au moyen d'hallucinogènes ou de calmants ?

Malgré toutes ses bonnes intentions, qui accepterait de vivre, ne fût-ce que quelques heures, une existence où le seul mouvement est celui des fourmis affairées et des spasmes d'entrailles, où la seule sensation est celle d'un fourmillement incessant et d'un gavage involontaire, où le corps muet, aveugle et sourd ne répond plus à la pensée ? La rage impuissante qui semble imprégner l'air stagnant des enfers mous est-elle condamnable ?

Où trouver, puis suivre, le fil d'une pensée qui transformerait la haine et la colère débridées des larves malades, leur sexualité fantasmatique et vénéneuse de créatures immobiles et pesantes, le dégoût qu'elles savent inspirer, en un triomphe qui confond l'esprit mesquin ? Comment établir la victoire de la sagesse chez ceux qui sont vaincus d'avance, vaincus depuis des siècles, laids, engourdis, haineux et délirants ? L'atmosphère de ces champs de larves souterraines pue le ressentiment pervers et maladif ; la tâche semble ridicule à force d'être impossible.

Rel, bienveillant souverain des enfers, qui s'était tiré de situations atroces et possédait des trésors d'invention et de ressources pour soulager les tortures infernales, Rel l'hermaphrodite sombre et victorieux, demeurait abattu lorsqu'il songeait à ces zones terribles, d'où nul ne revient. Son immense désir d'aider était mis en échec par le marécage visqueux de la dépression infecte des larves. Il ne pouvait pas mener les siens vers une action destinée à améliorer le sort de ces damnés, ne sachant pas lui-même ce qui serait efficace. Les enfers sont immenses, les tourments y sont nombreux ; d'autres problèmes, plus faciles à résoudre, avaient donc retenu davantage son attention. Pourtant, tôt ou tard, il devrait faire quelque chose.

Comme les autres insectes bourreaux, les fourmis ne répondaient pas de leurs actes auprès de lui, car leur mentalité était trop différente de la sienne. Elles étaient sous l'autorité directe des terribles juges du destin qui, eux, ne sont pas limités dans leur intelligence et leurs moyens de communication. Elles s'acquittaient sans doute fort bien de leur tâche, puisque la nature des tourments qu'elles infligeaient n'avait pas changé au cours des âges. Par contre, Rel n'avait jamais pu apprendre d'elles la nature précise des tourments qu'elles faisaient subir aux larves, ni savoir ce que les larves éprouvaient. Ses contacts rudimentaires avec le monde des fourmis étaient trop fragiles, ses tentatives plus ou moins directes d'en connaître davantage n'avaient eu d'autre résultat que de jeter un froid. Fourmis et larves vivaient dans leur univers clos, sur lequel le souverain des enfers lui-même n'avait pas d'emprise, même s'il était responsable du bien-être de tous.

Lorsque Rel y songeait, il en venait toujours à la même résolution : dans la mesure de ses forces, il ne mourrait pas tant que ne serait pas réglée cette douloureuse question, tant qu'il ne saurait pas comment travailler avec son dégoût et sa peine, pour rejoindre ces larves anonymes qui passaient des éternités à broyer du noir. Rel avait beau partir pour Vrénalik, déléguer ses pouvoirs au maximum, il était hors de question qu'il abdique.

Ce ne serait sans doute pas lui qui ouvrirait la communication avec les larves, mais il voulait voir ce jour. Nul ne lui avait confié ce dossier, nul avant lui ne s'y était attaqué. Ses prédécesseurs avaient dédaigné les tâches impossibles. Ce choix lui appartenait. Il le gardait secret, pour ne pas inquiéter son entourage. Son épouse, Lame, était particulièrement terrifiée par l'existence même des larves : elle avait échappé de justesse à leur sort, jadis, à l'époque où elle subissait une peine aux enfers mous. Au-delà des craintes de Lame, la résolution de Rel était enfouie telle une larve millénaire. Prendrait-elle un jour son envol ?

Là-dessus, Rel n'avait aucun doute. Quand on est souverain des enfers, voué à leur transfiguration, ce n'est pas un problème de dépression, même envahissant, qui ferait vaciller la confiance que l'on porte aux choses et aux êtres. Ceci dit, le problème en question demeurait entier.

Les millénaires de défaite cauteleuse, de misère, de mesquinerie qui émanaient des larves le décourageaient. Il n'était pas issu d'un tel milieu suintant, où les racines pourries produisent des pousses malingres et monstrueuses. Ne possédant pas les réflexes ancestraux d'avarice et de couardise qui transforment à la longue les gens en larves, il était démuni quand il s'agissait de leur trouver des antidotes. Il n'avait pas connu la crainte et la lâcheté qui se perpétuent d'une époque à la suivante, allant jusqu'à constituer les principaux liens de solidarité entre générations. La loyauté biaisée, la vendetta au nom de l'honneur, l'injustice excusée par le désir de sécurité pour soi-même ou pour les siens, la partisanerie ignoble envers une famille, un pays, une langue ou une religion, il n'avait aucune idée de leurs mécanismes. Il se sentait donc mal armé pour relever lui-même le défi.

S'il ne pouvait s'en charger, qui en serait capable ? Qui saurait séduire fourmis paranoïaques et larves malveillantes, partager leur monde étriqué et morbide

pour tenter d'y changer quelque chose ? Il préférait
ne pas y songer. S'il y réfléchissait, il trouverait
l'homme de la situation ! Il condamnerait ainsi quelqu'un de talentueux, un ami sans doute, à s'en aller
faire la larve quelque part dans les enfers mous, au
risque de s'y perdre. Cela, il n'était pas prêt à s'y
résoudre. Depuis le temps qu'il régnait, il avait su
s'abstenir d'exposer quiconque à un sort atroce.

Dans cet abandon, pourtant, sa fatigue s'exprimait.
Il était sur le point de partir pour le monde de sa jeunesse. C'était pour lui une nécessité. Malgré l'image
de maturité souriante qu'il projetait, sa lassitude était
immense. Il devait oublier pour un temps l'éprouvante
horreur des mondes infernaux et la précarité candide
des efforts pour alléger les souffrances des damnés.

La lancinante question des enfers mous et des
larves était donc remise à plus tard, comme toujours.

ARXANN

Avec ses trois compagnons, son épouse Lame, son conseiller Taïm Sutherland et son garde du corps Taxiel, Rel entra dans Arxann, la ville en ruines qui avait autrefois été capitale des enfers. C'est là que se trouvait la porte vers le monde de Vrénalik, redécouverte quelques mois plus tôt par Lame et Taxiel. Ils avançaient en silence, sac au dos. La blessure récente de Sutherland ne semblait plus l'importuner pour la marche ; il allait à la même allure que les autres.

Des fragments de murs d'anciennes casernes et de chambres de torture surgissaient des décombres. La poussière et la cendre des morts infernaux montaient sous leurs pas. Rel n'aimait pas Arxann, où il avait été humilié, Arxann où il avait dû mener ses parents au bûcher. Ici, tous l'avaient trahi, il y a longtemps, dans sa jeunesse, alors qu'il n'était âgé que de quelques siècles. Il s'était enfui à Vrénalik. Taxiel l'avait ramené de force. Puis il s'était retrouvé isolé dans ses convictions, obligé de les taire et d'agir contrairement à elles, pendant deux mille années infernales, quatorze mille années à l'échelle de Vrénalik. Plus tard, il n'avait pas remis en question tous les comportements qu'il avait adoptés alors ; il était revenu avec des amis dans les ruines d'Arxann pour quelques bonnes orgies. Cependant, plus le temps passait, moins cela l'attirait. Devenait-il puritain avec l'âge ? Comme il venait d'évoquer, devant une assemblée, cette longue période pendant laquelle il avait vécu dans une terreur déguisée en opulence, ces lieux-ci le faisaient frémir. Cette guerre d'usure, il n'en était pas encore remis, des siècles plus tard.

Aujourd'hui au moins, la présence de ses compagnons lui rendait son assurance. Il observa les ruines de chaque côté du chemin. Sur sa droite, un chapiteau sculpté s'élevait de biais, ses torsades ioniques pâles contre la plaine crépusculaire des anciens enfers. Encore quelques siècles et Rel trouverait peut-être, comme Lame, un charme à cet ancien centre de pouvoir, désormais anéanti.

Un bruit attira son attention dans le silence poudreux. Des gravats descendaient de la voûte de béton scintillant qui tenait lieu de ciel, pour s'ajouter à un tas déjà de taille respectable. La nacelle d'accès vers le haut n'était plus visible ; le câble semblait hors d'usage.

Rel s'arrêta. Son esprit fatigué fut envahi par l'inquiétude. N'était-il pas en présence d'un nouveau problème, urgent celui-là, qu'il laisserait également non résolu ? Il songea au monde extérieur situé en quelque sorte au-dessus du lieu où ils se tenaient. Il l'avait toujours trouvé sans intérêt ; cependant, des millions de gens y vivaient, sinon des milliards.

Au-dessus d'ici, accessibles jusqu'à récemment par une nacelle et un puits dans la roche, s'étendaient ce qu'on appelait les mondes saugrenus. Il s'agissait d'une authentique planète extérieure, avec un vrai ciel au lieu du béton habituel. Le passage inter-mondes grimpait jusqu'au sommet d'une cheminée, à côté d'une cour d'école. Plus loin, il y avait des magasins, qui avaient été une source inépuisable de bonbons et de biscuits pour les infernaux. Malgré les remarques ironiques de Rel, ils y avaient pratiqué le vol à l'étalage, sous une variété d'euphémismes.

Les mondes saugrenus méritaient leur nom pour la raison suivante : quand on venait des enfers, ils avaient l'air ridicule, à cause du filtre déformant, installé par les juges du destin, qui empêchait de voir les gens d'en haut comme il faut, faussait la communication avec eux, et avait ainsi un effet dissuasif sur toute entreprise d'intrusion trop élaborée de la part des infernaux. Cependant, le système lui-même semblait avoir besoin d'ajustements : il projetait tout le temps le même genre d'images, comme si le temps était englué. Pourtant, là-haut, c'était un monde extérieur, où normalement le temps s'écoule beaucoup plus vite qu'en enfer.

Les problèmes endémiques du filtre et du passage entre l'enfer et le monde au-dessus avaient-il des conséquences sur la vie des gens d'en haut ? C'était peu probable, mais possible. L'état de la voûte infernale était en tout cas plus préoccupant. Le tas de gravier, toujours en formation, en témoignait : les parois du puits étaient en train de se détériorer. Quelques blocs de taille importante avaient même déjà dégringolé. Rel interrogea Taïm Sutherland du regard : explorateur et grimpeur hors pair, Taïm connaissait bien la voûte et ce qu'il y avait au-dessus.

— C'est devenu dangereux de monter, expliqua celui-ci. Il y a même des fissures dans le béton, autour du trou. On a rangé la nacelle l'autre jour. En tout cas, ce n'est pas moi qui m'occuperai de réparer ça.

— Tu crois que c'est un signe de la fin du monde ? lui demanda Rel, convaincu que c'était le cas.

— Oui, répondit Sutherland en riant. Le ciel va nous tomber sur la tête !

Rel s'était attendu à plus de compréhension de la part de son compagnon : après tout, ils étaient ensemble quand, aux limbes, on leur avait parlé pour la première fois des grands changements à venir, regroupés sous le vocable saisissant de « fin du monde ». Sutherland avait alors pris cela au sérieux.

Ces fissures dans la voûte étaient liées aux tensions géocosmiques du commencement de la fin du monde, Rel n'en doutait pas. C'était la première fois qu'il voyait un signe concret de l'usure accélérée de l'univers.

Il était né sous cette coupole. Depuis sa tendre enfance, il avait connu la présence rassurante de la grande voûte infernale au-dessus de lui. Hormis les belles étoiles de quartz qui étaient peu à peu apparues dans le béton, elle était demeurée inchangée, malgré tout ce qui avait pu se dérouler en dessous. Si elle se mettait à se fendre, cela le touchait personnellement. Il était chargé, à long terme, d'une nouvelle distribution des liens attachant certains mondes à d'autres, qui tiendrait compte de la dégradation de la matière. Les juges du destin lui avaient confié les dossiers. Qu'allait-il décider dans ce cas-ci, pour lui chargé d'émotions et de souvenirs ? Il se sentit ployer sous les responsabilités.

— Les gouverneurs infernaux sont au courant ? demanda-t-il d'une voix éteinte.

Si on ne lui avait pas parlé du mauvais état de la voûte, c'était sans doute à cause de l'imminence de son départ. Il devait au moins s'assurer que l'administration connaissait le problème, pour qu'il soit traité de manière urgente.

— Bien sûr, répondit Sutherland avec nonchalance. C'est même une priorité. Ô joie ! Tous ces échafaudages à installer ! Pas fâché de partir maintenant, au lieu de faire des acrobaties dans les hauteurs.

Rel fut désagréablement surpris par le ton de voix de Sutherland, qui avait clairement envie de se sauver vers Vrénalik, où il avait passé sa vie précédente. L'état des voûtes infernales, le ciel même de sa patrie dans cette vie-ci, il s'en fichait ! Cette attitude désinvolte détonnait, chez un Sutherland d'habitude plus soucieux de bien commun et de sécurité publique. Malgré sa fatigue, ou peut-être à cause d'elle, Rel eut l'impression affreuse que son compagnon n'était pas dans son état normal.

Quant à lui, il continua à fixer le tas de gravier en songeant à ce qu'il y avait au-dessus. Si la tension, liée au mauvais état du lien inter-mondes dissimulé dans le puits, n'était pas soulagée, les réparations à la voûte seraient tout le temps à refaire. L'entretien des liens inter-mondes était placé sous la responsabilité des juges ; or ceux-ci étaient difficiles à contacter, ces jours-ci. Ils avaient demandé à Rel de choisir quels liens maintenir et lesquels rompre, dans le grand réaménagement en cours à cause du phénomène communément appelé « fin du monde », mais ils n'étaient pas pressés d'avoir ses réponses. De son côté, il avait du mal à les joindre. Il aurait pourtant dû régler ce cas-ci avec eux avant de partir. Encore un dossier qui attendrait son retour ?

Tandis que ses compagnons contenaient leur impatience, il demeura plongé dans ses pensées. À première vue, il vaudrait mieux fermer la voûte, la murer carrément et rompre le lien avec le monde d'en haut, éliminant ainsi la source de problèmes futurs. Par contre, il ne savait à peu près rien du monde au-dessus ; il n'aimait pas prendre de décision sans connaître les enjeux. C'est peut-être pour cela que les juges lui avaient confié ce mandat dans son ensemble. Et qu'ils n'étaient pas pressés.

Se souvenant que Sutherland et Lame avaient fait plusieurs excursions en haut, il leur demanda :

— Cette ville des mondes extérieurs où l'on arrive, au-dessus du puits, comment s'appelle-t-elle, ces jours-ci ?

Sutherland essaya de se le rappeler, sans succès.

Lame, par contre, était ennuyée par cette évocation des mondes saugrenus, pour elle infestés de spectres. Elle ne s'aventurait plus là-bas depuis longtemps. Par contre, elle aimait toujours les biscuits au chocolat qu'on y trouvait, s'étant jusqu'à récemment débrouillée pour qu'on lui en rapporte de temps à autre. D'un ton sec, elle répondit :

— En haut, c'est Montréal. Une ville sur un volcan, avec un fleuve autour.

Pour désamorcer ce qu'il saisissait de hargne, de ressentiment, chez Lame, Rel commenta :

— Depuis mon enfance, il y a dû y avoir trois ou quatre villes différentes attachées au-dessus. Les juges ne semblaient pas se décider à ce qu'ils placeraient au-dessus de l'enfer.

— Jusqu'à nouvel ordre, c'est Montréal, insista Lame.

Rel lui jeta un regard vif. Elle semblait vraiment contrariée. Elle non plus n'était pas dans son état habituel. Il avait compté sur elle pour lui remonter le moral au cours de ce passage, devenu pour lui de plus en plus désagréable, à travers Arxann. Il se sentait laissé en plan.

Sutherland, qui n'avait rien remarqué, ajouta, volubile :

— Montréal, c'est bien ça. En Amérique du Nord. Avant mon arrivée ici, beaucoup de bonnes âmes venaient de là, pour faire du travail social aux enfers. Le puits servait à leurs passages. Les infernaux se débrouillaient pour leur apprendre comment venir ici, les payaient bien, et le tour était joué. Maintenant, on recrute les bonnes âmes chez les infernaux de souche, pour favoriser ici le développement de la bienveillance. Dis-moi, Lame, une de tes amies venait de Montréal, n'est-ce pas ?

— Roxanne, oui.

Rel perçut une ambiguïté dans son ton de voix. La relation de Lame à son passé était pleine de trous, de souvenirs à l'accès interdit, de conflits non résolus. Même après des siècles de vie paisible, elle ne se rappelait toujours pas le nom des lieux où elle avait vécu. Nul ne l'accuserait d'un excès de nostalgie ! Elle avait fait sa vie ici, et d'admirable façon. Cependant, pour une ancienne damnée, arrivée aux enfers avec l'impression d'être adulte, la vie précédente jouait en quelque sorte le rôle de l'enfance, des années de formation. Lame n'avait pas de racines ! Elle avait quitté sa vie précédente en détestant ce qui l'avait entourée ; elle s'était suicidée. Sa relation difficile avec le passé, la culture et les traditions qui l'avaient nourrie, qu'elle l'acceptât ou non, cela s'expliquait, sans pour autant être souhaitable.

Une fois entrée aux enfers, Lame avait expié son châtiment aux enfers mous. À cette époque, cinq siècles plus tôt, tous les enfers s'entassaient ici, sous la vieille voûte. En particulier, au lieu de s'étendre, comme aujourd'hui, dans un autre monde, très vaguement vers le sud-ouest, les anciens enfers mous avaient été situés près de la base sud-est de la voûte.

Il en restait d'ailleurs encore des traces : les bases d'une porte racornie et une couple de très vieilles larves, impossibles à déplacer, qu'on laissait vivoter là avec leurs fourmis. Un jour, à la mort de la dernière larve des anciens enfers mous, on déménagerait bien sûr ces fourmis aux nouveaux enfers mous, pour qu'elles continuent à vivre en colonisant des larves. En enfer, on ne laisse pas les bourreaux en plan.

Étonnamment, le séjour que Lame avait fait aux enfers mous ne s'était pas mal terminé. Après une douzaine d'années, elle avait pu en sortir. Elle n'était jamais devenue larve, ce qui aurait dû pourtant être son sort. Elle faisait ainsi partie d'une petite minorité d'êtres qui demeurent aux enfers tout en ayant expié leurs fautes. Après son châtiment, Lame avait connu une période délicate, tandis que se nouait d'ailleurs sa relation avec Rel. Roxanne, cette femme de Montréal, était alors intervenue. En bonne âme qu'elle était, elle avait joué un rôle crucial d'amie et de confidente, pour que Lame s'adapte à son nouvel état.

Avec l'impression de jouer avec le feu, Rel relança Lame au sujet de Roxanne, mais sur un terrain moins personnel :

— À la fin du règne de mes parents, juste avant que je te rencontre, Lame, j'ai entendu parler pour la première fois de Roxanne. Pour son examen de passage de bonne âme, elle avait rédigé un essai, plutôt un récit, sur les oiseaux infernaux. Une copie m'en était parvenue. Travail original, sur un sujet qui me touchait déjà beaucoup. Sais-tu ce qu'elle est devenue, cette bonne âme de Montréal ?

Il avait accentué le dernier mot : ce qu'il cherchait, dans le fond, c'était des renseignements, des indices sur Montréal.

Maîtrisant à peine son agacement, Lame répondit :

— Réfléchis un peu, Rel ! C'était une humaine des mondes extérieurs, à la vie courte. Il y a des siècles qu'elle est morte !

Cette fois-ci, il la regarda avec insistance. Décontenancée, elle ne savait plus si c'était lui qui avait posé une question déplacée ou elle-même qui refusait de comprendre à quoi il voulait en venir. Aurait-elle quelque chose à voir avec Montréal ? Après tous ces siècles ? À cette seule pensée, son esprit frémissait de dégoût, d'une répulsion intense qu'elle ne s'expliquait pas. Ses liens avec Montréal étaient pourtant, lui semblait-il, des plus superficiels.

Pour secouer son angoisse, elle passa à l'attaque. Toisant Rel, elle déclara :

— D'ailleurs, Roxanne ne te portait pas dans son cœur. Tu lui rappelais de mauvais souvenirs.

D'un coup, Rel se sentit sombrer, rejeté de Lame, banni au pays morbide de sa jeunesse, de ses propres mauvais souvenirs. Il avait été, en effet, maladroit, ambigu, déchiré entre le personnage abject qu'il était contraint de jouer et le sentiment frémissant de sa propre valeur. Il admettait que Roxanne ait pu le trouver antipathique, mais pourquoi parler de cela quand il se sentait si vulnérable, si exposé ? Rel vit son esprit s'ouvrir dans le registre de la paranoïa. Ce qu'il avait vécu les jours précédents et ce qui venait de se passer formait un tout, incompréhensible et terrifiant. Il sentait Lame fragile, extrêmement menacée. Montréal ? Les enfers mous ? Les oiseaux ? Les ancêtres, le passé, les souvenirs ? La voûte fissurée ? Pourquoi pas les Sargades, pour bien faire ? Tant d'éléments disparates semblaient converger inexorablement, non pas sur lui, mais sur Lame, ce qui l'effrayait encore plus. Le pressentiment de quelque chose d'atroce, d'une manipulation honteuse, d'un piège abominable, s'empara de lui.

Comme dans sa jeunesse quand, ici même, tout l'avait trahi.

Il se ressaisit. Sa réaction pouvait être exagérée, à cause des lieux mêmes où il se trouvait. Tout s'expliquait ! Coupant court à son inquiétude, il se remit en route d'un pas mesuré. Lame et Sutherland, soulagés, le dépassèrent.

Par contre, l'état d'esprit de Rel n'avait pas échappé à Taxiel, son garde du corps. Taxiel avait beaucoup de respect pour les changements, en apparence capricieux, de l'humeur de Rel. Ses émotions reflétaient souvent une situation extérieure concrète. Redoublant de vigilance, Taxiel scruta l'ensemble du paysage, qui semblait désert.

Soudain il aperçut du coin de l'œil, entre les débris, un mouvement très bref, qui le surprit énormément. Rel lui demanda aussitôt de quoi il s'agissait. Taxiel aurait préféré taire ce qu'il avait vu. Mais sa loyauté lui interdisait de mentir.

— Ça avait l'air d'un juge, déclara-t-il.

Qu'est-ce qu'un juge venait faire ici ? Les espionner ? Dès qu'ils auraient franchi la porte d'Arxann, ils seraient hors de la sphère d'influence des juges du destin, qui laissent vivre leur vie aux gens de l'extérieur, attendant qu'ils soient morts pour leur faire payer ce qu'ils ont fait. Mais ici, juste avant qu'ils passent la porte et leur échappent, la présence évanescente, spectrale, d'un collaborateur du destin avait-elle quelque chose à voir avec l'état d'esprit de Sutherland et de Lame ? Surtout de Lame ?

— J'ai peut-être mal vu, ajouta Taxiel.

Rel lui indiqua que l'incident était clos. On ne se met pas à courir derrière un juge pour voir si c'en est vraiment un.

Même s'ils en usaient rarement, et judicieusement, les juges étaient capables des pires trucages. Si le monde d'au-dessus, si Montréal paraissait saugrenu aux infernaux, c'était à cause d'eux : en donnant à ces lieux des apparences d'épouvantail, les juges éloignaient ainsi les curieux venant des enfers. Par contre, l'effet de dissuasion ainsi créé était bien différent, plus léger que ce que Lame semblait avoir ressenti plus tôt. Ceci dit, les manipulations des perceptions et de l'esprit n'avaient aucun secret pour ces êtres étranges. Leurs relations avec Rel avaient toujours été bonnes. Pour qu'elles le demeurent, ils ne le manipulaient pas, lui. Enfin, c'est ce qu'il aimait croire, à défaut d'avoir les moyens de le vérifier. Alors que, de toute façon, ils intervenaient de moins en moins dans les affaires d'ici, pourquoi se mêleraient-ils, aujourd'hui, de truquer ce que ressentaient ses proches ?

Pourtant, cela demeurait vraiment du domaine du possible. Au cours des jours précédant l'arrivée de Rel aux anciens enfers, Lame et Sutherland, aidés par d'autres infernaux, avaient passé le plus clair de leur temps par ici, que ce soit pour ranger la nacelle vers les mondes saugrenus ou pour commencer à installer un camp de l'autre côté de la porte d'Arxann. Un juge caché dans les ruines aurait eu tout le loisir voulu pour jouer subtilement avec leurs perceptions et leurs idées, pour leur suggérer une certaine humeur et les flatter dans le sens de leurs névroses.

Incapable de conclure, ayant lui aussi hâte de partir, Rel se remit en marche à vive allure, pour rattraper, avec Taxiel, les deux autres qui marchaient devant.

Bientôt ils arrivèrent au sous-sol où se trouvait la porte vers le monde de Vrénalik, aboutissant non loin des antipodes de l'Archipel proprement dit.

Taxiel était nerveux à son tour. Il n'avait pas envie de traverser. Les enfers lui semblaient plus hospitaliers que le monde, évoquant des souvenirs pour lui honteux, qui s'étendait, spacieux et libre pourtant, de l'autre côté. Mais il n'en dit pas un mot. Il ne ralentit pas. Au contraire, l'échine courbée sous le gros sac d'équipement qu'il portait, animé par sa loyauté envers Rel, il passa au-devant des autres et leur ouvrit la porte.

De l'autre côté, Lame redevint affectueuse et Sutherland responsable. Quant à Rel, il cessa de se sentir si sensible qu'un rien suffisait à l'affecter.

L'AUTRE DÉPART

Dans le monde où était situé l'Archipel de Vré-nalik, Rel et ses compagnons s'étaient installés tout près de la porte d'Arxann, sur une pointe rocheuse, déserte, qui s'avançait dans l'océan du Sud. Ils devaient y passer toute la période nécessaire à leur adaptation à l'écoulement du temps, beaucoup plus rapide ici que dans les enfers d'où ils venaient. Le moment venu, ils partiraient pour l'Archipel, loin au nord. Du moins, tel était le projet.

Ils recevaient la visite de gens des enfers, qui profitaient des derniers moments du groupe de Rel au voisinage de la porte d'Arxann pour venir leur porter des petits cadeaux ou leur souhaiter bon voyage. Rel et ses compagnons bougeaient et parlaient déjà à peu près au rythme du monde de Vrénalik, environ sept fois plus rapide que celui des enfers. Au contraire, les infernaux qui venaient simplement faire un tour ne se donnaient pas la peine d'ajuster la porte pour tenir compte des différents temps, ce qui leur donnait d'ailleurs l'air bizarre et décalé. Impossible de se parler, dans ces conditions. Même les expressions de leur visage étaient indéchiffrables. S'ils avaient quelque chose à se dire, ils l'écrivaient. Ils pouvaient aussi fonctionner avec une enregistreuse, écoutant le message en modifiant sa vitesse pour qu'il devienne compréhensible. Cette méthode donnait des résultats plutôt drôles.

Lame, réjouie de voir ses meilleures amies venir lui porter une petite douceur, avait pourtant l'impression de s'engager dans une fuite immobile à leur égard. À mesure qu'elle s'adaptait au monde de Vrénalik, les enfers, sans qu'elle ait bougé, devenaient incompréhensibles. Elle en était déstabilisée. C'était angoissant. Elle n'était plus si sûre de vouloir partir.

À l'opposé, ayant pour ainsi dire laissé ses soucis de l'autre côté, Rel était heureux. Encore un peu de temps et il pourrait se jeter à l'eau, nager comme un poisson brun à chevelure noire jusqu'à l'autre bout du monde, qui semblait l'appeler depuis si longtemps, sans qu'il ait pu répondre. L'air qu'il respirait était sans doute déjà passé au-dessus de Vrénalik, l'eau dans laquelle il pouvait dès maintenant se plonger, ayant parcouru la planète entière au gré des millénaires, appartenait donc elle aussi à l'espace élargi de l'Archipel, dont le souvenir extraordinaire lui avait permis de se rendre jusqu'ici.

Rel avait vécu. Son corps marqué de cicatrices et son esprit imprégné d'expériences diverses savaient tous deux apprécier le moment à sa juste valeur. En ce monde-ci, l'étrangeté de Rel l'hermaphrodite, l'héritier du roi des enfers devenu réformateur, qui avait des yeux dans le dos et des perceptions hors du commun, ce passé, cette apparence et cette réputation pouvaient se perdre dans l'immensité de l'océan. C'est ce qu'il avait connu, au temps de sa jeunesse, quatorze mille ans plus tôt à l'échelle de ce monde-ci. Il s'était senti accepté tel quel, contrairement à ce qui se produisait alors dans sa patrie. Il retrouvait aujourd'hui un lieu où il s'adaptait bien, un ensemble d'océans où il avait sa place, des rythmes et des odeurs qui évoquaient une myriade de souvenirs anciens et bouleversants.

Pourtant, la région australe où ils se trouvaient était ravagée par une guerre. La nuit, vers l'est, le ciel se zébrait d'explosions lointaines. Sutherland et Taxiel avaient établi un périmètre à l'intérieur duquel ils étaient en complète sécurité et invisibles. Depuis le temps que les infernaux aimaient faire des incursions dans les mondes extérieurs, ils avaient mis au point une variété de moyens de passer inaperçus si tel était leur désir. Rel ne se préoccupait pas de cette guerre, tant qu'elle ne l'obligeait pas à rebrousser chemin, ce qui ne semblait pas être le cas. Il avait l'intention de partir en longeant la côte vers l'ouest, en s'éloignant du conflit. Il éviterait le contact avec les gens qui peuplaient ce monde-ci : pour le moment, sinon en permanence, il avait bien l'impression de n'avoir rien à leur offrir. Par contre, il ne voulait pas risquer d'être retardé. La priorité, pour lui et ses compagnons, c'était d'atteindre le but, l'Archipel. Il y resterait pour une durée déterminée par les conditions rencontrées. Le reste en découlerait, jusqu'à son retour aux anciens enfers. Dans ce contexte, les feux d'artifice guerriers autour de la ville voisine ne l'impressionnaient guère. À côté des flammes infernales, ils avaient un air pâlot.

Il se souciait davantage de ce que vivaient ses compagnons. Comme prévu, leur perception de la succession des jours et des nuits leur semblait beaucoup trop rapide ; ils attendaient qu'elle ralentisse subjectivement et qu'ils puissent bouger naturellement à la vitesse ambiante. C'est alors qu'il serait le plus agréable de faire le voyage.

Rel, dont le corps avait connu semblable adaptation dans sa jeunesse, était le plus à son aise. Il avait vécu dans ce monde-ci pendant une assez longue période, tandis qu'il était en fugue ; à cette occasion, il avait commencé par le visiter de fond en comble à la nage. Maintenant, dès son arrivée il avait recommencé à plonger dans les flots. Si Sutherland ne l'avait pas incité à la prudence il aurait sans doute, comme jadis, essayé d'attirer les oiseaux de mer pour en faire son entourage. Détail curieux, il lui semblait que le climat de ce coin-ci avait été un peu plus chaud. Telle quelle, la fraîcheur venteuse lui rappelait déjà Vrénalik.

Taïm Sutherland, lui aussi, s'adaptait bien, sauf pour le soleil, dur pour sa peau blanche et ses yeux pâles de rouquin dont la couleur des cheveux s'était perpétuée d'une incarnation à la suivante. Les souvenirs de sa vie précédente, passée dans ce monde-ci, il y a une couple de milliers d'années à son échelle, étaient de plus en plus nets, mais il avait vécu la plupart du temps dans des pays de brouillard et de pluie. Malgré tout, le rythme des jours, des nuits, des phases de la lune et des saisons où cette vie s'était écoulée lui revenait facilement. La forme des nuages et les couleurs du ciel n'avaient pas changé. Par contre, il était inquiet. D'une part, il voyait la puissance de la connexion que Rel établissait avec l'océan, ce qui confirmait l'impression que, pendant son premier séjour, il avait bien été l'inspiration du mythe de Haztlén dans l'Archipel. D'autre part, cela lui faisait se sentir responsable de Rel, qu'il voyait déjà se détacher de toute son existence infernale pour embrasser le monde de son bonheur de jadis. Il faudrait l'inciter à la prudence, ce qui pourrait s'avérer délicat. Plus Rel se mettait à vibrer à la fréquence de ce monde-ci, plus il devenait semblable à Haztlén, à l'océan, vénérable et imprévisible.

Sutherland, se sentant empêtré dans son corps infernal de Fax, ne savait trop comment réagir à ce qu'il ressentait d'inquiétude et de bonheur. Ce corps très fort et très agile qu'il avait obtenu à son arrivée, comme juste, en enfer, lui permettait certes des prouesses ; par contre, l'état d'esprit facilement satisfait qui seyait naturellement à ce corps lui paraissait un handicap, le coupant de certaines émotions.

Les préoccupations de Sutherland et l'enthousiasme de Rel contrastaient avec ce que vivaient les deux autres membres du groupe. Taxiel était mal à son aise. Longtemps auparavant, du temps où il était sbire au service du roi des enfers, il était passé par ici pour ramener de force Rel à son père. Taxiel était plus vieux que Rel lui-même ; il se dégageait de lui une stabilité inexpressive, celle d'une vie où les expériences ont été faites, les crimes commis, les souvenirs presque oubliés, telles des ombres chinoises qu'un rien peut faire disparaître. Lié par sa loyauté envers Rel, il subissait l'épreuve du passage vers Vrénalik. Il ne voulait pas se rappeler l'odeur du cuir de son armure, jadis, la sueur, les vomissures du jeune Rel à moitié étouffé par ses liens. Le bras de fer, ils l'avaient joué ici même. La brutalité physique et la méchanceté de Taxiel avaient eu le dessus, et pour longtemps. À présent, le grand sbire à la moustache blanchie se dissimulait derrière sa pipe et son alcool pour ne pas trop penser. Les lieux faisaient ressurgir des souvenirs pénibles. Par contre, son sens du devoir lui interdisait de remettre en question sa présence ici. L'état d'esprit de Rel ne lui échappait pas et il se montrait vigilant.

Lame non plus ne se plaisait pas en ces lieux. La belle dame aux cheveux noirs et à la robe rouge se montrait pourtant patiente. Elle acceptait les goûts de Rel. Par contre, les berges pierreuses, le ciel d'un bleu profond et les rouleaux parfaits des vagues transparentes ne lui disaient rien. L'écoulement rapide des jours et des nuits, les festivals continuels d'étoiles, de planètes et de nuages, ce soleil qui passe son temps à bouger, l'énervaient comme un feu d'artifice superficiel. Son pays à elle, se répétait-elle, c'étaient les anciens enfers, la plaine cendreuse et crépusculaire. Il lui tardait que cette aventure se termine et qu'ils rentrent tous à la maison. Entre-temps, la période d'adaptation était d'un ennui mortel.

Elle s'en ouvrit à Taxiel, un soir où ils faisaient la cuisine, ayant allumé un petit feu dans les rochers. Les deux autres étaient pour ainsi dire enivrés par le simple fait de respirer l'air de ce monde-ci. Taxiel et Lame par contre, qui n'avaient pas vraiment faim, trouvaient dans les préparations culinaires un exutoire à leur inconfort. Lame se sentait mal à son aise de ne pas aimer ce monde-ci, qui signifiait tant pour Rel.

Le vieux sbire trouva un flacon d'eau-de-vie, en servit un verre à Lame et l'enjoignit d'aller confier ses états d'âme à son époux.

Rel était assis à l'écart, sur une pierre éclaboussée par les vagues, pensif, regardant l'océan vers le sud-ouest, comme jadis à Drahal, l'île la plus occidentale de Vrénalik, où les sculpteurs Vriis et Tranag l'avaient utilisé comme modèle, lui enseignant aussi un peu de leur sorcellerie. Parmi les rochers spectaculaires du rivage, sa silhouette un peu bossue était bien découpée, trouvant son équilibre parmi ces formes tourmentées et cependant polies par les millénaires. Son corps anguleux, immobile maintenant mais aux mouvements déliés, possédait une force joyeuse, atténuée par sa fatigue présente, qui se manifestait par la façon dont sa main gauche était crispée sur son genou droit. Ses mains étaient petites, brunes, usées et résistantes. Son profil sensible, à la noire chevelure abondante, au front haut, aux sourcils prononcés, au nez droit, aux lèvres minces et au menton volontaire, aurait pu appartenir à un homme ou à une femme, jeune ou âgé. Il attirait encore Lame, après tous ces siècles passés ensemble. L'attirance était mutuelle, ce qui persistait à surprendre Lame et à la ravir.

Sa propre beauté actuelle, elle ne la tenait pas pour acquise ; elle avait plutôt eu coutume de se sentir laide et rejetée, ce qui l'avait d'ailleurs conduite à terminer sa vie précédente par un suicide. Sa confiance en elle-même n'était pas complètement établie, ce qui lui donnait un caractère mouvant, passant facilement de la colère à la candeur. Elle avait perçu jadis la valeur de Rel, à une époque où il doutait de lui-même. Rel avait fait de même pour Lame, d'où la force de leur relation.

Lame, sa jupe rouge volant au vent chargé d'embruns, tenant toujours le verre que Taxiel lui avait donné, s'approcha de Rel et se pencha vers lui. Il tourna sa tête aux grands yeux gris de créature souterraine. Il la contempla, puis la salua d'un sourire. Elle lui offrit le verre ; il le prit de sa main à la peau délicate, aux ongles ambrés, dont les os même se devinaient noircis par l'âge, patinés par les siècles. Ils se mirent à converser.

Ils passèrent en fait plusieurs jours, à l'échelle de ce monde-ci, si courte, à réfléchir à ce que Lame ressentait. Rel n'était pas étonné de ce que vivait Lame : à la différence des autres, elle n'avait aucune connexion avec ce monde-ci ; elle était ici simplement parce qu'elle était sa compagne. Sa présence n'était pas essentielle.

Ils finirent par décider que Lame ne poursuivrait pas le voyage mais rentrerait aux anciens enfers, quitte à repasser de ce côté-ci plus tard. Elle n'avait nul besoin de voir Vrénalik. Il lui serait facile de rentrer chez elle maintenant, ce qui ne compromettait pas le projet pour les autres.

Cependant, Rel était inquiet. Si Lame, sa bien-aimée, percevait le monde de Vrénalik comme désagréable, cela semblait de mauvais augure. Il ressentit le besoin de la munir d'une protection pour le temps où ils seraient séparés. Par contre, il ne voulait pas l'alarmer. Deux idées se présentèrent à son esprit ; il y donna suite :

— J'aimerais, dit-il, que tu restes ici avec nous encore un peu. J'aurais quelque chose à t'apprendre et une responsabilité à te confier.

Lame en fut flattée :

— De quoi s'agit-il ? répondit-elle avec enthousiasme.

Elle se ressaisit après avoir posé sa question : Rel l'avait déjà menée vers des aventures plus ou moins agréables, pour sa croissance personnelle sans doute, mais sans avertissement préalable. Cette fois-ci, par contre, il n'y avait pas la moindre nuance moqueuse dans son expression. Au contraire, Rel paraissait embarrassé. Il avait dû passer tant d'années à dissimuler sa vraie nature qu'il avait encore du mal à aborder ce qui lui tenait à cœur.

— D'abord la responsabilité, dit-il. Puisque tu retournes aux enfers, j'aimerais que tu me représentes auprès des juges du destin.

Cela, elle ne s'y attendait pas. Elle n'aimait pas tellement les juges.

— Qu'est-ce que cela implique? demanda-t-elle.

— Peu de chose, sans doute. Ils ont déjà accepté que je m'absente pour une durée indéterminée, sans que je désigne un remplaçant. Et, comme tu sais, ils ne se manifestent presque pas, ces temps-ci.

— C'est quand même toi qui dois t'occuper de la nouvelle distribution des liens inter-mondes. Ne me dis pas que je vais hériter de ce dossier: je n'y connais rien!

— Les juges m'ont pressenti pour ces décisions-là et ils semblent tenir à ce que je m'en occupe. Je doute qu'ils acceptent que quiconque me remplace à ce sujet, tant que je serai en vie! Mais on ne sait jamais à quel autre titre ils pourraient avoir besoin de moi. C'est par civilité à leur égard que tu serais ma représentante; libre à eux, ensuite, de te contacter au besoin. Tu m'en as donné l'idée quand tu m'as dit que tu voulais rentrer. Je leur enverrais ma femme, ce serait gentil. Ils sont sensibles à ces attentions. Ils ont peut-être le tempérament volatil, ces jours-ci. Ça peut leur donner meilleur caractère. Ils oseront moins te toucher, si tu me représentes.

Il se rappelait l'atmosphère si désagréable de leur passage à Arxann. Lame, par contre, ne s'était rendu compte de rien.

— Les juges ne m'ont jamais causé d'ennuis! s'exclama-t-elle. Enfin, si ça peut te rassurer. Comment sauront-ils m'identifier comme ta déléguée? Je ne sais même pas comment les joindre!

Rel désigna son bras gauche, richement orné d'implants:

— Vois-tu, expliqua-t-il, certaines parties de ces implants sont amovibles.

Au bout d'une opération délicate, il détacha une minuscule composante dorée:

— Voici précisément un émetteur qui m'identifie auprès des juges.

Il la remit en place pour ne pas la perdre et poursuivit :

— J'en ai plusieurs copies, fixées à divers endroits. Les connexions sont compatibles avec d'autres implants que les miens, pour que les juges puissent savoir facilement à qui je délègue certaines responsabilités. Voyons tout de suite si tu pourrais le porter. Dans la négative, la requête que je te fais ne tient plus. Dans le cas contraire, tu prendras la décision à ton aise.

Lame n'avait aucune affinité pour la haute technologie infernale. Elle laissa Rel lui chatouiller le bras gauche, avant qu'il trouve le mécanisme qui ouvrait le clapet protégeant les entrées non utilisées d'éventuels implants. Le petit émetteur s'adapta parfaitement ; Rel put même réajuster la fermeture du clapet pour que tout soit bien en sécurité. Puis il montra à Lame comment poser et enlever l'implant : ainsi, si elle acceptait puis, plus tard, changeait d'idée, elle saurait comment le signifier. Finalement, il fit toute l'opération en sens inverse, pour porter lui-même de nouveau l'émetteur, en attendant le moment où Lame aurait pris sa décision. Rien ne pressait.

— Telle est la responsabilité dont je pourrais me charger, déclara Lame. Mais tu avais aussi mentionné une chose que tu voulais m'apprendre.

Il hocha la tête, hésitant à aborder ce sujet. Cela piqua la curiosité de Lame. Elle voulut se montrer conciliante, pour l'aider à vaincre sa résistance.

— Va pour les juges, dit-elle. Ça me donne une raison de revenir si vite chez nous. Remets-moi l'implant et n'en parlons plus.

Il s'exécuta.

— Bon, fit Lame. Maintenant, que veux-tu m'apprendre ?

Rel demeura immobile, regardant l'océan, comme s'il enrichissait son intelligence de toute une sagesse maritime, encore plus ancienne que lui. Puis, silencieusement, il prit Lame par la main et l'emmena jusqu'à l'extrémité de la pointe où ils se trouvaient. Ils restèrent là, entourés d'eau sur trois côtés, au bout du monde. Deux journées, courtes et ensoleillées, défilèrent, trop rapidement pour Lame. Les clignotements clinquants du soleil l'ennuyaient. Cependant, elle attendait que Rel soit prêt à parler.

Le troisième soir, il la prit dans ses bras :

— Lame, ma reine, je vieillis. Ce qui semble embarrassant et sans importance acquiert parfois sa valeur avec le temps qui passe.

Elle le regarda, émue, sentant son corps nerveux, chaud et presque immortel, frémir contre le sien. Intense et passionné, il la contemplait.

— Ce que je veux t'apprendre est pour toi seule, dit-il. Tu pourras le transmettre, ensuite, comme bon te semblera. Pour ma part, je n'aurais envie de l'offrir à personne d'autre. Un cadeau qui ne vaut plus rien, sans doute, une sorte de souvenir. À défaut d'aimer Vrénalik, puisses-tu apprécier le rythme qui y mène. Lame, tu es mon épouse et ma reine. Des partenaires, j'en ai des centaines. Mais mon cœur est entre tes mains, jusqu'à la mort.

Lame ouvrit des yeux émerveillés. Une telle déclaration la mettait dans un état second.

— Alors, conclut Rel d'une voix sourde, je vais t'apprendre le code d'ouverture de la porte verte. Vous l'aviez trouvée déconnectée, Sutherland et toi. Mais, jadis, c'est elle qui joignait le pays de mes ancêtres maternels sargades à l'Archipel de Vrénalik.

—Le code que tu te répétais quand tu étais jeune.

—Celui-là même.

—Et qui t'a permis de tenir le coup, jusqu'au jour où tu as pu l'utiliser pour passer de l'autre côté.

—Mais je suis revenu aux enfers ; dès lors, le code me fut encore plus essentiel qu'avant, même si je ne pouvais plus partir. Surtout après mon retour aux enfers, Lame, le code m'a aidé surtout après. Le pays était hors d'atteinte, mais son code, personne ne pouvait me l'enlever. Elle ne sert plus à rien, cette suite de chiffres et de rythmes : de toute façon, la porte ne permet plus à deux mondes de se rejoindre.

Il s'interrompit. Deux mondes déconnectés, celui de sa mère et celui de la liberté ; cette rupture tragique lui emplissait l'esprit.

—Par contre, je ne l'ai jamais oubliée conclut-il.

—J'accepte, déclara Lame en secouant sa chevelure noire caressée par les mains frémissantes de Rel. Ce code d'ouverture t'a gardé vivant. Je lui dois d'avoir pu te rencontrer. Apprends-le-moi, Rel, si ma mémoire est digne de le retenir.

La tristesse bouleversée qu'elle sentit alors dans l'étreinte de Rel, elle refusa de la voir comme un pressentiment.

1, 4, 8, 9

Lame étudia le code de la porte verte. Rel avait choisi de le lui apprendre d'une manière assez particulière. Pour lui, le simple fait de mentionner l'existence de ce code, qu'il avait tenu au plus profond de lui-même pendant si longtemps, n'allait pas de soi. Quant à réciter à haute voix ou à écrire les trois cents chiffres empreints d'émotions auxquels il devait d'avoir échappé au désespoir, tout son être se rebellait. Ce qui était à la mesure de ses forces, par contre, c'était de répéter ce qu'il avait fait maintes et maintes fois jadis, quand il se savait non observé : esquisser chaque signe du bout d'un doigt. Il en traçait donc quelques chiffres, un par un, avec l'index ou le majeur gauche ou droit, sur la paume de Lame qui, ensuite, pouvait répéter la séquence à haute voix pour qu'il vérifie si elle la savait bien ou, mieux encore, la tracer à son tour, avec le rythme voulu, sur sa paume à lui.

Ce qui était le moins éprouvant pour Rel, c'était de tracer les chiffres du code sur le ventre de Lame, à côté de là où il avait posé la tête. Là, les yeux fermés ou humides, perdu dans l'émotion de mêler des atmosphères anciennes à la présence vivante de sa bien-aimée, il s'abandonnait avec Lame à l'univers douloureux et impressionnant des secrets de sa jeunesse.

Ce processus n'allait pas de soi pour elle. Lame n'avait pas une relation facile avec son ventre : elle était encore marquée par son séjour aux enfers mous, où elle avait été énorme, sans parler de sa vie précédente, où là aussi elle avait été obèse. Elle n'aimait pas se faire toucher le ventre, cela réveillait en elle de vieux traumatismes. Rel était la seule personne de qui elle pouvait accepter un tel comportement. Par son code, il lui faisait un cadeau très intime, qu'elle recevait là où elle se sentait le plus vulnérable. Apprendre le code de la porte verte n'avait rien d'un exercice abstrait. C'était un échange profond et exigeant entre deux amants de très longue date, qui laissaient tomber leurs plus profondes défenses.

Quand Lame en eut mémorisé une bonne centaine de chiffres, d'un commun accord ils décidèrent d'inviter les autres à se joindre à eux. Taxiel trouvait cela plutôt ennuyeux ; il s'arrangea pour ne pas venir souvent. Par contre Sutherland, peu tourné vers le tactile, était fasciné par la voix riche de Lame qui chantait pour lui le code immémorial.

Vers la fin de sa vie précédente, pendant des séjours dans la Ville Rouge, il s'était familiarisé avec la numérologie de Vrénalik dont l'une de ses proches, la mère de sa fille pour tout dire, connaissait bien les secrets. Elle s'était appelée Anar Vranengal et avait été l'élève et la maîtresse du sorcier Ivendra. Comme il l'avait aimée ! Or le code de la porte verte, qui avait uni Vrénalik au pays des Sargades, était de ce point de vue-là un trésor, mis en valeur par ce chant étrange et rythmé. Il lui semblait y sentir le style des sorciers de Vrénalik, experts en rythme, en sonorités et en voix, y retrouver leur esprit audacieux et tendre.

Les rapports que Sutherland percevait depuis longtemps entre les enfers et Vrénalik trouvaient là une confirmation. Ce qui, du côté infernal, était une suite de chiffres permettant physiquement de passer d'un monde à l'autre devenait, du côté de Vrénalik, une suite d'assonances mythiques, de couleurs et d'atmosphères évocatrices. Qui avait composé le code ? Pas les gens de Vrénalik : de toute évidence, ils avaient vécu sans connaître l'existence de la porte. C'était sans doute une création des juges du destin, qui l'avaient installée, ou des Sargades, qui l'avaient utilisée. Sutherland les trouvait antipathiques, les uns comme les autres ; il aurait préféré ne pas le leur attribuer ; par contre, la mesquinerie dont il faisait ainsi preuve l'agaçait. La beauté intuitive du code dépassait les êtres et les cultures.

Rel et Sutherland s'accordaient pour dire que la partie la plus difficile du code était une courte suite : 9, 5, 1, 4, 2, située aux deux tiers, suivie d'un double silence. Rel se borna à dire que ça lui faisait vraiment peur, tandis que Sutherland élabora :

— Le premier chiffre, neuf, est comme un ciel nocturne, plein d'étoiles. Il met en contact avec une certaine sagesse. L'effet est accentué par le cinq qui suit, rouge comme un brasier. Neuf et cinq, seuls ensemble, c'est comme un volcan la nuit, ou comme vous, Rel et Lame. Votre relation dure depuis longtemps, comme celle de l'obscur et de la flamme. Malheureusement, les choses ne s'arrêtent pas là. La suite est construite comme un piège, tu ne trouves pas, Rel ?

— Une véritable trappe.

— En effet. Après l'aspect cosmique, immense, du neuf et du cinq, qui nous ont ouvert l'esprit, nous nous faisons séduire par le un. Un, c'est plus stable et concret que ces grands personnages célestes. Lumineux, d'un blanc pur, il va de l'avant, il inspire confiance. La vision se condenserait-elle dans le monde physique ? Pas ici. Le piège le fait suivre d'un quatre, qui accentue un sentiment de sécurité, d'arrogance. Son éclatement verdoyant, qui ressemble aux quatre îles de l'Archipel de Vrénalik, fait qu'on a l'impression d'avoir un impact sur le sens du monde. Puis on tombe dans les mâchoires du deux et du double silence. Le deux ici est jaune clair : en soi, rien de si affreux, sauf qu'il est positionné comme les mâchoires d'un piège qui se referme. Le sens du monde s'est montré plus complexe à saisir que ce que laissait croire une attitude insouciante et téméraire ; l'élan vital si puissant du quatre empêche de freiner pour le deux qui suit. On se casse la figure puis on ne bouge plus. 9, 5, 1, 4, 2, triste histoire qui se clôt par un silence redoublé.

— Pas si vite, dit Rel auquel des siècles de difficultés avaient appris à ne jamais se décourager. On est tombé dans le trou, soit. Une variante suit, qui indique comment sortir.

— 9, 6, 9, 7, 2, 2 4, 8, chanta Lame en rythmant les chiffres sur son ventre.

— Rel, ta suite ne fait pas sérieux, commenta Sutherland. 9, 6, 9, 7, noir, océan, noir, métal, ce n'est pas un peu seigneur de la guerre pour dessins animés, motard d'opérette ? Puis on s'en va dans les puissances de 2 par ordre croissant ! Manque soudain d'imagination ? Où vois-tu une porte de sortie là-dedans ?

— Ce genre-là de piège, il y a plusieurs façons d'y résister. Ça, c'en est une. 9, 6, 9, 7 : nuit, océan, ténèbres et brume, pour que 2, 2, 4, 8 : double soleil, verdure et or, ne nous emprisonnent pas. Ça sert à tenir le coup dans l'adversité, causée par l'excès de pouvoir détenu par ceux qui nous tiennent à leur merci. La nature profonde de la réalité est évoquée avec insistance par le neuf, qui apparaît deux fois ; son aspect passionné, altruiste, apparaît avec le six. Sur cette base impressionnante apparaît le sept, qui a trait à la puissance de l'imagination. La méthode fonctionne si l'on n'a pas peur de devenir fou. On se met à voir, à entendre des choses. Un monde se dévoile et nous parle, celui des déités et les saints, des lutins et des fées ; on peut leur adresser des prières, souvent exaucées. Pour les mécréants, c'est le domaine des élans poétiques, des envolées vers l'ailleurs, avec ou sans support rationnel. On est armé d'imaginaire – s'agit-il d'anges, de fantômes, de guides inscrits dans la texture même du réel? Leurs symboles, fins comme une chevelure, commencent à nous hanter, à nous accompagner, à résonner dans un quotidien qui se transfigure. L'adversité concrète demeure, mais notre réaction n'est plus la même.

Lame pâlit : elle voyait à quel point ceci avait permis à Rel de résister à son père sans le haïr. Il y a avait là une leçon qui la touchait profondément.

Rel fit signe à Taxiel d'approcher : lui aussi devait entendre ses paroles. Les bombardements de la guerre au loin avaient cessé.

— Songez à ce sept, chuchota Rel, entre le neuf et le deux ! Je l'ai tant contemplé, tant supplié, ce sept arpentant la falaise de la nuit pour regarder le gouffre ! Telle une écharpe de brume, il est gris, changeant, presque invisible. Quand je l'appelais, je craignais toujours qu'il ne se soit fondu en fumée. Pourtant, chaque fois que tu me faisais mal, Taxiel, le sept me venait en aide. En somme, c'était ton compagnon autant que le mien. Il est le courage du désespoir, l'acte de regarder la mort en face. Il fait surgir des nuées de fantasmes qui brouillent les pistes. On peut le croire fragile, prêt à s'évanouir sous le poids d'un simple regard, spectre falot qui croit en ce qui n'existe pas. Pourtant, il est plus fort que tout le reste, ce sept de brouillard, d'acier et de diamant. C'est une arme, qui tient le désespoir à distance. Humble et droit, il fait reculer l'horreur. Tombant de biais, il frappe le coup fatal contre le mal. Tu sais de quoi je parle, Taïm.

— Ça me rappelle ce que disait le sorcier Ivendra : travailler au grand jour, en préservant la nuit dans son cœur pour qu'il ne se dessèche pas.

— Précisément. Lame ?

— Ici, le huit me fait peur. Huit chiffres entre les deux silences, et le dernier chiffre est un huit. Je me sens écrasée par cette richesse, par cet or du huit, qui s'enroule autour de n'importe quoi pour étouffer ses adversaires.

— Passe légèrement, conseilla Rel, même s'il est en position finale. Pour négocier un huit comme il faut, pour ne pas rester englué dedans, on se réfère au tout début.

— 1, 4, 8, 9, chanta Lame, se détendant dans ce début magistral.

— Le début, dit Sutherland, annonce comment travailler avec l'ensemble. Le huit est très riche, il peut sembler étouffant. C'est le juste aboutissement de la suite 1, 4, contrairement à ce qu'on a vu plus tôt. 1, 4, 8, c'est bon, tandis que 1, 4, 2, c'était le glissement de terrain ou les sables mouvants. Donc 1, 4, 8, stabilité dans le mouvement, éclatement de vitalité puis enrichissement du monde, blanc, vert, suivi de vieil or, le tout trouvant sa conclusion dans un 9 noir ou bleu nuit, universellement spacieux, qui replace l'ensemble dans une perspective plus vaste, le monde en train de tourner dans l'espace interstellaire. Voilà comment on ne reste pas obsédé par le huit, écrasé par ses propres possessions, qualités ou richesses : elles peuvent toujours s'ouvrir vers quelque but majestueux et libre.

Il récita le code depuis le début, en répétant chaque segment après Lame. Celle-ci avait l'impression de voir une sorte de serpent magique se dérouler en spirale dans son imagination, multicolore et lumineux, chaque anneau de couleur représentant un chiffre. Blanc, bleu turquoise, rouge vif, vert printanier, noir scintillant, gris-bleu, or, et ainsi de suite, les anneaux se déroulaient, ponctués de silences transparents.

Quand Lame eut fini d'apprendre le code, elle se prépara à rentrer aux anciens enfers. Taxiel et Sutherland ne s'étaient pas présentés pour les dernières leçons : Rel tenait à ce que Lame soit la seule à connaître le code en entier, du moins pour l'instant. C'était à elle qu'il avait voulu le confier en premier lieu. Sans la présence de Lame, il ne l'aurait appris à personne.

Taxiel et Sutherland achevaient les bagages : tout à l'heure, ils partiraient pour Vrénalik, avec Rel. Lame passa leur dire au revoir, étant sous l'impression qu'ils se retrouveraient bientôt, partageant de beaux ou d'anodins souvenirs.

Ils se donnèrent l'accolade, alors que les bombardements reprenaient de plus belle sur la ville près de l'horizon est. Taxiel fit un geste de la tête dans cette direction et déclara :

— Beaucoup de gens en route pour l'enfer aujourd'hui.

— Comment en es-tu sûr ? demanda Lame.

Taxiel expliqua d'une voix sourde, sans doute parce que cela réveillait en lui de vieilles horreurs :

— Venant des deux camps, de nouveaux damnés. Leurs amis les disent morts au champ d'honneur. Qu'ils les croient au paradis, ça ne changera rien ! Les glorieux défunts aboutissent aux enfers. Enfers chauds et tranchants, ceux de l'agression ouverte. Beaucoup de travail, les jours prochains, pour les bourreaux des fournaises ; beaucoup de proies pour les oiseaux qui déchiquettent. Les morts arrivent, uniforme troué et dents serrées. On sait d'où ils viennent : des champs de bataille ! Ils se sont battus, ils ont haï leur ennemi, ils ont détruit sa maison et ils l'ont tué ? Ce que ça leur donne, c'est de se ramasser en enfer. Leurs descendants, dans les deux camps, honoreront leur mémoire et continueront la lutte avec courage, s'entretuant pour se retrouver chez nous.

— Que fais-tu des justes causes ? dit Sutherland.

— Ils s'en réclament tous ! Ils s'en servaient comme d'une excuse, sinon on ne les verrait pas arriver, si nombreux, en enfer, avilis par ce qu'ils ont fait ! Qui n'aime pas haïr un adversaire, lui faire du tort sous le couvert de belles raisons ? Se battre devient une drogue. Pour y goûter même après le trépas, bien des guerriers s'abaissent jusqu'à notre niveau. Ils se réclamaient de la justice, de la révolution ou bien de Dieu ? Ils étaient du côté des bons ? Ils défendaient leur famille, leurs compagnons ? Peu importe ce qu'ils croyaient, ce que leur enseigne leur religion, ce que pensent d'eux leurs proches. L'affreux travail de sape de la haine et du meurtre a fait son œuvre en eux. Les masques tombent après la mort.

Lame, en écoutant ces paroles, en avait des frissons. Cela réveillait en elle quelque chose de lointain et de très douloureux. Elle ne voulait vraiment pas y penser. Aussi fut-elle soulagée quand Taxiel se tourna vers elle pour conclure, comme s'il avait deviné son état :

— Il est temps de partir, pour toi comme pour nous.

Il ajouta une phrase traditionnelle :

— Puissions-nous être réunis de nouveau, rapidement et sans obstacle.

Rel reconduisit Lame jusqu'à la porte qui traversait vers Arxann. Il avait l'air grave. Plus tard elle devait se rappeler avec effroi ce qu'il lui dit alors. Sur le coup, pourtant, elle mit son pessimisme sur le compte de ce que le vieux Taxiel venait de dire. Dans sa confusion, il semblait à Lame qu'aucun malheur, ni même un contretemps, n'était en mesure de déranger leurs projets respectifs, et qu'ils ne se quittaient que pour être bientôt réunis.

Ce que Rel percevait, par contre, c'est que le passage difficile du code d'ouverture était en train de s'actualiser pour elle. Le temps du neuf, du cinq et du un, l'époque noire, rouge et étincelante des splendides amours de Rel et de Lame, se terminait. Celui du quatre, chiffre d'éclatement et de rupture, était en train d'avoir lieu. Ce qui allait suivre, c'était le piège jaunâtre du deux et des longs silences, qu'elle était trop joyeuse pour prendre au sérieux.

— Tu vas vers une période difficile, lui dit-il en la regardant dans les yeux. Je t'ai donné toute la protection dont je suis capable. Si je t'accompagnais, ça ne changerait rien. Si tu restais ici, ça retarderait l'échéance. Va vers ce qui t'attend, Lame. C'est la seule façon dont tu deviendras celle que tu dois être.

LA REINE CAPTIVE

Lame se retrouva seule dans la porte inter-mondes. C'était la première fois qu'il n'y avait pas quelqu'un d'autre avec elle pour actionner le mécanisme. Mais elle l'avait vu faire nombre de fois. Elle avait beau ne pas avoir la bosse de la technologie, elle lut les contrôles, actionna des boutons et vit avec plaisir la porte devant elle s'ouvrir sous le sous-sol d'Arxann. Elle monta lentement l'escalier et se trouva dans la pièce qu'elle connaissait bien, pour y avoir récemment habité. Elle sortit en souriant, heureuse d'être revenue au bercail. Ajustant le sac à dos sur ses épaules, elle se mit en route, se sentant étrangement fatiguée.

Les ruines étaient désertes, comme d'habitude. En passant à l'écart du tas de gravier qui venait de l'ouverture au sommet de la voûte, elle se demanda comment allaient les travaux de réfection. Elle n'aperçut aucun échafaudage, ce qui l'ennuya. Elle avait hâte de quitter ce voisinage, ne s'y sentant pas en sécurité.

En fait, se dit-elle, il n'y avait pas de quoi s'inquiéter. Elle n'était pas partie longtemps, surtout à l'échelle infernale. Et puis, elle connaissait l'efficacité des travailleurs infernaux pour les aménagements à grande échelle. Longtemps auparavant, elle avait vu ce paysage investi par les machines, quand les anciens enfers avaient été abandonnés en faveur des huit nouveaux enfers. Les traces de ce qu'il y avait eu ici avaient été à peu près rasées ; on avait installé de l'éclairage, creusé des canaux d'irrigation, apporté assez de terre arable pour qu'on puisse planter quelques champs, qui nourriraient la population des bourreaux repentis. À côté de ces travaux de grande envergure, ceux que nécessitaient les lézardes dans la voûte n'étaient qu'un détail. Une fois commencés, ils avanceraient vite.

Cependant, tout était si sombre ici, en comparaison du monde illuminé d'où elle arrivait. Son corps lui semblait engourdi, sans doute à cause du mode de vie inhabituel, riche d'émotions, qu'elle avait eu là-bas. Elle décida de s'accorder un temps de réadaptation aux conditions des anciens enfers, avant de se joindre à ses amis cultivateurs ou dessaleurs d'eau de mer.

Puisque nul ne savait encore qu'elle était revenue, elle pourrait sans peine trouver un coin discret dans le grand désert de ce qui jadis avait été les enfers. Les paroles de Rel ne lui fourniraient-elles pas un indice pour choisir l'endroit où passer quelques jours ? Assumer pleinement ce par quoi elle était passée, afin de s'ouvrir à autre chose – voilà ce qu'elle devait faire.

Pourquoi ne pas aller là où, jadis, se situaient les enfers mous, où elle avait été une damnée autonome, tenant les registres d'entrée ? Elle se sentait prête à évoquer ces souvenirs : ils ne la hantaient plus. Elle découvrirait peut-être des pistes qui l'aideraient dans le futur.

Décidément, l'idée de cette excursion lui plaisait. Elle avait déjà fait une sorte de pèlerinage là-bas ; tout s'était très bien passé. C'était juste après le déménagement des enfers. Des siècles s'étaient écoulés depuis. Pourquoi ne pas refaire l'expérience ? Elle se mit en marche, difficilement, dans la poussière où ses pieds enfonçaient. Rien de tel qu'un peu d'exercice, après l'inaction des dernières semaines.

Pendant le long trajet, plus elle avançait, plus Lame se donnait raison d'aller sur le site des anciens enfers mous. Ce n'était pas loin de la base de la voûte. Donc, en cas de détérioration rapide de l'état du béton céleste, elle risquait moins de se faire écraser. Rel avait voulu la protéger ; il lui avait donné... un petit bouton doré et une suite de chiffres à réciter par cœur ! Rien n'empêchait Lame d'y aller d'une mesure plus concrète ! Elle ne pouvait imaginer lieux plus sûrs que les collines molles tout près des murs épais. Même si elle n'avait sans doute rien à craindre, l'état du passage vers les mondes saugrenus l'inquiétait. Elle avait hâte que tout soit bien réparé. Entre-temps, son instinct de conservation lui faisait chercher un lieu abrité, capable de constituer un refuge en cas de catastrophe.

Finalement, elle arriva au but de son voyage.

Elle descendit quelques collines molles et s'arrêta. Elle était sur place. Plus rien ne demeurait du marécage infernal dans lequel elle avait pataugé, rien d'autre que des vallonnements sinistres.

Son état d'esprit changea d'un coup. Pourquoi s'être aventurée seule jusqu'ici ? Toute l'étendue des anciens enfers était sans danger ; pourquoi n'était-elle pas rassurée ? Trop d'affreux souvenirs, réprimés, voulaient soudain s'emparer d'elle ? Elle demeura immobile, debout dans les cendres abandonnées sous le ciel de béton. Aucun bruit, sauf celui de sa respiration.

Sans prévenir, l'inimaginable eut lieu.

Tout à coup, elle aperçut devant elle le sol qui bougeait. Une reptation creuse, qui se dirigeait vers

elle. Elle se tourna pour s'enfuir. Trop tard : une reptation similaire lui barrait la route. Restaient les côtés.
Elle bondit vers la gauche, faisant de grandes enjambées. Mais le sable était profond. Elle ne pouvait pas
aller vite. Jetant son sac à terre pour être plus agile,
elle tenta de courir. Comme dans un cauchemar, le sol
était de plus en plus en meuble. Elle n'avait aucune
idée de ce qui la pourchassait. Ces lieux-ci avaient-ils
été soumis à un examen approfondi ?

Elle comprit. L'épouvante s'empara de son esprit,
tandis que son corps s'engloutissait dans un trou. Ce
qui l'attendait était un sort pire que la mort.

Pouvant à peine respirer à cause du sable, incapable
d'ouvrir les yeux ou de se débattre, elle se sentit palper
sur toute la surface du corps par des milliers de pattes,
d'antennes, mordue par des milliers de bouches. Elle
ne pouvait pas crier, ce qui de toute façon n'aurait
servi à rien. Enfouie dans le sable, personne ne la
trouverait. Le venin qu'on lui avait injecté commençait
à faire effet. Son corps perdait sensibilité et mobilité.
Tout s'alourdissait.

Elle pourrait demeurer jusqu'à la fin des temps,
paralysée mais consciente, son corps gonflé servant
de nourriture aux anciennes fourmis des enfers mous,
qui peuplaient la région depuis des temps immémoriaux, faisant durer leurs proies énormes.

Des visions étranges lui apparurent. Il lui semblait
deviner des commentaires froids sur les souvenirs
qui surgissaient en pagaille dans sa mémoire. Les
fourmis étaient sans doute en train de trafiquer son
cerveau, de commencer à jouer avec sa chimie interne
pour la recalibrer selon leurs normes. L'horreur de sa
situation la secoua mentalement, sans que son corps
réagisse. Les sensations tactiles lui revenaient un
peu. Des fourmis lui étaient entrées par tous les ori-

fices. Elles se promenaient dans sa bouche et son système digestif, dans son vagin, son anus, ses narines et ses oreilles, s'aventurant au plus profond d'elle-même en éclaireuses qui retenaient leur souffle. Méthodiques, elles faisaient un inventaire avant de mettre en œuvre les changements qui rendraient Lame méconnaissable, incapable de se servir normalement de son corps, à supposer qu'on la retrouve, qu'on la délivre.

Pendant son séjour aux enfers mous, jadis, Lame avait tout fait pour ne pas devenir la proie des fourmis. Elle y était parvenue. Mais voici qu'aujourd'hui elle avait marché d'elle-même vers le sort qui la terrifiait le plus. Elle venait de quitter les mondes extérieurs parce qu'ils lui semblaient fades ? Elle était tombée dans une situation qui n'avait rien de délavé !

Son corps était paralysé ; elle n'entendait plus et ne voyait plus ; les points de repère de ses sens n'étaient plus disponibles, sauf le toucher. En particulier, il lui serait désormais impossible de se faire une idée de l'écoulement du temps. Était-elle ici depuis une heure, deux jours ou trois ans ? Déjà, elle ne le savait plus ; elle le saurait de moins en moins. Une larve, cela pouvait vivre des millénaires, en temps infernal bien sûr. À quoi lui servirait-il d'espérer des secours ?

Impossible de résister. Sa vie en tant que Lame avait cessé. Elle avait été l'épouse du puissant et mystérieux Rel, pour connaître des années à nulle autre pareilles et vivre une passion plus magnifique que ses rêves les plus fous. Rien ne servait de s'accrocher au passé. Elle n'avait pas imaginé que tout pût finir si vite. Pourtant, elle le savait, les fourmis ne pardonnaient pas.

Elle sombra dans l'inconscience. Puis, dans une sorte de rêve, elle se retrouva nez à nez avec une fourmi aussi grande qu'elle, dont elle comprenait les mimiques et le langage. Dans l'état drogué où elle était, Lame avait de nouveau l'impression d'avoir un corps fonctionnel et de pouvoir parler, tandis que l'autre pouvait lui répondre.

— J'ai déjà payé mes dettes, déclara Lame, je suis une ancienne damnée, j'ai fini d'expier, de quel droit me détenez-vous ?

— Il vous reste vos dettes personnelles envers nous, les fourmis.

— Elles n'étaient pas traitées avec les autres ?

— En général on les laisse pour plus tard, pour le moment où vous nous rencontrez. Jadis, vous êtes passée aux enfers mous, sans faire un stage chez nous. Sauf exception, les damnés mous finissent toujours par tomber entre nos pattes. Nous leur faisons alors expier leurs torts envers nous. Or vous n'êtes pas venue nous voir ; vos fautes envers nous demeurent impunies. Vous souvenez-vous seulement de ce que vous nous avez fait ?

— Non.

— Voyez plutôt.

D'un coup, Lame se revit petite fille, dans sa vie précédente, écrasant des fourmis, avec ses souliers, sur un trottoir, par pur désœuvrement. Personne autour d'elle ne le lui reprochait. Elle était sans pitié, les regardant se tordre de douleur un instant, puis demeurer immobiles, mortes sur le ciment.

— Je vois, répondit-elle. Si cette dette-là n'a pas été payée, le mieux est en effet de le faire au plus tôt.

Les fourmis continuèrent à s'établir dans le corps de Lame. Elle avait déjà vu des larves, elle en avait entendu parler ; l'horreur de leur châtiment avait servi de base à plusieurs de ses cauchemars. De temps en temps, elle imaginait sa beauté en train de la quitter.

Ses cheveux tomberaient, si ce n'était déjà fait ; son ventre et ses seins avaient déjà commencé à gonfler – ils serviraient d'entrepôt. On la gavait jour et nuit. Ses membres, désormais inutiles, deviendraient grêles ; un jour ils pourraient se détacher comme des branches mortes. Elle était plongée dans le sable, pour être transformée peu à peu en nid aveugle et conscient.

Comme elle n'était plus sous le choc, elle pouvait considérer sa situation avec lucidité. Les fourmis, qu'elle rencontrait parfois dans des visions, ne voulaient pas la renseigner sur le temps écoulé depuis son arrivée, ni l'informer, pour le moment, de l'état de son corps. Elle n'était donc pas ici depuis très longtemps. Et après ? Inutile de lutter.

Les fourmis étaient surprises de son attitude. Elles, qui jouaient dans sa chimie intime avec des millénaires d'expérience infernale, constataient qu'il n'y avait rien de feint dans son acceptation.

— C'est que j'ai été l'épouse de Rel, leur expliqua-t-elle. Le roi des enfers a fait de moi sa reine. Je me conduis en accord avec ce qu'il m'a appris. J'ai des torts envers les vôtres ? Je les expie. Pourtant...

Elle mit beaucoup de temps à terminer sa pensée : tout s'écoulait si lentement dans ce monde suspendu.

— Pourtant, reprit-elle peut-être des jours plus tard, je ne suis pas seule en cause. Mes parents, ainsi que la société dans laquelle je vivais quand je vous ai fait du mal, auraient facilement pu m'enseigner à ne pas vous tuer.

— Tu veux te venger de tes parents et de la société ? demanda la grande fourmi, son interlocutrice imaginaire habituelle.

Elles se tutoyaient en effet, depuis le temps.

— Ils ont leurs responsabilités dans mon comportement à votre égard.

— Certes, mais ce n'est pas une raison de leur en vouloir.

— J'aimerais leur demander des comptes.

— C'est l'affaire des juges, pas des damnés.

— En effet. Disons que j'aimerais m'imaginer pouvoir le faire.

— Nous, les fourmis, nous avons de la reconnaissance pour nos ancêtres.

— Vous avez l'esprit simple, moi pas. J'ai tué des vôtres dans le monde que mes parents et la société m'avaient donné ; je m'y suis même suicidée. Le suicide, je pense avoir fini de le payer. J'en suis aux fourmis. En un sens, c'est plus grave.

— Tu m'étonnes. Personne, chez vous, ne perçoit comme une faute le meurtre de fourmis. C'est du sadisme ordinaire, qui se transmet de génération en génération par pure insouciance. Tandis qu'un suicide, ça étonne. Ton opinion est contraire à celle qu'on entend d'habitude.

— Si ma mère m'avait montré à ne pas écraser les fourmis, cela aurait pu indiquer que j'appartenais à un monde un peu moins détraqué que celui où j'étais ! J'aurais eu moins envie de le quitter par le suicide !

— Mais encore ?

— Je suis punie parce qu'on ne m'avait pas éduquée comme il faut !

— Le passé est impossible à rejoindre. Tes revendications ne rencontrent aucun interlocuteur. Tout cela est fini. Il aurait fallu que tu t'adresses aux vivants, quitte à te ridiculiser et que ça ne serve qu'à te rendre plus malheureuse. Une fois les gens morts, il est trop tard.

— Je sais. Chacun expie ses fautes dans son coin. De plus, qui peut savoir si ceux qui, à son sens, lui ont causé du tort expient quoi que ce soit ?

— Alors, pourquoi ne pas changer d'attitude ? Suis notre exemple, vénère tes parents et ceux qui t'ont élevée. Ça ne changera rien à leur sort, ils n'auront aucun moyen de savoir ce que tu penses d'eux mais, au moins, ça te rendra de meilleure humeur.

— Non, répondit Lame. Je veux les faire comparaître devant moi. J'en suis capable, puisque de toutefaçon c'est dans mon esprit que ça se passe et qu'il ne me reste rien d'autre.

Elle fit comme elle avait dit, mais cela prit du temps.

VRÉNALIK, L'HIVER

Rel, Sutherland et Taxiel, emportant sur un radeau un minimum de matériel, partirent à la nage vers l'Archipel de Vrénalik. Ils longèrent de loin les côtes vers l'ouest, puis longtemps vers le nord, tandis que la température se réchauffait comme ils se rapprochaient de l'équateur, puis refroidissait. Pour leurs corps infernaux, résistants et forts, cet immense trajet à la nage, qui leur faisait traverser la moitié du globe, était une agréable récréation. Loin vers le nord, ils passèrent ce qui s'était anciennement appelé le détroit d'Ourgane, où ils remarquèrent des icebergs, puis ils obliquèrent vers l'est, dans la mer Intérieure, en direction de l'Archipel de Vrénalik.

Sutherland, tout étonné de se retrouver dans ces lieux-ci, avait l'impression d'être un demi-dieu qui baigne dans l'océan avec allégresse. Il gardait la tête davantage hors de l'eau que pour la première partie du trajet, ne voulant perdre aucun détail. Sachant à quel point l'Archipel était proche, il était transporté de bonheur et d'expectative. Comme il s'était préparé à ce moment ! Qui rencontrerait-il ? Il avait le trac. Son flegme de juste fondait à vue d'œil. Il se sentait vraiment passionné, mourant d'envie de toucher à la terre de ses rêves !

Ils longeaient la côte nord de la mer Intérieure. Au temps de sa vie précédente, s'était étendu là le grand pays Hanrel, riche en minerais, en électricité, avec sa société communale dont l'aspect rigide lui valait l'antipathie des gens de l'Archipel, beaucoup moins nombreux et plus fantaisistes. Les Hanrel avaient eu leur capitale, Harkila, quelque part sur la côte. Deux mille ans plus tard à leur échelle, Harkila existait peut-être encore, sous un autre nom. En tout cas, Sutherland n'apercevait rien. Pas de lumières sur la côte, seulement beaucoup de glace qui masquait le rivage. D'ailleurs, il n'y avait eu que peu de navires, plus tôt, dans le détroit d'Ourgane. La région avait, de toute évidence, perdu son importance économique.

À la fin de la vie précédente de Sutherland, l'Archipel avait été presque désert ; il s'était attendu à revoir un peu la même chose. Rien d'étonnant à ce qu'il n'ait pas trouvé mention de Vrénalik dans les quelques banques de données qu'il avait consultées avant le départ. Par contre, il avait omis de se renseigner sur les Hanrel, s'attendant là aussi à ce qu'ils vivent un prolongement banal de leur situation antérieure. Mais les glaces formaient ici à présent de véritables icebergs, ce qui contrastait avec son idée d'une région densément peuplée.

Ils avançaient sans se préoccuper de la succession rapide des jours un peu éblouissants et des nuits dont le degré de clarté leur rappelait les crépuscules infernaux. Tout leur était tellement terne, par ici, ou alors tellement subtil. Pour eux, la température était douce, n'oscillant que faiblement. Les efforts physiques qu'ils avaient à fournir étaient des plus modérés. Leurs corps avaient des ressources sans commune mesure avec ceux des habitants d'ici ; nageant dans l'océan glacial, ils avaient plutôt l'impression de patauger dans une piscine bordée de ouate fraîche.

Soudain, Rel leur fit signe :

— On est en train de passer tout droit.

— Non, dit Sutherland.

Il savait que, en gardant la côte hanrel à peine visible à gauche, on finirait par apercevoir, à droite, l'île de Strind, la plus rapprochée du continent nord. Or il n'avait encore rien vu, sauf le mur de glace qu'ils étaient en train de contourner.

— L'Archipel est en-dessous de nous.

— Quoi ?

— Je viens de plonger. Il y a des ruines.

Ils se hissèrent sur une glace flottante, très confortable pour eux. Taxiel sortit les instruments d'orientation et de mesure. Mais oui, ils étaient bien à Vrénalik. Au-dessus des récifs de Drahal. La banquise non seulement recouvrait les côtes hanrel, mais s'étendait jusqu'à l'Archipel !

Sutherland était atterré. Il avait appris dix langues, s'était préparé à toutes les éventualités, y compris les catastrophes nucléaires et les crises de surpopulation. Il avait imaginé un Archipel, peuplé ou vidé, de trente façons différentes, qui tiendraient compte de l'érosion, de la déforestation, de la hausse du niveau de l'eau due à une fonte de la calotte polaire... Il n'avait absolument pas envisagé la glace.

Le niveau global de la mer n'avait probablement pas monté. L'Archipel avait toujours eu tendance à s'abîmer lentement dans les flots. Drahal, île du temps de Rel et récifs du temps de Sutherland, en était un exemple. À présent, ce qui accentuait peut-être le phénomène, c'était le poids de la glace.

— Une ère glaciaire, fit laconiquement Taxiel. Il y en a épais.

Sutherland se plongea la tête dans les mains.

— Ça finit par fondre, dit Rel pour essayer de le consoler. Les glaciations, ça va, ça vient. Il suffit d'attendre. Nous ne sommes pas pressés.

— Garde tes ères géologiques pour toi, répliqua Sutherland.

Il se sentait découragé.

Rel, à l'opposé de Sutherland, était fasciné par la glace et l'océan, déserts tous les deux mais si lumineux. Il contempla le paysage, d'un horizon blanc à l'autre, frangé d'écume. Il déclara :

— Tant mieux s'il n'y a personne. J'avais envie de calme.

Sutherland lui jeta un regard sombre.

Rel continua, plus intense :

— Depuis le temps que les Sargades m'accusent d'avoir plongé leur pays dans le froid ! Qu'ils se réjouissent : mon Archipel aussi est sous la glace, ou bien sous l'eau ! De la glace de leur côté de la porte verte, de la glace de mon côté, et la porte est cassée. Si c'est ce que je mérite, qu'il en soit ainsi !

Sutherland soupira. Rel se radoucit :

— Tu es mon conseiller. Pourtant, ce n'est pas pour tes compétences que je t'ai demandé de venir. Je voulais que tu puisses voir ce qu'était devenu le monde de ta vie précédente – je m'attendais à ce que nous trouvions quelque chose qui te plaise davantage. Voilà ce qui est ici, mais la planète est grande. Ailleurs, il fait plus chaud et il y a des gens. Tu n'as pas besoin de rester avec moi. Tu peux te promener où tu veux, rencontrer qui tu veux, sans danger. Je ne te retiens pas, Taïm.

— Ici, il n'y a plus rien, murmura Sutherland.

Il pleura un peu, maudissant la neige et la glace. Ses plus beaux souvenirs gisaient écrasés sous la banquise, ou bien engloutis. Le beau pays vert et venteux n'existait plus. À quoi lui avait-il servi de revenir, si c'était pour se rendre compte que tout était dévasté ?

Rel et Taxiel le laissèrent à son deuil, ne sachant comment le réconforter.

Un peu plus tard, Taxiel vint le voir.

— Ne pars pas tout de suite, lui demanda-t-il. Reste avec nous.

— Pourquoi ? fit Sutherland, étonné que le vieux sbire pût tenir à sa compagnie.

Taxiel hésita :

— À cause de Rel.

— Tu crois qu'il aura besoin de nous deux ? C'est vrai qu'il est déjà tombé malade. Il est très fatigué, ces jours-ci...

— Ce n'est pas ça.

— Alors ?

— Je ne veux pas rester seul avec Rel, avoua Taxiel. Il m'impressionne. À le côtoyer, je revois mes fautes, tout ce que j'ai fait de mal.

— C'est le meilleur moyen de s'en corriger, non ? dit Sutherland pour se montrer spirituel.

— Non, déclara Taxiel. Ou plutôt, oui, mais ça ne suffit pas.

Il soupira, avant de continuer :

— C'est dur, pour moi, de me retrouver ici. Quand j'y étais venu autrefois, pour ramener Rel en enfer, il ne m'avait pas laissé poser le pied sur le sol de Vrénalik, de peur que je ne le souille par ma seule présence infernale. Il avait raison. Maintenant, c'est Rel lui-même qui me conduit dans l'Archipel. Le temps a passé. Tous mes remords sont au rendez-vous.

Sutherland l'écoutait attentivement, tandis qu'il poursuivait :

— Par sa seule présence, Rel me rappelle le mal que j'ai fait. Je ne peux pas me résoudre à rester seul avec lui, surtout ici. Je ne peux pas l'abandonner non plus. Je veux le protéger, je donnerais ma vie pour la sienne. Plus je le connais, plus je le respecte. Mais, à l'idée de rester longtemps seul avec lui, l'angoisse me saisit. Tiens-moi compagnie, Taïm Sutherland. Si tu penses que je trouve ça plus drôle que toi, cette espèce de désert ! On dirait un morceau des anciens enfers transposé à l'extérieur ! Ou bien une succursale des enfers froids ! Sans cigares, sans copains, sans filles et sans vodka ! Ça vaut bien la peine de s'en aller dans les magnifiques mondes extérieurs pour s'incruster ici ! En tout cas, c'est la volonté de Rel, je n'en discuterai pas. Par contre, pour le protéger, je ne peux pas me permettre de perdre le moral. Reste, Taïm ! Je te ferai rire, je t'amuserai, je te distrairai, nous jouerons aux cartes. Je te demande de me faire cette faveur. Je ne l'oublierai pas.

Sutherland soupira. En venant dans ce monde-ci, il n'avait pas eu envie de revoir de lieu autre que l'Archipel. Pourquoi ne pas y rester, comme Taxiel le lui demandait ? D'ailleurs, pendant son premier séjour, Rel s'était accordé un très long temps d'adaptation. Pourquoi ne pas s'inspirer de cet exemple, commencer par ne rien faire tout en demeurant disponible ?

C'est ainsi qu'ils s'établirent sur la banquise de ce qui avait été l'île de Drahal, à l'ouest de l'Archipel de Vrénalik, y menant la plus simple des vies.

LOURDEURS

Enfouie comme elle était dans le sable, engourdie, paralysée, les yeux bouchés, Lame n'avait qu'une conscience vague de son corps ; il lui était difficile de savoir jusqu'à quel point il avait dégénéré. Ce premier stade de transformation ressemblait à ce qu'elle avait connu jadis aux enfers mous. Elle se sentait sans cesse lourde, pleine et cependant affamée. Parfois elle était saisie de désirs sexuels extrêmement forts. À ce moment-là, ses doigts et ses orteils redevenaient un peu sensibles ; ses membres n'étaient donc pas encore tombés, à moins que la sensation d'avoir encore deux bras et deux jambes ne fût qu'une hallucination. Elle avait l'impression d'être couverte d'une membrane vivante de fourmis, qui l'adoraient et la détestaient à la fois. Elles se nourrissaient de ses sécrétions, qu'elles stimulaient par leurs propres hormones.

Les fourmis se réjouissaient des moments où Lame vivait un orgasme, mais elles essayaient de manipuler son plaisir pour le transformer en autre chose, quelque chose de puritain ou d'utile : un orgasme, ça bousculait quand même un peu. Lame avait beau être paralysée, elle pouvait avoir quelques spasmes à ce moment-là.

Les fourmis se jetaient sur ses sécrétions vaginales, comme si elles contenaient quelque substance essentielle à leur propre vie. Pauvres petites choses.

Jadis, la plus grande crainte de Lame avait été de devenir une larve. Elle l'était maintenant. Ses pires terreurs s'étaient transformées en quotidien. L'humiliation qu'elle ressentait modulait le reste de son expérience. Il lui était difficile d'avoir un jugement d'ensemble sur ce qui lui arrivait. Elle était plongée dans ses émotions et ses sensations, lucide mais sans perspective, à la merci de tel ou tel inconfort physique ou souvenir obsédant.

Il lui semblait être toujours en train d'inspirer de l'air, tout en ayant de la difficulté à l'expirer : même l'air contribuait à cette sensation de gavage et d'étouffement. En plus, les fourmis avaient jugé bon de stimuler sa lactation. Des millions de fourmis étaient à son service, s'affairant pour soutenir ses seins qui n'en pouvaient plus de fleurir Ses yeux aveuglés apercevaient des lueurs empourprées : rouge violacé, rose mauve avec des stries noires et brunes, couleurs lourdes elles aussi, apparaissant sous la forme de nuages écrasés. Elle était tout entière dans ce corps nourri presque jusqu'à l'éclatement, dans ce ventre sans cesse tendu à sa limite, dans ses seins engorgés. Jamais on ne lui enlevait beaucoup de lait d'un coup, jamais elle ne se vidait entièrement les poumons, jamais non plus sa souffrance physique ne devenait insupportable. On lui évitait les chocs. Il fallait qu'elle gonfle.

Ses sensations internes étaient inquiétantes. Elle était colonisée de l'intérieur. De temps en temps, son interlocutrice la fourmi lui apparaissait en une sorte de vision et lui donnait des renseignements. Son ventre servirait de nid. Des reines des fourmis y pénétreraient bientôt pour y trouver un environnement hospitalier. L'air qu'elle respirait pénétrait maintenant jusque dans son ventre. Il y était maintenu à pression constante, ce qui permettait aux fourmis de le respirer à leur tour. Le gonflement perpétuel de son corps permettait aux fourmis de s'y mouvoir avec plus d'aisance.

Le jour où les reines des fourmis pénétrèrent dans le vagin de Lame, celle-ci ressentit une frayeur extrême. On lui avait dit ce qui se passait ; elle les imaginait comme des damnées miniatures des enfers mous, qui allaient devenir larves au-dedans d'elle. Ces créatures n'étaient pas déjà difformes ; elles étaient encore capables de marcher. Elles s'en allaient d'elles-mêmes vers leur destin. Sitôt installées, les reines se firent donner les hormones qui feraient enfler leur corps pour qu'il perde toute mobilité. Il s'agissait de doses massives et Lame ressentit une décharge abominable de désir. Étrangement, elle eut l'impression que les fourmis profitaient de son état pour faire pivoter toute sa masse.

Elle eut l'impression que son corps s'enfonçait encore plus dans le sable. Son ventre et ses seins descendaient maintenant vers le bas, tandis que sa tête, ses épaules et ses hanches étaient soutenues par quelque chose de stable et de rembourré, une structure de bois peut-être, plantée très creux dans le sable, jusqu'à toucher une assise plus compacte, peut-être rocheuse.

Elle put s'habituer à sa nouvelle situation. Il lui était plus délicat de respirer, par contre son corps était plus confortable, le poids étant mieux distribué. Le contact des fourmis et du sable doux sur son ventre était sensuel. Elle se sentait caressée, appréciée, choyée presque. Elle était une forme trilobée et féconde qui s'étendait lentement vers le bas, soutenue par les étais mais aussi par le sable qu'elle effleurait à peine, les fourmis formant un lien vivant entre sa peau et le reste. Son ventre servait de salle d'accouchement et de pouponnière. Sans lui permettre de perdre sa tension, on l'éventait toutefois de l'intérieur et de l'extérieur. Un va-et-vient discret d'ouvrières sortait et entrait, s'occupant des reines, des œufs et de leur développement, veillant aussi au bien-être de Lame. Elle se sentait caressée de l'intérieur, comprise par en dedans, tout en étant emprisonnée dans ce qui, pour autant qu'elle le sache, était sans issue.

Petit à petit, l'écart maintenu entre les trois lobes de son corps se resserra. Le ventre prenait toute la place ; il repoussait les seins vers l'extérieur. Puis il atteignit lui-même le niveau moins meuble, où prenaient appui les étais. Il commença à s'étaler sur le sol qu'on avait matelassé. Il fallut déplacer les étais, pour lui permettre de prendre plus d'expansion. Elle se sentait comme une maison, dont la charpente serait les étais qui la soutenaient.

Fréquemment, elle sentait son ventre toucher les étais, s'y presser, s'appuyer de plus en plus fortement sur eux. Cette sensation de cage en train de devenir trop étroite était bizarrement érotique. Par des massages et des mouvements de foules de fourmis, on l'aidait à mieux goûter ce contact excitant avec les étais rigides qui l'enserraient. Puis on reculait un peu ces étais, ce qui était une sorte de délivrance, de détente voisine de l'orgasme. L'horreur et le plaisir se zébraient mutuellement.

Les étais ne pourraient pas être indéfiniment écartés devant son ventre envahissant dont les organes centraux, difficiles à soutenir, s'affaissaient douloureusement. Sa bouche et son vagin, en haut de son corps, étaient en train de se dessécher, et cela ne semblait pas inquiéter les fourmis outre mesure. C'étaient les orifices qu'elles devaient utiliser pour entrer dans ce corps, mais ils étaient de moins en moins bien situés. Étaient-ils en train de tomber en désuétude ? La situation devrait rapidement changer.

En effet. La période la plus délicate de son adaptation allait débuter.

En une série d'opérations consternantes, Lame sentit qu'on ouvrait d'autres portes d'entrée à la base de son ventre et au milieu, qui servaient aussi à la ventilation, raccordées qu'elles étaient à un système de tunnels vers la surface. Par ces nouvelles ouvertures, on fit pénétrer en elle des matériaux de soutènement, pour que son ventre possède sa propre armature interne rigide, et soit moins dépendant de ce qui pouvait le supporter à l'extérieur. On lui administrait de fortes doses de calmants. Elle nageait dans une brume de douleur estompée et d'horreur omniprésente.

Quand ses plaies commencèrent à guérir, force lui fut de constater qu'elle se sentait plus à son aise avec ce squelette interne, tout artificiel fût-il, et avec cette respiration augmentée. On lui avait même greffé des poumons, des cœurs, des estomacs, prélevés à même sa propre chair et cultivés en elle, pour favoriser la circulation de l'air et du sang, ainsi que la digestion.

Les fourmis avaient fait s'épaissir sa peau sur sa face inférieure, pour qu'elle forme une semelle de cuir, retroussée au bord, qui maintenait mieux sa masse. Les couches inférieures, ainsi protégées, servaient à présent de réserve. Ainsi, le bas du ventre de Lame se figeait dans une stagnation constipée et adipeuse, tandis que le haut était aménagé en nid.

LA PREMIÈRE CONVOCATION

Lors de ses apparitions, la fourmi lui expliquait comment son corps fonctionnait maintenant. Complètement svelte et vive, à l'opposé de Lame, avec sa tête expressive d'un beau noir lustré, elle lui montrait des tableaux, des schémas. Lame vit le développement des enfants fourmis dans les cavités aménagées à cet effet, elle se fit aussi dire combien de millions de fourmis vivaient en ce moment en elle. Elle se demandait quelle était la source de nourriture dont on la gavait, dans ce désert de cendres. Depuis quelque temps, d'ailleurs, elle ne déglutissait plus – les risques d'étouffement au moment de spasmes étaient désormais trop grands, lui expliqua la fourmi. La nourriture entrait directement dans ses estomacs.

Le terrain dans lequel elle se trouvait avait abrité les enfers mous. Lors du déménagement des enfers, quelques siècles plus tôt, les enfers mous s'étaient établis sur un nouveau territoire, que Lame avait d'ailleurs visité. On avait pu y transférer les damnés en phase encore mobile, pour qu'ils y poursuivent leur peine. De même, on avait muté aux nouveaux enfers les bourreaux et les robots qui les tourmentaient, ainsi que la plupart des colonies de fourmis.

On n'avait pu y transporter les larves : elles étaient trop massives. Dotées d'une vie très longue, elles étaient restées sur place. Mais ces lieux-ci n'étaient plus un enfer, larves et fourmis n'y étaient que tolérées ; la distribution de nourriture propre aux enfers mous fut discontinuée. La chair des larves mourantes fut utilisée pour nourrir les autres. On pouvait gérer la mort d'une larve, en découper des morceaux tout en la gardant fraîche. Le cerveau était sacrifié en premier, puisqu'elle n'avait pas été condamnée à cette peine par les juges. La masse de viande inconsciente demeurait en vie, tandis que les larves plus jeunes, au corps fait pour ce genre de châtiment, enflaient très vite à ce régime.

Depuis sa mise en fonction, le système n'avait pas eu besoin d'apport extérieur. Ces fourmis n'avaient aucun lien avec celles des nouveaux enfers mous. Chez elles encore plus que là-bas, le repli sur soi reflétait le sort qu'elles faisaient subir aux larves.

Les juges des enfers, secondés par Rel, avaient accepté que subsistent larves et fourmis sur le territoire des anciens enfers. Cependant, l'équilibre de cette symbiose autarcique était en train de se rompre. La plupart des larves étaient maintenant mortes. Les fourmis allaient bientôt se trouver sans hôtes.

Bien sûr, elles pouvaient restreindre leurs naissances, ainsi que contacter des habitants des anciens enfers, qui ne vivaient pas très loin de chez elles, pour demander leur transfert aux nouveaux enfers mous. Mais leur instinct se rebellait à prendre de telles mesures. Lointaines descendantes de celles qui avaient dû partager leur territoire avec des damnés autonomes, des bourreaux et des robots, elles répugnaient à réapprendre les protocoles ardus entre le monde des insectes et celui des gens. De plus, elles chérissaient l'opulence de leurs colonies et leurs nombreuses reines. Pour tout dire, elles étaient attachées à ce territoire, où elles vivaient depuis des temps immémoriaux, qu'elles occupaient désormais seules. À cet égard, l'arrivée de Lame avait été providentielle, leur fournissant un sursis par l'usage qu'elles sauraient faire de son corps.

À la différence des habitants ordinaires des anciens enfers, descendants de bourreaux à la physiologie résistante aux attaques, Lame venait des enfers mous. Jadis, quand elle les avait quittés avant la fin de sa peine, son corps avait été transformé. La damnée autonome qui se traînait était devenue une magnifique jeune femme, bien vigoureuse. Mais son corps avait conservé ses propriétés, qui l'auraient normalement mené à l'état de larve.

La fourmi insista. Il fallait que Lame s'en rende compte : les épisodes de ses amours avec Vaste, puis avec Rel, ces aventures n'avaient constitué qu'un détour. Depuis peu, Lame avait repris sa place, larve immobile parmi les fourmis, qui l'avaient attendue pendant des siècles.

Lame jugea inutile de remettre en question cette interprétation. Elle tenta plutôt de signifier à la fourmi à quel point ses douleurs perpétuelles au ventre la gênaient. La fourmi sembla saisir de quoi elle parlait. Par des croquis, elle lui expliqua l'aménagement ordinaire du ventre d'un damné immobile dans les derniers stades de son adaptation. Depuis longtemps, comme Lame l'avait remarqué avec dégoût, plus rien ne s'échappait de son ventre. Le croquis était explicite. Les excréments s'écoulaient directement dans la cavité abdominale, où ils étaient traités par les fourmis. De même, l'urine s'écoulait dans des vessies où les fourmis intervenaient pour la purifier et en recycler l'eau. Autrement dit, à l'intérieur même du corps de Lame, là où la physiologie propre à son organisme de base trouvait sa limite, celle des fourmis prenait le relais. Finalement, quelques résidus toxiques bien secs, irrécupérables même par l'ingéniosité des fourmis, étaient déposés à l'extérieur. Ingénieux, certes, mais inconfortable.

Pour rassurer Lame, la fourmi lui indiqua que l'aménagement n'était pas terminé. Il restait d'autres ouvertures à pratiquer autour du ventre, pour assurer une meilleure circulation de l'air et de la population ; l'armature interne finale n'était pas encore mise en place, le ventre n'ayant pas encore atteint une taille suffisante. Contrairement aux étais, faciles à changer pour tenir compte d'une croissance rapide, l'armature finale était faite de cerceaux ; elle avait moins tendance à meurtrir la chair.

Ces explications, loin de satisfaire Lame, la firent paniquer. Quoi, d'autres trous qu'on lui percerait dans la chair ? D'autres corps étrangers, encore plus volumineux que les précédents, qu'on y ferait pénétrer ? En plus, ce qui lui faisait mal, c'étaient des bouts de bois à l'intérieur de son ventre, sur lesquels elle devait s'appuyer jour et nuit ?

— Tu as compris, lui répondit la fourmi. Tout se passe selon les normes. Tu assimiles la chair de vieilles larves et de fourmis. Tu es humiliée et tu souffres : cela correspond au châtiment.

La communication s'interrompit. Lame se retrouva comme d'habitude, les yeux bouchés, les oreilles sourdes, n'ayant rien d'autre à contempler que son malheur. Savoir ce qui le causait ne le rendait pas plus facile à supporter.

Jusqu'à un certain point, les fourmis étaient sou-cieuses de son confort. Elles repoussèrent vers les côtés les abondantes réserves à la base de son corps et changèrent régulièrement de place les étais temporaires, en soignant toutes les meurtrissures. D'après ce que Lame ressentait, elles avaient même aménagé une sorte de voûte au milieu de son ventre, ce qui donnait un répit à la partie qui la faisait le plus souffrir, le poids étant davantage réparti sur les côtés. Le soulagement était réel.

À cause de cette importante cavité intérieure, Lame n'avait plus l'impression d'être une colline informe, mais une sorte de cathédrale enfouie dans le sable. Ses seins étaient appuyés sur des arcs-boutants et une foule continuelle de fidèles entrait et sortait sur les multiples parvis. Elle parvenait à se reposer ; ses pensées étaient plus claires. Il fallait qu'elle s'occupe. À un jeu d'imagination, sans doute : c'était la seule chose dont elle était capable. Bon, qui inviterait-elle dans sa cathédrale, et dans quel but ?

Elle se rappela son premier dialogue avec la foumi : elle devait son sort actuel au fait d'avoir tué des fourmis quand elle était enfant, dans sa vie précédente. Quelle part de blâme pouvait-elle imputer à la société dans laquelle elle avait passé cette vie-là ? Voilà le jeu d'imagination auquel elle s'adonnerait : passer en jugement les ancêtres et les contemporains qui avaient peuplé sa vie passée. Les souvenirs de ce qu'elle y avait connu étaient plus pertinents à sa situation actuelle que tout ce qu'elle avait vécu entre-temps aux enfers. D'ailleurs, cette vie passée suscitait son horreur fascinée, tandis que le reste, plus récent pourtant, semblait sans rapport avec le présent.

Lame décida que le trou dans son ventre n'était pas l'intérieur d'une cathédrale, mais d'un palais de justice. Elle somma d'y comparaître une brochette d'ancêtres de sa vie précédente, sur lesquels elle possédait quelques anecdotes, une panoplie de personnalités influentes des temps où ils avaient vécu, ainsi qu'un échantillonnage de contemporains, plus vieux qu'elle ou du même âge. Puisqu'ils avaient leur part de responsabilité dans le fait qu'elle était à présent nue, souffrante et monstrueuse, elle les somma d'apparaître nus et gros comme des fourmis.

Elle imagina qu'elle pouvait les observer d'en haut, du sommet de son ventre, mais qu'elle pouvait aussi abaisser son regard pour pouvoir les dévisager, les examiner de près. Elle ressentait beaucoup de colère à leur égard. Elle était contente de les voir humiliés. Par contre, elle vivait depuis assez longtemps au contact des fourmis pour savoir qu'elles n'aimaient pas la colère. Toute émotion intense donnait un mauvais goût à son lait ou bien déséquilibrait ses hormones, ce qui causait de l'urticaire aux reines des fourmis ou quelque chose du genre.

En plus, la justice ne s'administrait pas dans la colère. Il n'était pas question pour elle de se venger, même en imagination, mais de comprendre un mécanisme détraqué, celui qui lui avait fait tuer des fourmis comme passe-temps dans son jeune âge, puis aboutir ici. Elle se calma donc et continua à dévisager, dans l'antre vide du centre de son abdomen, des paysans rougeauds, des femmes mortes en couches, des obèses comme elle l'avait été et des maigrichons. Contempler ces corps la calmait. Elle n'avait jamais regardé une foule de gens nus auparavant. Elle passa sa curiosité à les détailler, à remarquer les vergetures, les grains de beauté, les peaux rugueuses, les mains rougies et les pieds ornés d'une couche de corne.

Elle les avait sommés d'apparaître nus, sans pousser le souci du détail au point de leur faire porter un écriteau autour du cou avec leur nom écrit dessus, leur lien de parenté avec elle, leur rôle dans sa vie ou dans la société de leur époque. Cela lui aurait semblé barbare. Elle les avait imaginés en vrac. Les seuls qu'elle reconnaissait étaient ceux qu'elle avait connus, ses parents, ses maîtresses d'école, ses petits voisins.

Première remarque : elle aurait pu choisir de porter seule le blâme. Si sa vie précédente s'était déroulée dans ces circonstances, c'est qu'elle s'était incarnée parmi eux. Et pour quelle raison, sinon parce que ses tendances s'accordaient bien à celles de ce groupe-là ? Ce raisonnement étant sans faille, elle n'avait aucune raison de leur en vouloir.

Pour souligner cette conclusion, elle les imagina désormais vêtus, ce qui était plus digne. Ils portaient des vêtements confortables, qui leur allaient bien ; ils avaient les cheveux propres et bien coiffés. Ils pouvaient s'asseoir à terre, c'est-à-dire sur la chair rouge de son ventre. Elle n'entra pas dans les détails des costumes d'époque, se bornant à noter que chacun était habillé comme pour une sortie. Elle leur fit savoir qu'elle les avait réunis pour tenter de comprendre sa propre situation. Elle les vit se détendre.

Elle les informa qu'elle s'était suicidée, autrefois, parce qu'elle ne pouvait pas vivre dans la société qu'ils avaient contribuée à créer. Quelques ancêtres grognèrent qu'elle avait une petite nature comparativement à eux, qui avaient survécu à toutes sortes de famines et de catastrophes. Ils semblaient insinuer qu'elle n'était pas leur descendante dans l'âme.

— Vous avez raison, concéda-t-elle avec une certaine humeur. Votre religion, votre roi, votre patrie ne me disent rien. Je ne suis pas fière du pays où je suis née, celui-là même que vous avez travaillé si dur à construire. Vous pouvez avoir honte de moi ! Je suis pourtant une représentante de ce que vous avez édifié. De mon temps, beaucoup de gens mettaient fin à leurs jours, vous savez.

Elle se risqua, plus douce :

— Pourquoi permettiez-vous donc à vos enfants de tuer des fourmis ?

Ils éclatèrent de rire, réaction à laquelle elle s'attendait. Tous, sauf un. Il s'agissait d'un homme d'un certain âge, habillé de noir. Elle l'examina de plus près. Il semblait hors contexte, égaré par hasard dans cette assemblée. Elle l'avait peut-être déjà rencontré ou vu en photo dans un livre d'Histoire. Elle lui demanda de dire quelque chose.

— Je n'ai jamais tué de fourmi, dit-il. Je n'ai jamais vu de fourmi de ma vie.

Les rires reprirent de plus belle.

— Voyez-vous, chers ancêtres, remarqua Lame, votre conception de ce qui a de l'importance n'avait plus cours dans la société où j'ai vécu. Par exemple, vous teniez à avoir des enfants et à défendre votre territoire – ces choses-là faisaient plus de tort que de bien, de mon temps.

Lame fut interrompue par son propre père :

— Arrête. Tu te ridiculises. On ne fait pas la morale aux gens du passé.

Elle n'allait pas s'en laisser imposer par son père, avec qui elle avait une tradition de discussions serrées :

— Je suis seule dans le jeu. Personne n'est vraiment en train de me faire face. Donc, je ne me ridiculise pas.

Elle s'arrêta. Proclamer clairement qu'il s'agissait d'une invention avait fait fuir l'effet. Elle se sentait pleine d'agression et de maladresse et ne savait plus comment continuer. Un ancêtre profita de ce moment de faiblesse :

— Je suppose que vous êtes une sorte d'artiste, dit-il en s'adressant à Lame. Les artistes, ça dit toutes sortes de folies. En plus, ça habite dans des endroits bizarres.

— Et pas toujours très propres, continua quelqu'un d'autre.

Lame se souvint des tas de merde, que les fourmis avaient accumulés dans les coins de son ventre. Elle eut terriblement honte. D'un geste mental, elle fit disparaître toute la simulation.

Pour un premier essai, ce n'était pas brillant.

Elle se demanda si cela avait eu une incidence sur son lait, sur les bébés fourmis et le reste. Son sens du toucher, le seul qui lui restât, se porta vers la surface de son corps. Elle put se perdre dans la lourde sensualité de ses mamelles tétées en permanence. Sa respiration ralentit. Une douleur habituelle au ventre ramena son attention vers celui-ci. Son imagination se ralluma : tiens, il restait un personnage, en train de se promener dans ses entrailles. C'était le monsieur en noir, vaguement familier. Il errait d'un air désorienté.

— Comment vous appelez-vous ? lui demanda-t-elle.

— Séril Daha.

Séril Daha ! Son meilleur ami, le peintre des enfers froids, mort jadis dans ses bras ! Elle ne l'avait même pas reconnu tout à l'heure ! Cela en disait long sur l'état dans lequel elle se trouvait !

— Séril, s'excusa-t-elle, tu ne faisais pas partie des gens que j'avais convoqués. Ils venaient tous de mon ancienne vie. Toi, tu viens de ma vie présente, celle où je suis en train de devenir un monstre. Imagine-toi : je suis pratiquement aussi grosse qu'un des immeubles dans lesquels tu habitais ! Tu n'avais pas besoin de venir avec les autres, ceux à qui je voulais demander des comptes. Toi, tu es au-delà de tous les reproches, tu es mon grand ami. Comme tous les gens que j'aime dans cette vie-ci, je préfère ne pas penser à toi. Je ne voudrais pas que vous vous rendiez compte de ce que je suis en train de devenir.

— Trop tard, Lame : j'ai vu ce qui se passe.

Elle préféra ne pas accentuer le découragement qu'elle sentait pointer. Autant satisfaire plutôt sa propre curiosité :

— Comment as-tu pensé à te présenter ici ?

— Je t'ai entendu convoquer des gens de ton passé. Je fais partie de ton passé : je suis mort, comme ceux qui étaient là tantôt.

— Pourquoi es-tu venu ?

— Lame, je t'aime. Tu le sais.

Il y eut un silence. Séril Daha s'assit dans un coin. De toute évidence, l'odeur ne le dérangeait pas. Des fourmis de sa taille passaient près de lui ; elles le palpaient de leurs antennes avec intérêt.

— Je me souviens quand tu habitais chez moi, dit-il à Lame. On aurait dit que tu n'avais pas de passé. Moi, je venais d'une tradition, d'une culture. J'assumais les erreurs des ancêtres, mais je me réclamais également d'eux. Par exemple, tu te souviens de mon admiration pour le peintre Franz Saktius, qui avait fait cette magnifique gravure te représentant, « La tour de Lame » ? C'est grâce à mon appréciation du passé si toi et moi sommes devenus amis : par ma connaissance de l'histoire de l'art, j'ai pu reconnaître tes traits dans cette gravure ancienne.

Lame ne répondit rien : cette évocation des temps heureux lui était douloureuse.

— Par contre, poursuivit Séril, de ton côté tu étais une ancienne damnée, censée se souvenir de sa vie précédente. Dans ton cas, on aurait dit qu'il y avait un trou. Tu rejetais l'endroit d'où tu venais, tu ne voulais plus rien savoir de ce lieu, de cette culture, de cette société. Tu n'appartiens pas uniquement à une tradition d'ici, d'en dessous. Ta connexion est aussi avec le monde de ta vie précédente, à la surface.

— Et avec chaque monde où s'est déroulée l'une de mes vies précédentes. Ça en fait beaucoup !

— Certes. Mais la vie qui précède immédiatement est souvent la plus cruciale, dans le cas d'une damnation. Il a dû s'y passer quelque chose qui a vraiment fait basculer l'existence.

— Je me suis suicidée. J'ai tué des fourmis.

— Comme c'est désolant tout ça ! Tu as donc rompu les ponts avec une partie du passé. Maintenant, tu veux peut-être les rétablir. Et ça te fait mal.

— Tout me fait mal.

— Je ne t'ai offert que des bribes d'explications, dit gravement Séril Daha en regardant autour de lui. Dans le fond, je ne comprends pas ce qui t'arrive. Lame, j'ai vécu et je suis mort, j'ai vu bien des choses. Je ne sais pas pourquoi tu as à vivre ce que tu vis maintenant. Je le refuse. Ça me révolte. Je sais que tu es belle. Tu es toujours belle, tu seras toujours belle à mes yeux !

Il contempla l'endroit où il était avec ses grands yeux tristes. Continuant à se promener lentement, il vit le tube digestif surchargé de nourriture, les poumons supplémentaires et les cœurs rajoutés, le réseau nerveux stimulé sans cesse pour empêcher Lame d'oublier quel corps elle avait. Là où les pieds de Séril touchaient doucement l'intérieur du corps de Lame, elle avait l'impression de guérir ; là où ses mains prenaient appui, elle ressentait un soulagement intense. Il aperçut les étais en train de ployer sous leur charge et la chair meurtrie dans laquelle ils pénétraient par les deux bouts. Il secoua la tête pour avouer son impuissance devant ce malheur qui frappait son amie. Puis il reprit sa promenade. Il n'avait pas l'air si découragé. Séril Daha avait plutôt l'air distrait. Les artistes, comme avait dit l'ancêtre, c'est souvent distrait.

Il disparut brusquement, avec une sorte de colère rentrée.

Lame demeura bouleversée par cette rencontre. Elle n'était plus en colère. Pour un temps, Séril Daha avait emporté avec lui tout ce qu'elle avait pu éprouver de rage. Elle ne le revit plus.

Les souvenirs qui la captivaient, de plus en plus, étaient ceux de sa vie précédente ; les sensations qui l'obsédaient venaient de son corps. Pas plus que Rel et son code d'ouverture, Séril Daha n'était de taille à prendre la place des ancêtres et du ventre.

OR

Le temps continua à s'écouler. Le ventre de Lame était graduellement étiré, dilaté, pour qu'il atteigne la taille où il serait muni de son armature interne finale. Ensuite, il continuerait à croître en s'épaississant autour de cette armature, les couloirs deviendraient plus étroits, la masse augmenterait à mesure que la chair se déposerait le long des corridors. Pour le moment, tout était aéré. On affaiblissait même la peau là où de nouvelles ouvertures seraient pratiquées. Lame continuait ses jeux; elle invitait toutes sortes de gens dans son corps. Par contre, elle s'y prenait mieux: elle imaginait que ce qu'ils voyaient, c'était un beau palais parfumé, où les fourmis étaient des servantes empressées. Elle se faisait féliciter d'avoir si bien réussi dans la vie. Les ancêtres étaient fiers d'elle.

Elle préférait ne pas songer à Rel et à ce qu'elle avait connu auprès de lui, par peur de céder à la nostalgie, et aussi parce que cela ne cadrait pas avec sa réalité actuelle. En fait, elle aurait presque aimé oublier Rel, cet épisode de passion partagée dans une existence si grise et morne. Pourtant, même si elle ne pensait pas à son code d'ouverture et encore moins à son visage, en elle demeurait quelque chose de lui, une sensation d'affection et de confiance, le jeu de deux intelligences, la complicité de siècles de vie commune. Les souvenirs de bonheur cruellement opposés au présent constituaient une richesse dont elle ne pouvait se défaire.

On l'informa qu'on récupérerait sa belle cavité centrale, source de confort. Le plan final ne comportait pas un tel vide. On fit pousser des filets, puis des planchers de chair qui emplissaient ce grand espace. Ses douleurs intenses la reprirent. La chair nouvelle était fragile et à vif. Tout devint plus difficile. La zone où se trouvait la tête de Lame, la plus haute, pesait de tout son poids sur la structure interne alourdie par les nouveaux planchers de chair, si sensibles.

Les seins eux-mêmes se firent insupportablement lourds. Cela avait été prévu comme une complication possible. Les fourmis décidèrent de se passer du lait de Lame, pour que les seins ne nuisent pas à la croissance de son ventre, plus importante.

On opta pour un sevrage lent. Les outres immenses persistaient à s'emplir de liquide, désormais stagnant. Les fourmis n'y touchaient plus, ayant reçu la consigne de sevrage. Lame se sentait privée de l'un des derniers plaisirs sensuels qui lui restaient, celui d'être tétée. Devant les lenteurs du sevrage, on envisagea d'amputer ces seins inutiles et enflés, qui pesaient sur son ventre dilaté au maximum. Mais ils finirent par réagir aux traitements hormonaux, qui par ailleurs lui donnaient des palpitations. À la longue, les seins vidés devinrent flasques, légers. On les rendit à peu près insensibles, comme le reste de sa peau.

Tout ce qui lui demeurait, c'étaient les sensations venant de son ventre. Elle pouvait être attentive à sa respiration, sur laquelle elle n'avait aucune emprise, mais qui faisait bouger légèrement, régulièrement, cette énormité qu'elle était devenue. Elle pouvait percevoir les battements de ses cœurs multiples. Elle ressentait toutes sortes de douleurs, de ballonnements, de chaleurs. Il était impératif de ne lui causer aucun stress, car son corps, dilaté mais sans armature forte, se trouvait particulièrement fragile.

On la laissa récupérer de son sevrage, qui s'était avéré délicat. Puis on l'avertit qu'il était grand temps d'installer son armature finale, en cerceaux. Les étais ne suffisaient plus ; certains s'étaient rompus, ce qui créait des blessures internes.

L'installation se fit en plusieurs étapes, humiliantes et douloureuses. Lame s'évanouit plusieurs fois, puis elle passa de longues périodes dans un état de délire. Quand elle alla un peu mieux, la fourmi lui apparut :

— Comme tu sais, être larve est une peine légère. Au lieu de perdre le jugement, d'être en proie aux pires terreurs, tu conserves ta lucidité. Nous avons privilégié l'approvisionnement en nutriments de ton cerveau, pour qu'il ne subisse pas le contrecoup des transformations qui s'opèrent, mais puisse s'en rendre compte, pour s'en désoler, ce qui constitue le châtiment. Eh bien, tout fonctionne selon nos normes. Ta vie promet d'être longue parmi nous. Il ne reste plus qu'à te tourner.

— Me tourner ?

— C'est possible parce que tes seins se sont taris et prennent moins de place. Ta respiration sera plus facile si la partie la plus haute de ton corps est dégagée du poids de la tête et des membres. La position idéale est celle où ceux-ci reposent sur une assise de sable à mi-hauteur ; le ventre s'appuiera beaucoup plus bas, on fera en sorte que sa partie supérieure soit au niveau du sol. Il pourra continuer à croître de côté, en s'éloignant de la tête, mais aussi en descendant graduellement. Il n'y aura plus qu'à ajouter des cerceaux à mesure, sans avoir à changer la position de base.

L'opération de tourner Lame fut de loin la plus périlleuse. Il fallait faire descendre son ventre dans une fosse, dont on dégageait à mesure le sable meuble. Pour que ses parties les plus massives restent en bas alors que la tête et le dos glissaient vers le côté, il fallut lui étirer la peau et changer ses organes de place. C'était insoutenable, même pour les reines-fourmis. Au pire moment, Lame fut saisie de spasmes. Cette monstruosité qu'elle était devenue se mit à se tordre, à se distendre, ce qui fit se rompre plusieurs vaisseaux sanguins et quelques cerceaux de soutènement. Des chambres de nouveaux-nés furent inondées de sang, des milliers d'ouvrières moururent écrasées, on frôla la catastrophe.

Les plaies de Lame mirent du temps à guérir. Elle resta longtemps sans pouvoir vraiment penser, humiliée et isolée dans son corps qui lui faisait terriblement mal. Un brouillard semblait flotter à jamais sur ce qu'il lui restait de vie.

Puis elle récupéra. Le pire était passé. En effet, respirer était désormais plus facile. Devant elle, toutes bouches ouvertes, s'étendait la sphère immonde de son ventre, cette partie d'elle-même qu'on lui avait imposée en châtiment, son seul contact sensoriel, palpitant et trop sensible. Au moins elle n'était plus plaquée dessus. La nature de son châtiment la poussait à vivre sa situation en pleine lucidité.

Elle s'y exerça. Pour commencer, un mot lui passa par la tête : or.

Elle n'avait jamais aimé l'or. Le métal jaune évoquait en elle la claustrophobie. C'est bien ce qu'elle ressentait, maintenant plus que jamais. Or, c'était aussi la première syllabe du mot horreur. Elle était véritablement plongée dans l'horreur, devenue horrible. Ce dégoût d'elle-même venait d'atteindre un point culminant. Plus de changements en vue, hormis la croissance morose d'un ventre malade et incroyablement lourd. Enfouie dans le sable, elle connaîtrait la stagnation d'une vie sans autre but que celui de servir de nid à des fourmis. Le prix à payer pour ses fautes passées n'était-il pas un peu élevé?

Or. Le prix à payer était en or. Il l'étouffait. Elle sentait le dôme de son ventre, un dôme doré sans doute, qui lui aurait bouché la vue si elle avait pu encore ouvrir les yeux. Elle avait toujours détesté les sphères et les dômes, structures oppressantes. Pourtant, elle était sans cesse devenue obèse, que ce fût dans sa vie précédente, ou aux enfers mous ou enfin, au-delà de toute limite, ici. Elle était attirée malgré elle par ce qui opprime, ce qui étouffe, par l'or et par l'horreur. C'était son destin.

Horreur. C'était le seul mot qui lui restait, et depuis longtemps elle ne pouvait même plus le dire. De toutes ses forces elle essaya de le prononcer.

Elle sentit quelque chose qui lui passait par la gorge. Or. C'est ce qu'elle avait pu dire, sans doute. À défaut de dire horreur, elle dirait or. Or. Or. Elle grognerait cette syllabe-là tant que les fourmis ne l'en empêcheraient pas. Elle était enchaînée à son ventre, liée à un passé qu'elle refusait, attachée par une chaîne d'or à tout ce qu'elle avait voulu fuir.

Depuis qu'elle était enfant, Lame avait senti la lourdeur des édifices, le poids des meubles sur leurs pattes grêles, l'effort pénible qui maintenait en place le toit sur la maison, les murs sur leur base. Elle avait rêvé d'effondrements, de révolutions, de fondations qui s'écroulent, pour qu'enfin les pierres d'en dessous puissent respirer.

Elle aurait voulu soulager les pattes des meubles du poids qu'elles supportaient sans relâche, les petites pattes des réfrigérateurs et des machines à laver, si fragiles. Elle aurait voulu donner un répit aux roues des gros camions. Elle s'était toujours sentie oppressée par la lourdeur des objets quotidiens. Il y avait une telle méchanceté dans le monde d'où elle venait, un sadisme insidieux dont on n'avait pas le droit de parler. On se nourrissait d'animaux artificiellement alourdis. Il fallait en manger, comme tout le monde. La lourdeur des bœufs et des porcs prisonniers, absorbée jour après jour lors du rituel des repas où on devait vider son assiette, imprégnait les gestes à un point tel que plus personne ne la remarquait.

Alors, plus tard, Lame était devenue obèse, lourde comme de la viande, se maintenant difficilement sur des jambes qui écrasaient les fourmis sans même y faire attention, parce que marcher était devenu tellement pénible. Horreur. Ce monde-là ne pardonnait pas. Il avait fallu se tuer pour y échapper, et encore. Lame gisait comme un animal d'élevage, ayant atteint les limites de l'alourdissement artificiel.

L'or triomphait, implacable. Elle était née du côté de l'or, elle y retournait. À d'autres la sveltesse de la pauvreté, l'esprit d'aventure. Les ancêtres avaient préparé le monde pour que Lame y trouve la richesse. Avec Rel, avec Séril Daha, elle avait pu connaître un répit. Mais les ancêtres avaient eu le dernier mot. Ils avaient souhaité une descendance qui ne manquerait de rien. Le dôme enfoui du ventre plein de malaises regorgeait de provisions pour des siècles ; les ancêtres pouvaient être contents, leur descendante ne souffrirait pas de la faim. On la gorgeait des cadavres de ceux qui étaient morts d'engorgement avant elle.

Devant son regard aveugle, elle imaginait des voiles, épais, horriblement dorés, tendus horizontalement sans se déchirer, soutenant des ventres toujours plus gros. L'univers baignait dans un brouillard de gras, recouvrant tout d'une pellicule jaune.

LE JUGE

Les fourmis faisaient régner dans le ventre de Lame une atmosphère huileuse d'objets toujours palpés de la même façon, de situations qui déclenchaient invariablement la même réaction. Maintenant que l'installation de Lame était terminée, les générations se succédaient dans le respect des traditions. Lame commença à absorber ces valeurs.

Un jour, elle reçut la visite d'un juge du destin, l'un de ces être mystérieux qui comprennent les vies et décident du cours qu'elles vont suivre après chaque mort. Lame en avait déjà rencontré jadis, au temps où elle éprouvait encore des passions. Elle n'était pas étonnée qu'ils aient pu la retrouver, même enfouie dans le sable : peu de choses leur échappaient.

Sans prévenir, le juge surgit un jour dans son imagination visuelle. Elle se ressaisit. Elle l'accueillit civilement, l'imaginant ayant pris la taille d'une fourmi, confortablement assis dans une salle ronde du palais de son ventre, se faisant offrir quelques gâteries par de jeunes fourmis bienveillantes. Elle s'imagina à son tour de la taille d'une fourmi, obèse mais dignement vêtue d'un long peignoir ample.

— Que me vaut le plaisir ? lui demanda-t-elle en prenant place sur un sofa face à lui.

— Nous nous demandions comment vous vous adaptiez à votre nouvelle vie, expliqua le juge.

Il avait la voix grave et bien posée. Il était sobrement vêtu d'un complet de toile grise. Ses mains étaient masculines, avec des ongles courts et forts. Par contre, sa tête était celle d'un cerf, à la belle ramure vernie. Lame se souvenait de l'avoir rencontré quelque part ; le contact avait été plutôt agréable.

— Parlez sans crainte, ajouta-t-il.

— Il m'est difficile de savoir si je m'adapte bien. Les points de référence me font défaut. Les fourmis ont avantage à ce que ma vie soit paisible. Le bien-être que je ressens en étant prise en charge, en leur abandonnant la direction de ma vie, elles me l'imposent. Ma satisfaction d'être ici à ma place m'est fortement suggérée. Toutefois, initialement, on m'a sauté dessus. Ensuite, parce qu'on me reprochait des choses et que je n'avais pas le choix, j'ai accordé mon consentement. Dites-moi, suis-je bien en train de subir un châtiment mérité ?

— Voyons, Lame. Les fourmis nous écoutent. Vous dépendez d'elles. Pourquoi n'auriez-vous pas confiance en leur interprétation des choses ?

— Votre rôle est que la justice règne sur vos territoires !

— Les anciens enfers n'en font plus partie : ce ne sont plus des enfers, des lieux de châtiments que nous aurions ordonnés. Nous y avons accès, sans être responsables de ce qui s'y déroule.

— Vous êtes au courant de tout ce qui se passe ici. Dites-moi, la voûte, est-ce qu'elle va nous tomber dessus ?

— S'il y a un danger pour vous, il existe aussi pour les fourmis. Tant qu'elles sont sereines, vous n'avez rien à craindre.

— Comment pourraient-elles l'évaluer, ce danger ?
Elles vivent en marge des réseaux d'information !
Vous, vous êtes au courant. Expliquez-moi !

— Je ne suis pas venu vous présenter des éléments qui pourraient modifier votre comportement.

Même si le juge, qui ne lui avait rien appris qu'elle
ne sût déjà, pouvait fort bien n'être qu'une création de
son imagination, cet échange riche de sous-entendus
ébranlait Lame. D'un coup, elle lâcha le jeu auquel
elle se livrait. Elle n'était pas une dame obèse, revêtue
d'un joli peignoir, s'entretenant avec un monsieur de
la bonne société. Elle retrouva le contact avec l'horreur abjecte, impossible à faire bouger, qui était elle-
même.

Tout, même sa gorge, lui sembla paralysé. Sa
claustrophobie atteignit un paroxysme. Son humiliation, sa sensation d'étouffement étaient abominables.

La voix du juge la tira de là, calme et affable,
comme s'il tenait toujours une tasse de porcelaine
d'une main élégante :

— Vous aimeriez me poser bien des questions,
chère amie.

Elle se fit attentive, comme une petite fille. Il
reprit :

— Je préfère ne pas y répondre, pour ne pas in-
commoder nos hôtesses. Ainsi, je ne peux pas vous
dire si votre état actuel est réversible ou non. Autant
ne pas vous donner de nouvelles de votre époux, Rel,
ni de vos amis. Il vaut mieux que je vous taise depuis
combien de temps vous vivez ici, et que je ne vous
décrive pas la forme et la taille réelles de votre corps.
Je suis certain que vous comprenez.

Ces négations à elles seules constituaient un message d'espoir. Le monde si attachant où elle avait
connu tant d'émotions et de plaisir, où elle avait

appris tant de choses avec Rel ou avec Séril Daha, ce monde plein de couleurs existait-il vraiment ? Serait-il encore accessible ? Il lui semblait une fiction réductrice, une affiche criarde, quand tout ce qui lui importait maintenant, c'était qu'il n'y ait pas trop de pression sur son ventre.

— Par contre, continua le juge de la même voix cultivée, il est un détail que je vais vous communiquer : il ne tire pas à conséquence, et ne saurait vous distraire du calme et du bien-être qui sont vôtres. Après votre mort, vos souvenirs de votre vie précédente ont été un peu... modulés. Il vaut mieux que les défunts ne retrouvent pas l'endroit d'où ils viennent, n'est-ce pas ? C'est pourquoi nous posons des filtres entre certains mondes, qui autrement seraient trop faciles d'accès...

La voix cessa. Dans le silence revenu, Lame attendit longtemps la suite. Les fourmis avaient-elles coupé la communication ? Ou, plutôt, à quoi le juge avait-il voulu en venir en laissant sa phrase en suspens ?

Finalement, déçue, elle retourna à son passe-temps habituel : être attentive à son ventre. La visite du juge, agréable sur le coup, avait semblé lui faire comprendre certaines choses, mais l'avait en réalité épuisée.

Le va-et-vient des fourmis lui semblait particulièrement poignant, dans l'état où elle se trouvait. Toutes ces vies passées dans le silence, la précision et le travail en commun, c'était admirable. Elle s'apaisait peu à peu, s'abandonnant à les sentir, innocentes et nombreuses, en train de poser leurs petites pattes légères sur sa chair la plus intime. La visite inattendue du juge l'avait déstabilisée. Elle résistait mal au stress, les fourmis pleines de sollicitude s'en étaient rendu compte avant elle. C'est pourquoi, en dépit de débuts difficiles, elles mettaient désormais tout en œuvre pour que son existence se déroule dans une atmosphère paisible. Elle commençait à considérer les fourmis comme ses protectrices, ses mères en somme.

Elles n'avaient pas pu prévoir qu'un juge se présenterait ce jour-là. Heureusement, ce bon juge avait rapidement saisi à quel point il fallait ménager Lame. Il avait parlé de façon évasive, par négations, en laissant des choses en suspens, pour ne rien lui annoncer de surprenant.

Il lui avait donné un instant d'exaltation, lui rappelant qu'elle avait été l'épouse de Rel et ne s'était pas beaucoup souciée des convenances, en ce temps de miracles et d'émerveillements. Peut-être expiait-elle cela aussi aujourd'hui ! Le juge était un homme de la haute société, faisant partie de l'élite ; il savait tant de choses ! Il parlait un langage trop avancé pour elle.

Inutile de réfléchir à son message, trop intelligent pour sa compréhension limitée. Elle avait tant besoin de repos, pour le bien des fourmis.

MONTRÉAL

Plus l'esprit de Lame était calme, plus ses perceptions et leurs prolongements imaginatifs étaient cohérents. Au lieu de se sentir isolée, elle savait faire partie du monde des fourmis. Sa révolte était toujours là, mais elle possédait aussi une raison de vivre, puisqu'elle acceptait d'occuper sa place dans la fourmilière.

Le sentiment le plus fort qu'elle éprouvait était la gratitude envers les fourmis. Ce ventre énorme et fragile, enfoui dans le sable, était une cible vulnérable. Or les fourmis en prenaient grand soin.

Il y avait des fourmis guerrières, qui surveillaient les alentours. Elles étaient venimeuses et n'hésiteraient pas à mordre tout intrus, à l'attaquer, à le dévorer. Lame se sentait protégée par ces guerrières, pourvues de mandibules impressionnantes. Quand elles entraient par les ouvertures de son ventre, Lame les accueillait chaleureusement, sentant leur poids plus lourd, leurs pattes plus dures, leurs mouvements plus martiaux.

Il y avait des fourmis fouisseuses, ses préférées, celles qui savaient le mieux la soulager. Grâce à elles, le sable tout autour de Lame n'était pas trop meuble, mais maintenu par une résille mouvante et souple de tunnels et d'étais mobiles qui s'adaptaient à sa forme et aux besoins de la fourmilière, soutenant efficacement le ventre sans le comprimer. Ainsi Lame pouvait respirer, même si sa tête et les ouvertures d'aération de son ventre reposaient profondément dans le sable.

Lame n'avait pas envie qu'on la déterre. Elle se sentait protégée par le sol qui la recouvrait. Ses souvenirs du monde dans lequel elle avait évolué, ses anciens points de repère, étaient devenus désuets. Elle les aimait bien, les gens des anciens enfers, mais à quoi bon les troubler par des appels au secours ? Elle n'aurait fait que les inquiéter, ces braves anciens bourreaux avec leur descendance. Elle était assimilée par la fourmilière. Ce qu'elle était devenue aurait été pour eux un objet de répulsion.

Parfois, elle pensait à ce que serait sa vie, si les fourmis décidaient de lui redonner l'usage de ses sens. Ce que Lame verrait devant elle, lui bouchant l'horizon, ce serait la partie supérieure de son ventre. Elle pourrait la caresser un peu avec ses mains et ses pieds, comme une alpiniste soudée à un flanc de montagne. Dans cet état, si quelqu'un passait au loin, s'aviserait-elle d'appeler à l'aide ? Pour qu'il voie qu'elle était devenue obèse au-delà de toute expression et en soit dégoûté ?

Si on la rendait au monde de la surface en désensablant son ventre, on la condamnerait à périr écrasée par son poids, qui était au contraire bien soutenu par le sol où elle était enterrée. À moins qu'on ne puisse enserrer son ventre dans un treillis qui l'empêcherait de s'affaler. Le beau Rel serait bien malheureux de se retrouver avec une épouse immobilisée en plein désert, maintenue en place par un grillage. Ça lui prendrait plusieurs minutes pour en faire le tour ! Songer à tout cela tenait du délire pur et simple.

En fait Lame, loin de désirer être visible et d'alerter les passants, avait envie de se cacher. Elle avait tellement honte ! Énorme, elle voulait être enfouie. Le sol, la soutenant de toutes parts, était seul capable de l'aider à supporter son corps. Morte en sursis, sa place était sous terre. Larve, elle recherchait la protection souterraine.

Les fourmis, perspicaces, s'ingéniaient à exaucer ce désir. Le haut de son ventre formait un petit monticule, toujours de la même hauteur, soigneusement couvert de sable. Il était bon que l'épaisseur du sable à cet endroit ne soit pas trop grande, que son poids ne pèse pas sur le sommet du dôme hypersensible, dont la croissance s'effectuait vers le bas. L'assise de roches sur laquelle elle reposait était friable. Le dessous du ventre était bien entretenu par les fourmis fouisseuses, qui creusaient des galeries lui permettant de s'enfoncer graduellement dans un trou de plus en plus large. Lame avait l'impression que son ventre descendait en une spirale très douce, indéfiniment.

Le plaisir que cela lui procurait était, de fait, extraordinaire. Par leur travail inlassable et habile, les fourmis fouisseuses exauçaient son souhait le plus intime, le plus embarrassant. Un sol frais, nouvellement creusé, l'accueillait sans cesse, avec une assise toujours plus large, permettant à son abdomen de se développer sans contrainte. Sa respiration en était facilitée, parce que la partie la plus massive de son ventre s'éloignait ainsi imperceptiblement de son tronc et de sa tête, qui étaient descendus eux aussi et subtilement changés de position, pour maximiser le confort. Quand on enlevait des étais et qu'une partie de la base de son ventre pouvait enfin descendre et avoir un peu plus de place, Lame aurait baisé les pattes des fourmis si elle l'avait pu. Elle sentait sa chair s'étaler, la pression diminuer, son souffle circuler un peu mieux, c'était divin.

Les guerrières et les fouisseuses n'étaient pas les seules sortes de fourmis qui s'attiraient la sympathie de Lame. Si elle se souciait peu des œufs et des fourmis nouvelles-nées, dont les grouillements se mêlaient à ceux de la fourmilière entière, elle se sentait proche des reines, dont la vie ressemblait à la sienne de manière troublante. Elles étaient nichées près de son utérus. Ayant perdu leur autonomie, menant une existence obscure et souterraine, incapables de marcher à cause de leur ventre qui les clouait au sol, elles pondaient sans relâche.

Lame les sentait en train de masser sa matrice, les ventres distendus faisant des mouvements de va-et-vient. Lame pouvait oublier son désespoir grâce à ce bercement incessant, à cette houle de ventres qui pondent. Elle y décelait une affection profonde, une connivence entre infirmes, qui la bouleversait.

Tel était le quotidien de Lame. Son esprit demeurait lucide et sa mémoire intacte, même si son interprétation du passé était en pleine évolution, en fonction de son adaptation aux fourmis.

Des images de sa vie précédente passaient dans son esprit. Elle revit les femmes d'âge mûr de sa famille, avec leurs seins lourds et leur gros ventre dont elles faisaient si bien semblant de ne pas s'occuper. Elle vécut de nouveau l'impression de dégoût devant la stagnation de ces existences.

Cette sensation d'immobilisme, de parole qui n'exprime rien, cet affalement de bon aloi avait été celui de toute une société. Le dégoût de Lame et son envie de fuir s'étendaient à l'ensemble de ses souvenirs. Elle n'avait connu que choses tues, problèmes accumulés, respirations pénibles et atmosphères feutrées. De temps en temps il y avait l'alcool et les éclats terrifiants de l'ivresse, puis la routine reprenait. Seuls les jeunes étaient encore fluides et mobiles. On les aimait acrobates, artistes, athlètes et aventuriers. Ce n'était qu'un répit. On n'allait pas leur donner les moyens d'une liberté qu'on ne possédait plus. Il suffisait d'attendre : ils deviendraient lourds et résignés comme tout le monde. Entre-temps, leur fantaisie inconséquente procurait des divertissements à bon compte.

Lame se rappela ce que lui avait dit le juge. Il y avait des filtres placés sur sa mémoire, pour que les choses ne lui soient pas trop simples. Qu'est-ce qui aurait été simple ? Que sa vie précédente se soit déroulée dans un monde facile d'accès !

Se sachant originaire d'un monde extérieur, elle déduisait à présent que ce dernier devait être facile à atteindre. Le seul qu'elle connût, c'était le monde saugrenu situé juste au-dessus des anciens enfers, celui où se trouvait Montréal. Était-ce possible ?

Ses souvenirs de Montréal devinrent soudain clairs, formant une vision de synthèse. Ville gonflée, polluée, où des factions s'affrontent sans que rien aboutisse. Volcan étouffé. Tensions qui perdurent, situations qui ne débouchent pas. On est sur une île.

Communication pénible avec les rives, pourtant proches, serrant comme un étau. Sensations d'emprisonnement, d'arrogance, de congestion, de fragilité distendue. Dépendance de systèmes sur lesquels on n'a aucune prise. Embouteillages sans fin sur les ponts et les autoroutes. Gaz d'échappement, fumée, poussière et béton. Tout est beige et lourd. L'obsession qu'ailleurs, c'est pire. On insiste pour se maintenir dans le cul-de sac.

Oui, Lame venait de Montréal, qui se reproduisait dans son ventre.

Ses souvenirs devinrent plus précis. À Montréal, il y avait eu des tensions entre anglophones et francophones, plus ou moins envenimées, impossibles à résoudre. Dans la famille de Lame, il y avait des anglophones et des francophones, les difficultés se reproduisaient à ce niveau, sans trouver davantage de solution. Il y avait des tensions entre riches et pauvres, entre gens éduqués et gens qui ne le sont pas ; ces situations, comme l'obésité, faisaient partie du non-dit, il était de mauvais goût d'y faire allusion. Riches ou pauvres, les hommes buvaient, les femmes s'alourdissaient ; on pensait à autre chose en attendant que la vie soit finie. Toutes ces tensions gonflaient l'atmosphère comme un poison.

Bien sûr, il valait mieux que rien n'explose. Au moins, nul ne serait été accusé d'avoir mis le feu aux poudres !

Nul n'aurait non plus levé le petit doigt pour dénouer l'impasse. On avait la fierté de vivre dans la lourdeur, de cultiver les rancœurs centenaires que tous connaissaient. Tant pis si les vieilles querelles mijotaient dans leur jus. C'était mieux que de crever de froid ou de faim en plein hiver, comme au temps des ancêtres.

Ceux-ci avaient connu des vies courtes, hautes en couleur, bonnes pour inspirer des scénarios de films, sans toutefois faire envie à quiconque.

Les ancêtres avaient saccagé le continent au nom de Dieu et de la patrie. Comme cela se faisait beaucoup à leur époque, ils avaient tué, volé, accompli horreur après horreur en s'excitant de grands principes. Ils avaient connu la misère et avaient travaillé jusqu'à l'épuisement, pour transformer un beau paysage inhospitalier, qui ne leur appartenait même pas, en lieu hideux où leurs descendants pourraient proliférer.

À Montréal, on accumulait en soi la rancœur qu'il valait mieux ne pas exprimer ; ainsi la sécurité était-elle préservée. Jadis Lame avait eu l'impression que jamais cette métropole, envahissante comme l'obésité, ne lui permettrait de partir. Elle avait été prisonnière de cette ville empoisonnée, parce qu'elle n'était préparée à rien d'autre. Son seul moyen de fuir avait été le suicide, banal pour quelqu'un de son âge, en accord avec l'insignifiance ambiante.

En réalisant qu'elle venait de Montréal, elle comprenait mieux pourquoi elle se retrouvait ici. Pourrait-elle y résoudre l'équivalent des tensions et des malaises qu'elle avait éprouvés là-bas ?

A priori, cela semblait peu probable. Bien des gens avaient pu quitter Montréal s'il ne s'y plaisaient pas, ou encore y demeurer pour y mener une existence utile et agréable. Beaucoup y étaient parvenus, tandis qu'elle-même n'y était pas arrivée. Ainsi, à l'épreuve de Montréal, que tant réussissaient, elle avait échoué. Comment pourrait-elle alors triompher de l'épreuve d'être une larve, dont nul n'était revenu ?

L'OISEAU

De temps en temps, les fourmis « récompensaient » Lame. C'est ainsi que Lame l'interprétait quand, pour un moment trop court, la pression de l'air baissait dans son ventre. Pour cela, presque toutes les fourmis devaient sortir, s'affairant à supporter la voûte de sable fragile, que son ventre tendu contribuait normalement à faire tenir. Une fois les fourmis en place, la respiration pouvait changer, avec moins d'air à l'inspiration qu'à l'expiration. De longues expirations avaient lieu, chassant l'air vicié. Le ventre s'affaissait enfin. Mou et détendu, il lui arrivait même de se faire masser avant le regonflement.

Lame demeurait donc dans l'attente du prochain moment où la pression baisserait un peu. La visite du juge n'avait pas eu de suite. À part son cinéma intérieur, elle n'avait guère d'autres distractions que ces instants où l'on permettait à son ventre d'être moins distendu. Elle passait beaucoup de temps à grogner contre leur rareté et à se demander ce que les fourmis attendaient.

Un beau jour qu'elle ressassait ce genre de pensées grises, elle fut très surprise de s'entendre interpeller directement dans son esprit :

— Lame, veux-tu bien me dire ce que tu fais là?

Aussitôt après, une image se forma dans son esprit: un grand oiseau. Elle le reconnut:

— Tryil! s'exclama-t-elle. Quel bon vent t'amène?

Tryil était l'oiseau télépathe que Lame avait connu aux enfers chauds, quand Rel y faisait le récit de son passé. C'était un oiseau-bourreau des enfers tranchants, avec des serres comme des scalpels et un bec comme un sabre.

— Je plane près du plafond. Je ne veux pas que les fourmis me piquent.

— Elles savent que tu es là?

— Par toi, oui.

Lame sentait un grouillement inquiet l'agiter intérieurement.

— Tu es droguée jusqu'aux oreilles, constata Tryil.

— Elles me donnent des analgésiques et des antibiotiques. Le gavage directement dans les estomacs, les ouvertures dans le ventre pour la respiration, c'est compliqué à gérer, même pour les fourmis.

— Et des calmants?

— Bien sûr. Si je suis nerveuse, mal dans ma peau, ça peut rompre mon équilibre chimique. Toutes les fourmis pourraient en souffrir!

— Elles n'avaient qu'à te laisser tranquille.

— Elles seraient mortes! Je suis contente de leur permettre d'échapper à un tel sort.

Ce genre de réaction était étranger au mode de pensée de Tryil.

— Je n'en doute pas, persifla-t-il.

Il se glissa dans son esprit, goûtant ses sensations.

— Rien d'autre que du toucher? demanda-t-il.

— N'est-ce pas magnifique? ironisa-t-elle.

Tryil avait détecté la présence souterraine de Lame par le plus grand des hasards. Ce jour-là, il planait sous la voûte en cherchant quelque pitance, loin des lieux habituels. Il avait capté ses pensées, ce qui l'avait étonné au plus haut point. Par contre, c'était un proscrit, aux malheurs récents et au quotidien précaire. Il ne voulait pas se charger des problèmes des autres.

Pour autant qu'elle le perçût, il était plus décharné et plus amer qu'avant. Elle se souvint : il avait commis une faute ; on l'emmenait vers son châtiment quand ils s'étaient quittés. Elle lui demanda ce qui lui était arrivé, depuis combien de temps elle était ici, qu'est-ce qui arrivait à Rel et aux autres. Il ne lui donna aucune réponse, prenant un ton important pour déclarer qu'il était ici pour évaluer son cas.

Après tout, il n'était pas impensable qu'il fût toujours au service des juges.

C'est ce que se dit Lame. Elle se sentit comme une innocente couventine, élevée par de sages fourmis, qui se fait interroger par un inspecteur d'école. Dans son imagination, elle prit l'apparence d'une petite fille de neuf ou dix ans, en uniforme scolaire, tunique marine et blouse à manches courtes. Bien sûr, à la manière dont sa ceinture se relevait et dont sa jupe faisait une pointe vers l'avant, on devinait son gros ventre, un trait de famille. Elle se sentait vraiment nerveuse, très mal à son aise.

Elle était captivée par ce ventre ridicule. Mais il ne fallait pas avoir l'air d'y penser, surtout pas devant l'inspecteur à plumes noires, qui lui posait de drôles de questions :

— Vous trouvez-vous belle ?

La nervosité lui faisait gonfler le ventre, elle avalait de l'air, c'était grotesque. Cependant, elle se rappelait quoi dire. Pour être polie, il fallait répondre par l'affirmative :

— Oui, je suis belle. Et tout va bien. Il fait beau, aujourd'hui, non ?

— D'où venez-vous ?

— De Montréal, monsieur l'inspecteur. Une bien belle ville.

— Tiens, vous venez d'ici au-dessus ! Comment le savez-vous ?

— Par monsieur le juge.

— Bien sûr. Donc, vous aimez Montréal. Et comment êtes-vous venue ici ?

— Mes parents m'ont placée au pensionnat.

— En êtes-vous certaine ?

Elle se sentit déstabilisée. Sa nervosité atteignit son comble.

Un instant plus tard, son esprit redevenait calme : devant son trouble, les fourmis lui avaient administré un calmant.

Celui-ci n'eut pas l'effet escompté : il ramena Lame à l'instant présent. Elle était loin d'être une couventine. Un oiseau sanguinaire s'adressait à elle.

— Tryil, dit-elle en utilisant l'instant de lucidité qui s'offrait à elle, pourrais-tu me tuer ?

— Je vais voir, répondit-il.

On lui avait donné beaucoup de traitements, à lui aussi, quand il était en cage, pour s'assurer qu'il n'attaquerait plus personne une fois relâché. Ce qui ne lui avait pas enlevé ses goûts agressifs. Même s'il se savait incapable de l'honorer, la requête de Lame lui plaisait.

Il descendit de la voûte et se mit à creuser le sable de ses ailes, pour dégager le sommet du ventre. Par contre, les fourmis guerrières étaient en alerte. Pour leur échapper, Tryil prit de nouveau son envol. Lame sentait que la pression avait diminué sur le haut de son ventre et que le vent le rafraîchissait plus que d'habitude.

— Laisse-toi tomber et fends-moi le ventre avec ton bec, lui signifia-t-elle.

— C'est ce que tu veux ?

— Non. Il ne faut pas priver les fourmis du nid que je suis. Ce n'est pas ce que je veux, c'est ce dont je rêve. Je suis devenue Montréal pour les fourmis.

Elle lui montra des images de la ville horrible, en déclarant :

— Tout y est artificiel et jaune. Les édifices écrasent la pierre du sol. C'est très confortable pour les habitants, mais pour eux seuls. Une cité érigée sur des terres prises de force, dans le mépris total du reste. Allez savoir pourquoi il y a tant de larves aux enfers mous ! Il faudrait crever tout ça. On n'en est plus à la politesse. Crève-moi le ventre, Tryil.

Il réalisa qu'il valait mieux ne pas l'encourager, sinon il aurait des ennuis. Par contre, il pouvait se défouler en jouant les psy. Son travail avec Rel l'avait habitué à cette rhétorique.

— Allons, Lame, ça donnerait quoi ?

— Ce ne serait... pas poli. Le contraire de ce que les fourmis aiment. Le point, tu sais, où ça crève.

— L'impact ?

— Oui. Ton bec plongeant dans la chair. Ça brûle. On sait que les dégâts seront irréparables. La pression lâche d'un coup, c'est la panique, tout se répand. L'horreur devient orgasme. L'impact de ton bec !

— Pourquoi ?

— Je suis si laide que je ne me donne pas le droit de vivre. Comment fais-tu, Tryil, pour être beau ? Pourquoi as-tu des serres en croissant d'acier, des plumes dures et sombres, un bec impitoyable prêt à plonger dans cette monstruosité que je suis... Tu te nettoieras après, tu le promets ? C'est tellement sale, en dedans de moi.

— Si je te touche, je me nettoierai, tu peux en être sûre.

— Je voudrais te ressembler, Tryil, être toute en angles, en vitesse et en nervosité. Tu es si beau, si libre, comment fais-tu?

— J'ai fait souffrir des damnés, je les ai ouverts, je les ai dépecés pendant qu'ils restaient vivants. La forme de mon corps était adaptée à ça. Si je suis beau et libre, c'est que je suis cruel.

— J'ai mes principes: jamais je ne ferais ça. Je resterai donc horrible. Mais à défaut de devenir comme toi, je voudrais que tu me dépèces.

— C'est vraiment ton style!

— Comment?

— Lame, souviens-toi. À Montréal, jadis, tu t'es suicidée. Un camion t'a ouvert le ventre. Souviens-toi de l'impact!

— L'impact, oui. La chair qui crève et qui est écrasée. Quelle libération... Ça fait partie de mes souvenirs de bonheur.

— Précisément. Tu as déjà eu ta part de ce plaisir-là.

— On ne pourrait pas recommencer?

— C'est ce que tout le monde veut. Le plaisir de grossir, le soulagement de crever. Lame, à ton âge, ça t'amuse encore?

IMPACT

Lame se rendit compte que Tryil parlementait avec les fourmis : il était un de ses amis, elle aimerait qu'il vienne lui tenir compagnie de temps à autre. Il demandait même la permission d'établir un contact tactile avec Lame : voilà, expliquait-il, pourquoi il lui avait dénudé le haut du ventre. La conversation semblait déboucher sur un accord. Lame ne chercha pas à en suivre le fil. Ce que Tryil venait de lui dire lui ouvrait une piste.

Dans son imagination, elle se rejoua le souvenir de sa mort.

C'était rue Notre-Dame, à Montréal, près du pont Jacques-Cartier. Tout près, il y avait un monument avec un ange en train de tomber. Elle était tombée aussi, elle qui n'avait rien d'un ange, tombée pour que le camion l'écrase, selon son souhait.

Au moment de l'impact, elle avait ressenti beaucoup de joie et un éblouissement de douleur. Son ventre s'ouvrait, offert dans un dernier brûlement sensoriel. Pour une fois, elle faisait ce qu'elle voulait. Elle paierait le prix ensuite.

Cette magnifique sensation d'impact, à force de l'examiner, Lame se rendit compte qu'elle l'avait déjà connue à d'autres occasions, plus acceptables du point de vue de l'éthique. Par exemple, la première fois qu'elle s'était rendu compte qu'elle aimait Rel et qu'il l'aimait aussi, ç'avait été comme si le camion était là, accomplissant son vœu le plus secret.

À l'époque, il y avait quelques mois que le père de Rel avait essayé de le tuer – c'est d'ailleurs Lame qui l'en avait empêché, de justesse. Rel était encore pâle avec, dans les cheveux, la cicatrice bien visible. Son énergie avait quelque chose de tremblant, de fiévreux. Pourtant, il était sûr de lui quand il l'avait prise dans ses bras. Elle, avec la certitude d'une passion qui se dévoile d'un coup, s'était enfouie la tête contre sa poitrine, respirant pour la première fois pleinement son odeur, comme l'air frais du Nouveau Monde, qui avait son côté positif, elle devait l'admettre. Impact. C'est cela que Tryil avait évoqué.

Penser à Rel, quand sa propre vie n'était que déchéance, lui remonta le moral. Elle se demanda ce que les fourmis attendaient pour l'empêcher de le faire : puisque c'était extraordinaire, ce devait être nuisible ! La plupart du temps, Lame aimait mieux s'en abstenir. Il ne fallait pas céder au chagrin. De plus, Rel et son univers de puissance et de magie, infernales et autres, jurait avec le monde terre à terre de Montréal dans lequel Lame se plongeait par ses souvenirs. Ces deux univers se contredisaient mutuellement, celui de Montréal étant le plus fort, clamant que le reste n'était qu'invention ridicule.

En ce moment privilégié, Lame voyait que ces deux interprétations de la réalité étaient compatibles. Rel lui apparaissait autrement qu'à l'accoutumée. Il n'était pas seulement celui avec qui elle avait partagé le quotidien pendant des siècles. Elle le voyait comme un archétype, qui trouve sa place dans tout univers, fût-il montréalais. Dans toute existence, fût-elle celle d'une obèse suicidaire, il devait bien y avoir un Rel de l'autre côté des habitudes. Pas toujours en chair et en os, mais au moins en potentiel imaginaire. Si Lame s'en était rendu compte plus tôt, elle se serait évité bien des tribulations ! Enfin, peut-être. Le potentiel imaginaire, cela avait ses limites.

Elle développa l'idée de voir Rel comme un archétype. Innocente jeune fille, elle s'était tuée ; ayant expié cette faute, elle avait pu s'ouvrir. Enfin, elle avait senti que l'attendait depuis toujours Rel, cet être immense, empli d'amour, de sensibilité et de mystère, parfois mâle et parfois femelle, qu'elle reconnaissait tel un vieil ami ou un amour perdu. Son union avec Rel allait de soi, leur amour partagé continuait en dépit de la séparation, il se poursuivrait malgré la mort, apparenté en cela à l'amour courtois. Rel, avec sa symbolique funèbre de roi des enfers et son aspect océanique mis en valeur par Sutherland, possédait une indéniable dimension mythique !

Lame put saisir cela un instant, ce qui lui permit de retrouver sa fierté.

Elle décida alors de convoquer de nouveau les ancêtres. Après tout, elle s'était suicidée sur le site même où les Patriotes avaient été pendus ; sa mort honteuse et sans gloire avait par hasard eu lieu là où des hommes illustres, honorés à juste titre, avaient payé de leur vie leur amour de la liberté – d'une liberté proclamée sur des terres volées, liberté d'une faction au détriment des autres, mais liberté que tout le monde chante, comme l'amour.

Elle prit la forme d'une fille de vingt ans, ronde, certaine de posséder au moins un peu de beauté, ne serait-ce qu'à cause de son âge. Les ancêtres apparurent un à un dans l'antre rose de son ventre qu'elle imagina, pour la circonstance, silencieux, immobile et parfumé. Le sol était en asphalte gris, reproduisant la chaussée où Lame avait été écrasée. D'un côté il y avait la statue en bronze verdi d'un ange en train de s'effondrer, œuvre célèbre d'Alfred Laliberté. En haut, on distinguait la structure de fer à la peinture rafistolée du dessous du pont Jacques-Cartier.

Lame se vit en jeune obèse, encore pleine de vitalité, de foi dans la vie, vêtue d'une robe du soir en soie noire, allongée telle une impératrice romaine sur l'immense capot d'un énorme camion-citerne argenté, chargé de bicarbonate de soude, celui-là même qui l'avait écrasée jadis. La foule entassée des ancêtres lui arrivait aux pieds. Il y avait des Normands, des Bretons, des Charentais, des Irlandais, des Écossais, des Montagnais, des Anglais et bien d'autres, rangés par clans qui se détestaient mutuellement et qui, pour la plupart, le faisaient depuis des siècles, sinon des millénaires.

Elle-même, Lame, était l'héritière de toute cette mesquinerie érigée en dogme, la descendante des uns comme des autres. Elle se rendit compte qu'ils avaient peur d'elle.

— Ce n'était pas nécessaire, leur dit-elle, pour vous d'Europe, de venir sur ce continent-ci. On vous a vendu de la propagande et vous l'avez avalée. On vous a forcés à croire à des rêves d'expansion et de progrès ; vous avez saccagé un continent. Votre génie de bâtisseurs ne m'impressionne pas. Vous auriez mieux fait de ne rien défricher. Inutile de construire. Votre sueur et votre sperme, vous auriez pu vous passer de les répandre : pourquoi vouloir une descendance ? Le monde ne se serait pas porté plus mal si vous vous étiez croisé les bras.

Elle descendit du camion, se sentant comme une reine en robe du soir. Passant à côté de chacun, elle le dévisageait.

— Vous qui aviez tant d'audace, pourquoi n'avoir pas eu celle de vous rendre compte que vous faisiez fausse route ? Vous, qui veniez d'époques où tout se déroulait plus lentement qu'à la mienne, combien de temps avez-vous passé à réfléchir au long terme ? Vous qui aviez tant d'ingéniosité, pourquoi ne pas avoir eu le sens de la mesure ? Vos fondateurs, vos chefs militaires, vos rois et vos prêtres vous envoyaient ici servir leurs intérêts. Vous vous êtes laissé berner par la lie de la société ! Votre intelligence, où se nichait-elle ? La force de votre rage, aux uns comme aux autres, s'est transmise jusqu'à moi. Je suis bien votre fille. Combien de temps croyez-vous qu'il va durer, votre pays construit dans la violence ? En tout cas, votre descendante s'est enlevé la vie.

Enragée et souriante, elle poursuivit :

— Vous êtes déçus, les uns comme les autres, que je sois si métisse, si bâtarde, vous auriez aimé que je prenne parti pour votre clan, quel qu'il soit ; que voulez-vous, des liens du sang, j'en ai trop ! On a tant voulu s'arracher mon vote et mon appartenance, à grands coups de sentimentalisme ! Il fallait que je trouve telle langue plus belle que telle autre, que je préfère le thé au café ou l'inverse, et c'est à qui ferait montre de la plus grande joie de vivre pour m'attirer dans son camp. Ma bataille des plaines d'Abraham s'est déroulée sous les roues d'un camion lancé à toute vitesse. L'impact des deux armées, je l'ai senti dans mon corps. Comme ils étaient butés, Wolfe et Montcalm, voués à s'entredétruire ! Le continent était bien assez grand pour tout le monde ! Quand la fureur est tombée, la baise a repris le dessus, et c'est comme ça que je suis née au bout de quelques générations de rancœur bien sentie, d'une situation qui s'enlise et de matelas confortables. L'Amérique aurait dû rester aux Indiens et tout ce déploiement n'a servi qu'à la détruire.

Elle passa aux accusations directes :

— Certains de mes ancêtres en ont assassiné d'autres. Vous souvenez-vous comment vous vous sentiez, le soir où vous avez commis votre premier meurtre, sans doute légalisé dans le cadre d'une guerre ? Le sabre qui rentre dans le ventre de la femme que vous avez poursuivie jusqu'au fond de sa grange, la terreur abjecte sur son visage, ses hurlements qui s'éteignent avec la mort ! Un peu plus tard, avec vos amis soldats qui ont passé l'après-midi à faire la même chose, vous vous retrouvez autour du feu, devant votre gamelle de ragoût. Vous sentez que votre vie est finie, que vous êtes un damné en sursis.

Elle commenta :

— Comme chacun, j'aurais voulu descendre d'une lignée sans tache. La violence du passé m'indique le contraire. Je n'ai pas de preuves, je ne connais pas ce que tel ou tel ancêtre direct a pu commettre, mais ceux qui n'étaient pas en train de se battre applaudissaient les autres.

Elle poursuivit :

— Une fois la guerre finie, prélats et dirigeants agiront envers vous comme si vous n'aviez rien fait de mal. Il leur faut des sujets pour peupler leurs terres. On vous suggérera de fonder une famille, si bien que la malédiction de votre geste honteux s'étendra, insidieuse, aux générations suivantes, surtout si vous n'en avez rien dit. Même s'ils n'ont rien à se reprocher, les fils seront silencieux parce que les pères l'étaient, cela se transmettra par habitude, contribuant à ce que la société tout entière se mette à puer. Les Français ont tué des familles anglaises en Nouvelle-Angleterre. Les Anglais ont tué des familles françaises en Nouvelle-France. Tous ont tué des Amérindiens, qui se sont vengés à leur tour. Les arbres ont été tués, les animaux ont été tués. Le continent, peuplé de gens à la conscience lourde, s'est enlaidi.

Ils avaient l'air frappés par un ouragan. Elle asséna le coup fatal :

— Un nouvel enfant dans une famille, ce n'est pas un nouveau départ. Moi, votre descendante, je vous l'affirme. Le dégoût que ces histoires enfouies m'inspirent a contribué à mon suicide. Derrière les mensonges d'usage, croyez-vous que je ne sentais rien ?

Puis elle argumenta :

— Vous faisiez tout ça pour ceux que vous aimiez, soit. Vous me parlerez de l'atmosphère enjouée que vous faisiez régner dans votre famille, de vos précautions pour la sécurité de vos gens, de vos craintes d'avoir froid, d'avoir faim, d'être attaqués, qui étaient fondées. Vous connaissiez le rythme des saisons et des jours, vous aviez un lien réel avec votre cheval, votre vache, une connaissance intime de la terre et une grande joie de vivre, fort bien. Au nom de vos principes de sécurité et de confort, vos descendants s'affairent à piller le reste de la planète. En regardant ailleurs, pour ne pas se sentir directement responsables, en déléguant l'exploitation, ils achètent naïvement le fruit du saccage, par petits morceaux qui ne paraissent pas. Mes crimes de ce genre, j'y ai mis fin en me donnant la mort.

Elle se calma :

— Je ne peux pas vous vénérer les yeux fermés. On remonte assez loin, on plonge assez creux, et l'horreur pointe. Elle se transmet d'une génération à l'autre. Elle se manifeste par le choix de la rue dans laquelle on habite, par l'endroit où on achète son pain, par l'assonance du nom du plombier qu'on choisit – à l'extérieur du clan, on craint que le service ne soit moins bon. Une épouvantable mesquinerie érigée en système se dégage de tout ça. Si j'ai des gènes dans tous les partis, qui voulez-vous que je vénère ? Des images pieuses qui s'entretuent ?

Lame, dans son imagination, continua à se promener dans la foule des ancêtres interdits. Aucun ne lui donnait la réplique, peut-être parce qu'ils l'aimaient malgré ce qu'elle venait de leur dire. Elle scrutait des visages fermés ou honteux. Certaines femmes pleuraient dans leur tablier. À grandes enjambées nerveuses de jeune fille, Lame arpentait leurs rangs, comme si elle les passait en revue. Plus elle s'enfonçait dans leur foule, plus elle avait l'impression de faire partie de leur collectivité. Leur petitesse répondait à sa propre lâcheté de suicidée. Elle aussi faisait partie de la foule falote des morts, de la crème indistincte des trépassés sans âge et sans personnalité, qui s'entremêlent les uns aux autres en un brouillard à saveur historique où personne n'a envie de savoir qui a fait quoi.

Elle atteignit le fond de son décor, le fond de son ventre, sans avoir pu parler à personne.

Une intervention extérieure lui fit presque perdre le fil de son fantasme. C'était Tryil qui, fort de ses pourparlers avec les fourmis, pouvait se poser sans être incommodé. Il venait de se percher sur son ventre. Ses pattes rêches aux serres acérées pesaient de tout leur poids au sommet du dôme hypersensible, mais cet inconfort était pour Lame un inestimable contact avec l'extérieur. En la « vampirisant » sans penser à mal, il avait lu ses pensées.

— Au moins tu les imagines en toi, tes ancêtres, remarqua-t-il.

— Je suis tellement énorme, gémit Lame, j'aurais du mal à les imaginer à l'extérieur, c'est trop loin !

— En toi, la cage qui t'empêche de bouger, en toi tes ennemis. Moi, je suis celui qui attaque ou qui subit.

— Je voudrais être comme toi, répondit Lame, me jeter sur les gens que je déteste ; pouvoir encore lutter, attaquer, m'enfuir...

— Lame, tu ne connais pas ton bonheur ! Je ne suis qu'un oiseau stupide ; je n'ai pas plus de cervelle que de ventre. Quand j'ai attaqué ton ami Taïm Sutherland, je ne me rendais pas compte de ma haine. Quand on m'a enfermé dans une petite cage pour me punir, j'ai détesté tout le monde. Je suis trop fluet, trop acéré, comme si je n'avais pas plus d'épaisseur que de responsabilité pour ce qui m'arrive.

— Toi, au moins, tu es beau. Ton esprit est comme un miroir. Ta mémoire ne pèse rien, elle est comme l'espace où tu t'envoles. Et puis, tu peux t'enfuir.

— On m'a banni des enfers tranchants. On m'a fait une haie d'honneur jusqu'au portail inter-mondes – j'en suis sorti à moitié mort. Je me suis retrouvé ici, subsistant tant bien que mal. Mes plumes ont repoussé toutes noires. Mon bec est ébréché.

— Ça, c'est la vraie beauté. Ça doit te donner un air de pirate.

— J'ai des instincts de tueur. Il me faut ma dose de violence. J'ai besoin de faire mal. Je m'ennuie des enfers tranchants. Là, je vivais la grande joie de sentir la terreur des damnés, quand je m'approchais d'eux pour les dépecer un peu plus. Je me nourrissais télépathiquement de leur souffrance et de leur peur. C'était ma drogue. Je suis en manque.

— Tue-moi, qu'est-ce que tu attends ?

— Lame, tu n'es pas ici pour être tuée. Même si ça nous donnait à tous les deux un orgasme, ce serait un crime qu'on me ferait payer.

— Je suis la femme de Rel. Tue-moi par respect !

— Rel me décernerait une médaille, tu peux compter là-dessus !

Abruptement, un Tryil imaginaire fit irruption au milieu de la scène imaginaire qui se jouait dans le ventre de Lame, volant au-dessus des ancêtres pour se percher sur l'énorme citerne du camion argenté. Il était plus grand que la statue de l'ange qui tombe. Il était noir et vivant.

Lame sentait doublement le poids de son corps ; il était le clocheton baroque du dôme de son ventre, et aussi l'ornement noir du camion qui lui avait permis de se suicider. Tryil changea sa position, ne se tenant plus que sur une patte, qui s'enfonçait dans la chair distendue. Lame se sentait vivre, tout à coup. Au-delà des calmants qu'on lui administrait, cette douleur pointue, rendant insupportable le gonflement de son ventre, la réveillait.

Dans son imagination, la foule embrouillée des grands hommes, des ancêtres et des fondateurs s'anima un peu. Elle ne reconnaissait personne. Un homme d'âge mûr, à la barbe mal rasée et aux yeux clairs, la regarda dans les yeux et dit :

— Nous sommes morts. Toi, tu vis.

Les ancêtres prirent la forme de fourmis et se dispersèrent, le camion redevint un organe palpitant, la statue un poumon supplémentaire et le pont Jacques-Cartier un enchevêtrement de veines et de nerfs. Tryil, assiégé par les fourmis, qui s'apprêtaient à l'attaquer à cause de l'inconfort qu'il causait, s'envola et disparut.

Lame sentit longtemps, au sommet de son ventre, l'empreinte de la patte coupante de l'oiseau, comme une marque au fer rouge. Trois doigts écartés en triangle à l'avant, un doigt plus petit à l'arrière : la trace d'un prédateur. Grâce à ce signe brûlant, son ventre était potentiellement fendu, elle pouvait se sentir virtuellement libre.

L'INSULTE

Tryil était rarement là quand Lame avait envie de sa présence. Il allait et venait d'un enfer à l'autre, cherchant sa pitance mais traînant aussi là où son besoin de violence pourrait être quelque peu assouvi.

Après une longue absence, un jour, il salua ainsi Lame :

— Eh bien, maintenant, ça y est ! Tu peux être fière !

S'adressant en même temps aux fourmis, il s'expliqua :

— Je reviens des enfers mous. Les larves y poussent n'importe comment : un pénis par ici, des seins un peu plus loin, un ventre comme une saucisse là-bas. On enfouit juste pour dire, on fait du développement à l'horizontale. Les fourmis sont surchargées, leurs larves sont empilées, énervées, elles résistent, développent des tics et poussent de travers. Tandis que Lame est douce comme un agneau. Une petite colère contre les ancêtres, de temps en temps, rien de plus. Entretien facile, besoins minimaux. Le travail sur Lame a vraiment été fignolé. C'est parce qu'elle était votre seul sujet, je suppose, votre dernière chance de développement. Le résultat, le voici : ce magnifique dôme, bien stable et profondément enfoui, qui vous fournira des réserves pour des millénaires. Lame, tu remportes la palme : tu es la plus grosse larve que je connaisse.

Tryil nota que les fourmis partageaient son contentement. Par contre, Lame semblait plutôt déprimée.

— Ne le prends pas comme ça, insista-t-il. Tu n'es plus une femme, tu es une larve. Une larve, c'est fait pour être gros. Penses-y : quand tu seras morte – dans bien longtemps je l'espère – eh bien, il n'est pas impossible que l'on transforme ton ventre en porte.

Lame se demanda si la transmission télépathique faisait des siennes :

— Veux-tu bien me dire de quoi tu parles ?

— Une porte d'enfer. Un de ces gros portails ovales, que franchissent les damnés en arrivant. Tu ne savais pas que c'était en cuir de larve ?

Lame ne répondit rien. Cette information la plongeait dans l'horreur. Eh oui, elle savait fort bien ce qu'était une porte d'enfer.

Au temps où elle avait été une damnée autonome, secrétaire aux anciens enfers mous c'est-à-dire ici-même, il y avait eu une de ces portes, tout près de son pupitre. Une grosse arche ovale, très haute, enfoncée dans le sol. Massive, dominatrice, elle avait terrifié Lame, lui inspirant la plus profonde répulsion. Les trépassés qui arrivaient de l'autre côté, sitôt qu'ils franchissaient l'arche brune et huileuse, devenaient damnés. Ils ne reviendraient jamais sur leurs pas.

Lame travaillait juste à côté. Elle se rappela le cuir noir, qui avait perdu son lustre là où de rares damnés s'appuyaient parfois, incapables de retraverser. Avec leur ventre pendant, laids et mous, ils s'agrippaient à la porte hideuse, cherchant à lui faire porter un peu de leur lourdeur, avant que les gardes ne les repoussent dans la boue où ils devaient errer. Cet ovale écrasant avait obsédé la vie de Lame pendant son châtiment aux enfers mous. Plus tard, pendant des années, il lui avait été impossible de voir des ovales sans y deviner l'image renversée de son ventre malade de damnée. À son insu, sa réaction avait reflété la réalité !

Comme toutes les portes infernales, celle-ci avait été abattue quand Rel avait décrété que son territoire ne servirait plus d'enfer. Et il était question d'en réinstaller ? Lame voulait avoir mal compris.

— Les portes infernales étaient en cuir de larve ? insista-t-elle.

— Tu n'étais pas au courant ? En peau de larve de première classe. Les larves tordues, comme il y en a des masses aux enfers mous, n'ont pas la forme qu'il faut. Ça prend un beau dôme symétrique.

Tryil continua, aidé par les fourmis qui lui fournissaient des détails. Un jour, malgré tous les soins dont elle était l'objet, Lame cesserait de grossir. Le système digestif finirait par lâcher. Alors elle vivrait sur ses réserves, s'évidant par l'intérieur. Minutieusement entretenu, son ventre ne diminuerait pas de volume, mais sa peau se dessécherait, pour devenir une sorte de cuir rigide, s'épaississant avec l'âge. Le temps venu, on pourrait désensabler ce dôme résistant et creux, l'enduire de résine protectrice, y découper des ouvertures et l'installer à l'entrée d'un enfer.

Les nouveaux enfers n'avaient pas encore eu le temps de se munir de bonnes portes, qui étaient des éléments décoratifs et symboliques plutôt qu'utilitaires. Ça s'élaborait lentement, une porte d'enfer. Ça pouvait difficilement se transporter d'un monde à un autre, c'était trop gros. Il y aurait toujours moyen de la découper, puis de la recoudre, mais les portes d'enfer les plus imposantes, comme les portes anciennement installées dans ce monde-ci, avaient été d'un seul tenant. Alors, à quoi servirait celle-ci? Traverserait-elle, en pièces détachées, des portes inter-mondes, pour orner l'entrée d'un nouvel enfer? À moins qu'elle ne soit installée ici. Qui sait si les anciens enfers ne seraient pas un jour reconvertis en zone de châtiments, avec ces histoires de fin du monde dont parlait Rel? Dans ce cas, le projet aurait une longueur d'avance: il y avait déjà une porte en formation, ici même!

Lame se sentit sombrer. Son ventre serait une de ces abominations? Les anciens enfers redeviendraient cauchemardesques? Tout son monde s'écroulait. Le plus profond désespoir et la plus grande fureur s'emparèrent de son esprit:

— Rel n'est qu'un personnage de dessins animés! Son code d'ouverture n'est qu'un jouet de pacotille, une spirale en jujubes pour attardés! Taïm Sutherland ne vaut pas mieux! Mes années d'aventures aux enfers ne sont qu'un feuilleton clinquant! Ce que j'ai vécu depuis ma mort n'est que fiction simpliste! Ce n'est rien d'autre que l'envers de cette vérité écrasante qu'est Montréal! Cette énormité monstrueuse et implacable qui est la seule réalité! Les enfers sous la métropole, oui! En dessous, ô combien! Mon ventre et la voûte infernale ne sont que des versions fades de Montréal, des gaz d'échappement, du ciment, du béton et de la brique emprisonnée, de la fumée et de l'insignifiance à laquelle je n'échapperai jamais!

Tryil en avait les plumes ébouriffées. Quel festin!

Lame, loin de se rendre compte qu'elle jouait son jeu, revint à ce qu'elle venait d'apprendre, qui la mettait hors d'elle. Les calmants des fourmis ne faisaient que refroidir sa rage, qui n'en était que plus concentrée. Son ventre deviendrait une porte! Elle imagina les légions de damnés, passant sous son nombril empaillé, en route vers des atrocités sans nom. Elle s'était pliée de bonne grâce aux châtiment, donc son ventre avait pris une forme régulière, manifestant l'harmonie relative de ses relations avec les fourmis. Pour récompense, après sa mort on lui tannerait la peau du ventre pour qu'il devienne un emblème de l'oppression infernale ? C'était trop !

— Mais non, commenta Tryil. C'est une véritable consécration.

Il avait beau jeu de la taquiner : il était son seul contact avec l'extérieur ! Maintenant qu'il avait trouvé son point faible, il en avait pour des années à l'exploiter. Il se ferait attendre, lui distribuerait savamment compliments et vacheries. Jamais elle n'oserait l'éconduire, elle ne ferait que rager, ce qui était tellement jouissif. Elle était à sa merci.

Il se trompait. Lame allait prendre une décision contraire au bon sens.

— Disparais ! signifia-t-elle à Tryil. Tu as dépassé les bornes. Ne reviens plus jamais !

Il essaya de rétablir le contact. Elle avait réussi à se fermer, comme une huître, tandis que les fourmis alertées le forçaient à s'envoler.

Tryil s'enfuit à tire d'ailes. S'il avait besoin de faire des méchancetés pour se sentir vivre, cette fois-ci il n'avait pas raté son coup. Depuis qu'on l'avait chassé des enfers tranchants, son rêve de voir Vrénalik avait été relégué au second plan. L'effort de survivre, le besoin tyrannique de faire mal avaient monopolisé ses pensées. Maintenant qu'il ne pouvait plus tourmenter Lame, son attention se dirigea vers l'Archipel. Pour faire durer le plaisir, peut-être était-il temps d'aller rendre visite à Rel, histoire de lui annoncer que sa femme était une larve en train de devenir folle.

LE MESSAGER

L'oiseau Tryil volait vers le nord. Il avait franchi la porte d'Arxann et pris son envol dans l'azur. Depuis lors, il se dirigeait d'après les signaux qu'émettaient les implants de Rel, comme de légers feux d'artifice aux frontières de son esprit, de l'autre côté du monde.

La situation de Lame était devenue inquiétante. Elle était de plus en plus difficile à rejoindre dans sa rêverie intime. D'abord, elle avait réclamé une attention plus soutenue que celle que Tryil avait envie de lui offrir. Voyant qu'elle ne l'obtenait pas, elle avait rompu le contact avec lui, sans doute pour devenir folle dans son coin, destin habituel des larves. Ces procès aux ancêtres... Elle aurait dû savoir qu'il ne fallait pas en vouloir à ceux qui avaient rendu possible sa vie précédente ! Ses récriminations envers la ville de Montréal ne servaient qu'à aggraver son cas. La réaction de Rel, quand il apprendrait ce qui obsédait Lame, ces jours-ci !

Avec ivresse, Tryil sentait le vent capté par ses grandes ailes aux longues et fortes plumes. Il se propulsait vers l'avant avec une facilité déconcertante, dans ce petit monde falot, où jours et nuits se succédaient en clignotements un peu bêtes, mais jolis. Libre à Rel de vivre au rythme décoratif de ces lieux pleins de nostalgie ; quant à lui, n'ajustant aucun contrôle qui tînt compte du décalage temporel, il ne s'était pas donné la peine de jouer avec ses perceptions en traversant la porte d'Arxann. Il était étonné de voir à quel point le monde de ses ancêtres manquait d'envergure. Eux-mêmes avaient-ils ressemblé aux volailles malingres qu'il apercevait parfois, essouf-flées, au-dessous de lui ? Sans doute, en auquel cas mieux valait leur montrer une certaine déférence.

Malgré son ambivalence, Tryil était ici à cause de Lame. Il ne pouvait l'oublier : quelque temps aupara-vant, il avait attaqué Taïm Sutherland sans raison, cédant à son penchant pour la violence. On l'avait donc fait parader, bec et ailes liés, incapable de lire les pensées, livré à ses propres cauchemars. Tel était le début de son châtiment, qui était mérité. Par contre, ce début avait été adouci par l'attitude de Rel et de Lame à son égard : ce jour-là, non seulement Rel l'avait-il fait placer en face de lui, mais Lame lui avait délié le bec. Par ce geste, elle lui avait permis de surmonter sa propre honte. Cela l'avait préparé à affronter la cage et les immondices qui avaient suivi.

Dans son état actuel, Lame ne se souciait guère d'un service rendu. Tryil s'était bien gardé de le lui rappeler, de peur qu'elle ne s'en serve comme raison de lui demander nouvelles et faveurs qu'il n'avait pas l'intention de lui donner. Au début, il s'était laissé influencer par le désir que Lame avait de demeurer cachée ; il n'avait pas envisagé de rapporter sa pré-sence. Il venait de se décider à faire cette démarche.

Il avait alerté les gens des anciens enfers : Lame était captive de fourmis hors-la-loi, qui prétendaient faire justice comme si elles travaillaient encore pour les juges. Ses interlocuteurs s'étaient avérés plus démunis que lui face à ce malheur. Puisque Lame avait accepté son sort, et que sa survie dépendait à présent de sa symbiose de larve avec les fourmis, ils ne savaient vraiment pas quoi faire. Ils avaient applaudi à sa suggestion d'aller au moins révéler la situation à Rel.

En temps normal, ils lui auraient refusé l'accès aux mondes extérieurs, puisqu'il était un oiseau, proscrit en plus, un moins que rien qui se nourrissait dans les poubelles. Le message que Tryil insistait pour porter lui-même à Rel, avec qui il avait une longue expérience de communication par télépathie, avait justifié à leurs yeux une exception à cette règle.

Tryil aurait pu envoyer de loin un message télépathique à Rel; mais celui-ci l'aurait-il reçu? L'aurait-il pris au sérieux? Non, il fallait que Tryil aille en personne. Même si leur temps à eux deux ne s'écoulait plus de la même façon, quand ils seraient face à face ils se débrouilleraient.

Lui, l'oiseau-bourreau proscrit, était demeuré l'un des principaux détenteurs des légendes de ceux qui ont des ailes. Sa magnifique mémoire était demeurée intacte en dépit de tout. Ceux qui lui ouvrirent la porte d'Arxann étaient indifférents à sa personne. Ils ne voulaient pas savoir qu'il réalisait ainsi son rêve le plus ancien : s'élancer dans l'azur, frisé de nuages, du monde ancestral dont sa race n'avait pas perdu le souvenir.

SUSPENDRE LE JUGEMENT

Lame put se ressaisir. Il était essentiel de ne pas glisser sur la pente du pessimisme et de la colère. Tout l'équilibre de sa vie était en jeu. Il ne fallait pas le laisser se rompre. L'oiseau avait eu raison : elle n'était plus une femme, mais une larve. Quant à ce qui arriverait après sa mort, l'éventualité que son ventre devienne un jour une porte infernale, qu'est-ce que ça pouvait lui faire ? Elle ne serait plus là.

Entre-temps, il lui restait des milliers d'années à vivre. Elle devait assumer sa situation. Ceux qui étaient entrés en contact avec elle depuis qu'elle était larve, qu'il s'agît de juges, de fantômes tel Séril Daha, ou du cruel oiseau Tryil qu'elle avait dû éconduire, ne pouvaient pas lui remonter le moral ou lui fournir un regard sur l'extérieur. Elle n'avait rien à attendre de ceux qui, comme Rel sans doute, ignoraient son sort. Elle avait mieux à faire que d'entretenir l'espoir qu'on vienne la délivrer. Ses alliées, pour ainsi dire, étaient les fourmis.

Sa fascination pour son ventre n'était jamais loin. Qu'il serve un jour de porte d'enfer lui semblait perversement juste. Ses ancêtres continuaient à la travailler. Faisant fi du temps écoulé, elle imagina ceux d'entre eux, ou de leurs contemporains, qui aboutissaient aux enfers juste après leur décès. Elle les vit franchissant la porte de son ventre. Sauf que, tiens donc, ce n'était plus une porte, mais plutôt, comme maintenant, une cloche, un piège, un lieu sans issue. Elle retombait donc dans son fantasme ordinaire où, gros comme des fourmis, ils tournaient parmi ses viscères sans savoir comment sortir.

Si elle était une porte menant en enfer, saurait-elle les empêcher de passer ?

Elle apparut parmi eux, de leur taille. Elle prit l'apparence d'un ventre sphérique, dont la couleur orange marbrée de noir exprimait la douleur et le malaise. Sa surface était poreuse, mal définie – la perspective de se faire toucher était trop désagréable. Par contre, elle pouvait voir, parler et entendre. Pour toucher ou prendre, des mains gantées de blanc, un peu comme celles de personnages de dessins animés, surgissaient au besoin du ventre orange, s'en éloignaient un peu si nécessaire et se montraient ausi habiles que des mains ordinaires.

Les ancêtres ne semblaient pas effrayés de la voir. Ils ne lui prêtaient qu'une attention sommaire, tout en continuant à chercher la sortie. D'une voix qui surgissait pour eux du plafond, elle leur expliqua qu'en les retenant ici elle les empêchait d'entrer en enfer.

Ils ne la croyaient pas. De fait, plusieurs parvinrent à disparaître de son ventre, sans doute pour arriver jusqu'aux enfers. Elle les imagina dans les enfers mous, ceux qu'elle connaissait le mieux pour y avoir séjourné elle-même. L'arrivée aux enfers mous semblait une délivrance au premier abord : enfin, de nouveau, un vrai corps et non une existence imaginaire, délirante, où on ne sait pas où l'on est. Peu à peu, on se rendait compte qu'on était damné. Chaque fois qu'on mangeait ou qu'on s'accouplait, on devenait plus gros, plus lourd. Et on voyait l'état de larve poindre à l'horizon, aboutissement d'une existence toujours plus pénible, plus essoufflée, plus avide de plaisirs sans frein.

Lame se demanda comment faire échapper à leur destin ceux des ancêtres qui étaient encore là. Comment capter leur attention avant que leurs bas instincts ne les mènent vers une incarnation infernale ? Qu'avait-elle à leur offrir ? L'hospitalité indéfinie de son ventre ? Pourraient-ils s'y établir, le temps de comprendre où ils en étaient ?

Si elle avait été capable de les capturer, elle n'allait pas les relâcher de sitôt. Elle imagina des creux très doux dans sa chair, où ils pourraient trouver un peu de repos. Ils n'y prêtèrent pas attention.

Elle leur cria de cesser de s'agiter et de se mettre en rang. Étonnamment, ils obéirent. Sans doute étaient-ils si désorientés qu'ils réagissaient mieux aux ordres directs qu'aux conseils.

Ils étaient une vingtaine. Elle les passa en revue. Il y avait deux religieuses et un prêtre ; les autres était des laïcs. Elle se sentait plutôt désemparée de se retrouver avec des membres du clergé dans son ventre. Ils la regardaient d'un air hypocrite, comme s'ils voulaient lui faire croire qu'ils savaient qui elle était. Elle décida de ne pas s'occuper d'eux tout de suite ; ils étaient d'un abord trop difficile, encombrés par leurs croyances. Leur tenue était correcte, mais leurs actes, eux, avaient dû laisser à désirer puisqu'ils se retrouvaient ici.

Elle considéra la rangée de morts. Elle ne reconnaissait personne, tous ces visages et ces corps la laissaient indifférente. Qu'importe : elle fit surgir près d'eux des chaises et des rafraîchissements pour

qu'ils puissent être plus confortables pendant qu'elle
les examinait. Aucun d'eux ne s'assit, personne non
plus ne mangea; un ou deux prirent une gorgée d'eau.
Un instant, elle envisagea qu'ils étaient à sa merci,
de simples créatures imaginaires qu'elle pourrait tor-
turer ou humilier à sa guise. Cette perspective la dé-
goûta. Le jeu qu'elle jouait, elle le voulait réaliste. Si
c'étaient de vraies personnes récemment mortes qui
se trouvaient ici, elle les traiterait avec amabilité.

Leur apparence se modifia. Beaucoup d'entre eux
portaient des vêtement trop serrés. Cela indiquait
sans doute qu'ils étaient destinés aux enfers mous.
Entre deux vies, quand on se dirige vers un monde
donné, on commence par prendre l'apparence qu'on
y aura. Visiblement mal à l'aise, ils restaient debout
devant elle. Étaient-ils gênés? Ou bien leur sort était-
il en train de les rattraper ici même, transformant le
ventre de Lame en succursale des enfers mous? Une
telle pensée la terrifia. Il fallait tenter quelque chose.

Elle s'avança vers le futur damné qui lui faisait
face, un homme d'âge mûr, plus grand qu'elle, à la
respiration haletante, qui regardait à terre et osait à
peine effleurer son ventre gonflé sous ses vêtements
trop étroits. C'était peut-être celui qui lui avait parlé
l'autre jour, ou bien quelqu'un d'autre. Pitoyable et
ridicule, au moins il ne lui inspirait pas du dégoût.
Elle tendit une main gantée de blanc. Il la saisit avec
une douceur urgente et la plaça sur son ventre,
comme pour lui faire sentir ce qu'il endurait. Rapidement, Lame l'aida à se dévêtir. Le ventre apparut,
une sorte d'horreur blafarde qui grossissait à vue
d'œil, drainant toute l'énergie des membres, du sexe
et de l'intelligence.

Lame prit des ciseaux pour ouvrir les vêtements
au tissu très tendu. Son imagination l'entraînait plus

loin que ce qui lui était confortable, mais elle ne voulait pas reculer. Elle aida l'homme à s'étendre et resta près de lui jusqu'à ce qu'il cesse d'enfler. Elle lui caressait le front, le ventre et les mains, l'aidant à trouver la position qui lui permettrait de mieux endurer sa douleur. Ils étaient tous deux extrêmement embarrassés. Mais cela valait mieux que l'enfer.

Quand il fut plus calme, le dos cambré, les mains crispées sur le ventre, mais respirant un peu mieux, elle s'occupa des autres. Ils avaient observé ce qu'elle avait fait et voulaient qu'elle les aide eux aussi à enlever ces vêtements qui les torturaient. Gravement, elle s'approcha de chacun d'eux. Elle déboutonnait des pantalons, faisait descendre des glissières, prenait les ciseaux s'il le fallait. Elle voyait surgir des lacs de chair molle et, pleine de honte, dégageait avec émotion des ventres énormes, les soupesait pour les aider un peu à porter leur poids. Elle libérait des seins lourds, des pénis et des testicules enflés, déjà mûrs pour les enfers mous. Mais ils n'y étaient pas encore. Il n'était pas trop tard. Elle installait chaque personne dans la chair de son ventre à elle, dans une alvéole formée pour l'accueillir.

Le temps passa. Il y avait toujours de nouveaux arrivants, comme si le mot avait circulé qu'on pouvait échapper aux enfers mous en passant par le ventre de Lame. Elle en oubliait son propre malheur, son passé et son futur. Sa vie, c'était de voir des chairs gonflées échapper à leur prison, de fournir un lieu d'accueil où les gens, peu importe leur aspect, étaient respectés. De combien pourrait-elle retarder l'échéance des peines infernales ? Son ventre était devenu un centre d'hébergement. Elle pouvait enfin faire à d'autres, ne fût-ce qu'en imagination, ce qu'elle aurait voulu qu'on lui fasse de son vivant. Ces êtres-là reflétaient le besoin qu'elle avait eu qu'on l'accepte comme elle était. Dévêtir des corps dont elle comprenait l'humiliation et la souffrance, les soulager, les aider à s'allonger, elle ne s'en lassait pas. Elle ramassait leurs excréments et allait les porter dans le fond de son ventre, avec les siens. Si elle avait pu faire ce genre de chose de son vivant, elle aurait eu moins envie de mettre fin à ses jours.

Les seules personnes qu'elle laissait de côté étaient les membres du clergé. Finalement, il ne resta qu'eux debout, dans la plaine ventrale où étaient étendues de multiples créatures gémissant de soulagement et de douleur mêlés. Alors Lame se décida à les dévêtir eux aussi. Ils semblaient souffrir moins que les autres. Aucun d'eux n'essaya de lui prendre la main pour la placer là où il avait mal. Au contraire, ils la considéraient d'un air supérieur. Comme au début, elle se sentait démunie face à eux. Mais si elle ne faisait rien, ils disparaîtraient petit à petit pour apparaître aux enfers mous, lieu qui n'avait rien d'imaginaire ni de réjouissant.

Elle saisit une religieuse par la main et l'écarta un peu du groupe. En commençant à la dévêtir, Lame se sentait à la fois ridicule et en train de commettre un vague sacrilège. Elle persista. Il lui semblait enlever quelque chose de propre pour découvrir quelque chose de sale. Le corps qu'elle était en train de dénuder, elle n'avait pas envie d'y toucher. Il s'en dégageait une onctuosité molle, un triomphalisme malsain, qui lui donnait envie de fuir. Elle sentait sa propre rage devant des gestes mesurés, des paroles creuses, une hypocrisie qui se protège. Elle se surprit à crier, avec sa voix qui sortait du plafond comme d'un haut-parleur :

— Vous pensiez échapper à l'enfer en troquant l'énergie du sexe contre celle du ventre !

Elle vit toute une société – celle d'où elle était issue – traînée dans le malheur par ce genre de troc, les orphelins « fruits du péché » promis à une vie infâme, les populations entraînées à avoir honte, l'éloge de l'ignorance et du refoulement, tandis que règnent ceux qui ont érigé en système le déni de leur sexualité. Elle acheva de mettre nue la femme qui était devant elle et jeta au loin sa coiffe.

— À cause des vôtres, l'effort du travail bien fait se couvre de honte, les beautés des couvents, des églises, des pensionnats et des séminaires deviennent des symboles d'oppression, tout semble couvert d'un vernis d'onction et de lâcheté. À cause de vos valeurs, des gens s'épuisent, des vies se gâchent, des intelligences se refusent le droit de penser. N'allez pas plus loin, l'enfer vous guette.

Rapidement, elle dévêtit les autres, prenant soin de ne pas leur faire mal mais n'éprouvant pour eux aucun respect. Elle sentait l'odeur de leurs caresses malsaines sur des corps jeunes à leur merci, la jouissance de leurs coups de règle sur les doigts des élèves, la perversité de leur ventre écrasant leur sexe, la sphère étouffant la pointe, le mou pâle et lourd triomphant de ce qui aurait boulu bouger ou s'enfuir.

Elle leur tourna le dos et les laissa se trouver une place. La prochaine fois qu'elle reviendrait par ici, elle espérait ne plus reconnaître leur visage.

UNE ARRIVÉE SPECTACULAIRE

Tryil volait à tire d'ailes vers le nord. Il alla pendant deux jours et deux nuits, sans arrêt ni fatigue apparente. Il notait de faibles variations de température. Vers le nord, il y avait de la glace, beaucoup de glace un peu fraîche. Rien en comparaison des enfers froids, mais de la glace tout de même. Le signal émis par Rel se rapprochait. Tryil survola une étendue de glace et se posa finalement en face de lui.

Rel était debout sur la glace épaisse, sombre et mystérieux, avec Taïm Sutherland aux cheveux roux à sa droite et Taxiel l'ancien sbire à sa gauche. Les trois l'avaient regardé s'approcher, point mobile dans l'immensité de la glace et du ciel. Rel avait senti sa venue par des picotements près de ses implants, comme cela avait été le cas jadis, quand il avait détecté ainsi l'avancée de Taxiel venu le ramener en enfer. Serein et impressionnant, Rel souhaita la bienvenue à Tryil, n'ayant pas oublié à quel point l'oiseau avait voulu, tout comme lui-même, venir ici.

Par contre, Tryil ne comprenait pas les mots que Rel prononçait; le débit de la voix de Rel était changé, à cause du décalage temporel. Tryil put cependant établir un lien télépathique précis avec Rel: la pensée peut aller si vite ou si lentement qu'elle fait fi des décalages temporels du monde. Tryil informa donc Rel de la situation de Lame.

L'expression de Rel changea. Tryil coupa le contact télépathique, ne voulant pas être entraîné dans un tourbillon de désespoir. Il connaissait bien Rel, qui plie mais ne rompt pas. Mieux valait ne pas vivre en direct le moment où Rel pliait. Celui-ci avait beau rester maître de lui, il pouvait être extrêmement intense. Tryil devait se protéger. Il lui tourna le dos, pour éliminer le risque de rétablir malgré lui le contact, par inférence à partir de ses perceptions visuelles. On a beau être un bourreau endurci, la douleur de l'être qu'on vénère le plus au monde peut faire mal.

Dans le monde des bourreaux, il y a souvent un défaut de la cuirasse, une sensibilité cachée qui ne surgit que dans des occasions bien précises, souvent liées à la personne que l'on respecte comme chef. C'est pourquoi il est facile de réformer les bourreaux des enfers : il suffit de tirer parti de cette sensibilité et de la faire s'épanouir dans des circonstances de plus en plus variées. Même s'il était demeuré à l'écart de l'échange télépathique, l'ancien sbire Taxiel n'était donc pas étonné du comportement de Tryil. Au moment voulu, il vint se placer dans le champ de vision de l'oiseau pour lui signifier qu'il pouvait de nouveau regarder.

L'oiseau-bourreau devenu proscrit avait cependant un plan, celui de boire la tristesse et le désespoir de celui à qui il venait d'annoncer la catastrophe. Il assouvirait ainsi un peu de son propre besoin de cruauté. Bien sûr, il aimait Rel, son souverain, qui en plus lui avait sauvé la vie ! Cependant, il ne pouvait résister à l'occasion qui lui était offerte de goûter sa souffrance. Qui s'en rendrait comte ? Qui s'en formaliserait ?

Quelle volupté en perspective ! Une fois passé le premier jet de douleur, trop intense, le reste serait un délice ! Tryil se tourna, toutes défenses abaissées, ouvert pour rétablir le contact avec Rel.

La fureur de Rel le heurta de plein fouet et il s'écroula.

À l'arrivée de Tryil, il y avait trois mois à l'échelle infernale que Rel et ses compagnons séjournaient sur la banquise de Drahal, et quatre mois que Sutherland avait été blessé par Tryil. Entre-temps, les plumes de l'oiseau infernal étaient devenues noires, son bec avait été raccourci. Sutherland ne le reconnut pas.

Il se trouva spectateur d'un ballet incompréhensible. Un grand oiseau noir, d'une espèce qui lui était inconnue, pointa au loin, de toute évidence attendu par Rel. Ses ailes battaient lentement, mais d'une manière puissante, si bien qu'il se rapprocha à une vitesse folle. Sans s'en laisser imposer par les barrières de protection et les écrans qui masquaient leur présence au reste du monde, il fondit sur eux tel un rapace. Freinant toutes plumes écartées, il fit jaillir un nuage de particules de glace sous ses serres flamboyantes comme des diamants, pour s'arrêter pile en face d'eux. Ses ailes immenses, effilées, qu'il replia fièrement, formaient une superbe courbe sinueuse près de son cou, tandis que leurs extrémités effleuraient le sol étincelant d'éclats glacés.

Il dépassait Rel d'une tête. Son bec d'un noir brillant était ébréché ; certaines de ses plumes manquaient de lustre ; ses yeux rutilants comme des charbons ardents avaient quelque chose de fiévreux. Une beauté sauvage émanait de lui, non pas disciplinée comme celle des bourreaux infernaux, mais sévère et déchaînée. Peut-être venait-il d'un monde où, comme en enfer, le temps s'écoule plus lentement qu'ici, à moins qu'il ne s'agît d'une véritable créature de légende, issue de la mémoire même de l'Archipel de Vrénalik. On aurait dit l'oiseau de vide, l'attribut de l'ancien sorcier Svail lui-même, Svail le libérateur, Svail qui avait su commander aux oiseaux de l'Archipel tout comme Rel avant lui. On aurait dit l'oiseau fier et sans peur, le compagnon étrange qui finalement avait donné la mort à Svail de quelques coups de bec efficaces et cléments. À sa vue, Sutherland sentit une faille s'ouvrir en lui, au-delà des blocages qu'on lui avait implantés en le faisant s'incarner comme juste aux anciens enfers. Peut-être serait-il de nouveau capable d'avoir peur.

Rel avait accueilli l'oiseau comme un ami. Mais, après un moment, son visage avait changé d'expression, manifestant la surprise, avec un soupçon d'effroi. L'oiseau lui avait alors tourné le dos. Puis Rel avait fait signe à Taxiel, qui avait averti l'oiseau de revenir à sa position initiale. Aussitôt retournée, la formidable créature s'était abattue dans un nuage glacé.

Sutherland n'y avait rien compris.

Tandis que Taxiel, sans perdre un instant, attachait l'oiseau, Rel expliquait à Sutherland d'une voix nerveuse :

— Aux enfers chauds, Tryil t'a attaqué. On l'a châtié et ses plumes sont devenues noires, ce qui se produit souvent. Puis on l'a banni sans le tuer. On le jugeait donc inoffensif. Ce n'était pas le cas. Laissé à lui-même, il a commencé à jouer avec l'esprit de Lame comme avec une proie.

— Cet oiseau-ci, c'est Tryil ?

— Tu ne l'avais pas reconnu ? Le premier, il s'est rendu compte de ce qui arrivait à Lame. Mais il a omis d'en avertir quiconque. Avant de se donner la peine de sonner l'alarme, il a attendu que Lame rompe tout contact avec lui !

— Et qu'arrive-t-il à Lame ?

Trouvant difficile de dire ce qui lui tenait à cœur, Rel ne répondit pas. Ce silence était de mauvais augure. D'autant plus que, lorsqu'il se remit à parler, c'était de nouveau au sujet de Tryil :

— S'il a réussi à se faire ouvrir la porte d'Arxann, c'est qu'on ne se rendait pas compte de sa part de responsabilité dans ce qui arrive à Lame. Les gens ne réfléchissent pas. Il m'a raconté son histoire sans réaliser ce qu'elle révélait sur son rôle à lui. Il voulait me voir triste ! Sale bête !

— Il voulait te vampiriser, ajouta Taxiel.

Se tournant vers Sutherland, il continua :

— On ne vampirise pas Rel. Je le sais pour l'avoir essayé, quand il était jeune. On a tout fait pour savoir à quoi il pensait. L'importance de son code d'ouverture, il la cachait bien. On n'a jamais même eu l'impression qu'il pourrait tirer sa force d'un truc pareil. Tryil n'est pas le premier auquel il donne un mal de tête.

— Il a assommé Tryil avec le code d'ouverture ?

— Je n'ai aucune idée de la manière dont il s'y prend.

Rel, déjà calmé, s'était penché sur le grand oiseau, pour lui prendre le pouls à la jugulaire. Il travaillait avec Tryil depuis des années, sans le moindre problème. Il avait été pris par surprise, c'est pourquoi il avait réagi avec colère, sans mesurer sa force.

— Il n'a jamais essayé de me faire ça avant, commenta-t-il, déçu.

— On l'a banni ; il s'ennuie, il est tout seul.

— On va le tenir actif.

Taxiel ajusta au cou de Tryil un collier d'assujettissement pour les bourreaux qui deviennent fous,
une bande rouge à pointes blanches, qui émettait des
ondes calmantes.

Rel, rapide dans les moments de crise, en était
déjà à décider que faire au sujet de Lame. Il regarda
Sutherland qui, de toute évidence, ne comprenait
qu'à moitié ce qui se passait. Estimant que ce degré
suffisait pour l'instant, il lui demanda :

— Tu t'occuperais de Lame ? Taxiel est trop rude
et je suis trop secoué. Je te fournirai des pistes.

Plein de bonne volonté, Sutherland répondit :

— Pourquoi pas ? Commence par me dire ce qui
arrive à Lame.

Cette requête replaça Rel devant l'horreur de la
situation de Lame, devant l'horreur de la situation de
toutes les larves, face à laquelle il s'était toujours
senti impuissant. Tryil avait transmis à Rel, d'un bloc,
ce que Lame ressentait et sa propre réaction. Sous le
choc, Rel était incapable de trouver ses mots. Il se
mit à trembler. Sutherland et Taxiel échangèrent un
regard consterné : qu'allaient-ils apprendre ?

Sans les regarder, Rel leur annonça finalement que
Lame était devenue une larve. L'incroyable nouvelle
leur brisa le cœur.

Entre-temps, Tryil avait recouvré ses esprits. Docile
et pacifié, il répondait aux questions et se montrait
coopératif. Rel informait ses compagnons des renseignements que Tryil lui transmettait en pensée, qui
étaient discutés.

Rel et ses compagnons s'étaient séparés de Lame
depuis un peu plus de trois mois, à l'échelle infernale.
Comment Lame avait-elle pu devenir la plus grosse
des larves en si peu de temps ? Tryil avait inféré sa
taille à partir de la courbure du haut de son ventre,

ainsi que de ce qu'il captait de ses sensations, rien de plus. Pourquoi les fourmis des anciens enfers avaient-elles omis de demander leur transfert aux nouveaux enfers mous ? Tryil supposait l'insubordination. Et les juges étaient au courant ? Lame avait-elle vraiment reçu la visite de l'un d'eux ? Quel rôle jouaient-ils dans cette affaire ? Bien des questions demeuraient sans réponse. Pourraient-elles être résolues sur place ? Entre-temps, Lame se trouvait dans le même état qu'un damné des enfers mous !

— Ne nous énervons pas, remarqua Rel sans avoir l'air d'y croire, l'état de larve est réversible.

Réversible en théorie, comme tous le savaient. Le silence se fit, empli d'une énorme tristesse. Taxiel le rompit, tentant avec maladresse de dédramatiser la situation :

— Avec tout le mal que tu t'es donné, fit-il, un brin sarcastique, Lame aurait pu penser à se servir du code d'ouverture pour garder le moral !

Cette intervention produisit un effet contraire à celui qu'il escomptait :

— Elle n'a plus confiance en nous, répondit Rel, hagard. Tout ce qui vient de nous, elle le rejette. Avec le choc qu'elle a reçu, elle a cessé d'y croire. Ce qui compte pour elle, c'est de croupir dans ce qu'elle a connu à Montréal. Comme si rien d'autre n'avait d'importance ! De son point de vue, nous sommes des marionnettes, des personnages de conte de fées dont la seule fonction est de l'empêcher de voir les choses telles quelles !

Tryil s'habituait rapidement à suivre les pensées de Rel tandis qu'il parlait. Ce qu'il venait de dire était exact. Il hocha la tête pour marquer son assentiment.

— Elle a peut-être raison, insista Rel d'un air découragé.

Sutherland le regarda, atterré. Il sut qu'il devait intervenir :

— Arrête, dit-il. Tu te fais du mal. Elle a tort.

Rel haussa les épaules et baissa la tête.

Sutherland le connaissait assez pour savoir que, chez lui, cette attitude était très rare et dangereuse.

Il s'approcha de lui et le prit dans ses bras. Ce geste était vraiment contraire à son style habituel. Puis il lui déclara la première chose qui lui passa par la tête :

— Jamais, tu m'entends, jamais je ne te laisserai tomber !

Il le regarda dans les yeux et continua :

— Tu peux compter sur moi. Je ferai tout pour sauver Lame.

Interdit, Rel le considéra. Puis il sembla se ressaisir un peu. Son esprit incroyablement vif se remettait au travail.

— Si tu la sors de là, murmura-t-il, fais-lui l'amour.

Ce fut au tour de Sutherland d'être stupéfait. Faire l'amour, c'était beaucoup lui demander. Son corps de juste n'avait pas besoin d'activités sexuelles pour se sentir à son aise. D'autre part, la demande de Rel lui semblait à tout le moins inconvenante.

— Si elle se sort de là, continua Rel avec un aplomb qui lui revenait à vue d'œil, elle sera dans tous ses états. Les damnés qu'on récupère, tu devrais les voir ! Je serais trop usé pour lui donner la réplique, je la décevrais. Par contre, regarde-toi ! La manière dont tu me tiens, ta façon de me regarder, c'est ce qu'il lui faut. Et puis... un peu plus. Elle saura te montrer.

Embarrassé, ne sachant s'il devait mettre cette requête sur le compte de l'état de choc, Sutherland pressa tendrement la tête de Rel contre sa poitrine et ne répondit pas.

Sans perdre un instant, d'un geste cependant sans énergie, Rel fouilla dans l'une de ses poches et en sortit deux petits bijoux ancestraux, une broche et une bague, faits d'hématite, d'acier et d'os. Sutherland reconnut leur style : on disait qu'ils dataient du temps légendaire où les anciens enfers avaient été un monde comme celui-ci. Rel prit mollement la main gauche de Sutherland et lui passa la bague au majeur. Il posa la broche dans sa paume.

Puis il ferma les yeux et s'affaissa, livide.

Sutherland demeura interdit, à soutenir un corps qui lui glissait entre les bras. Taxiel fit un signe à Tryil. Celui-ci s'installa sur la glace. On plaça Rel à l'abri de ses ailes. Il reprit un peu ses sens ; on s'assura qu'il allait bien, puis il tomba endormi. L'odeur de la poussière cendreuse dans le duvet de l'oiseau était celle de son pays natal.

Sutherland examina la bague, légère et délicate, bien ajustée à son majeur. C'était un anneau de minerai de fer d'un gris lustré, poli par les millénaires. Une armature d'acier, de facture plus récente, le renforçait. Le chaton d'os bruni, un triangle allongé dans le sens de l'anneau, était en forme de lys, pétales et sépales adoucis par l'usure, portant au fond de son cœur, presque invisible, un tout petit diamant. Le gris de l'hématite et de l'acier prédominait, couleur du chiffre sept, celui-là même, selon Rel, de la résistance aux forces concrètes de l'adversité.

— Pourquoi m'a-t-il donné cette bague ? demanda Sutherland à Taxiel.

— Lame la connaît : ils aimaient porter ensemble ces bijoux, reliques du passé le plus reculé des anciens enfers. Elle te croira, quand tu lui diras que Rel suggère que vous deveniez amants. Tu lui offriras la broche, toujours de la part de Rel.

Sutherland poussa un soupir.

— Si tu refuses, ça lui brisera le cœur, ajouta Taxiel.

Après un silence, le vieux sbire reprit :

— Une bague et une broche ? Qu'est-ce que Lame en ferait ? C'est une larve ! Elle vit sous terre. Ses yeux fermés ne peuvent plus reconnaître les bijoux, qui sont malgré tout son héritage. Bientôt elle n'aura plus de doigts auxquels mettre des bagues. Elle ne porte aucun vêtement sur lequel agrafer une broche. Nul ne peut la voir face à face, la saluer, lui parler. Son visage est enfoui. Quant à faire l'amour, avec toi ou un autre...

Il conclut :

— Rel t'a demandé l'impossible.

En bon garde du corps, prêt à prendre sur lui l'embarras de certaines situations, il suggéra :

— Taïm, ôte la bague et passe-moi la broche aussi. Je pourrai les remettre dans la poche de Rel. Quand il se réveillera, il ne se souviendra peut-être plus de te les avoir données. S'il s'en souvient, il n'osera pas insister.

Tout aussi ému, Sutherland contempla la bague. Il fit non de la tête et la garda au doigt.

Cela lui rappelait certain cercle de fer auquel l'empereur Othoum l'avait fait se joindre, dans sa vie précédente, quand il était jayènn au Catadial. Là aussi, il avait accepté une tâche impossible. On y avait mis les formes, la démarche avait eu lieu dif- féremment, mais la situation était semblable. Un empereur demandant l'aide d'un jayènn, qui déclare publiquement son engagement, le tout suivi d'une fête populaire, ou bien Rel lui passant de justesse une bague au doigt, sans même s'expliquer, cela revenait au même.

Sutherland se souvenait à peine d'Othoum et de sa femme, que pourtant il avait aimée. Mais il avait déjà été lui-même à bout de forces, comme Rel, ou un peu fou, comme Lame. Tout, il ferait tout pour tirer Lame de là !

Cependant, il lui semblait clair qu'il ne fallait pas agir trop vite. Le sort de Lame avait beau être tragique, sa situation était stable. Elle gagnerait à être prise en charge par une équipe bien préparée.

LA NUIT DE L'HOMME GRAS

Lame aménagea l'amphithéâtre de son ventre par des efforts soutenus d'imagination. Ceux qui échouaient en elle étaient doucement déshabillés, menés au bain, vêtus de beaux vêtements, à leur taille, quelle que fût la forme de leur corps. La plupart étaient obèses ; ils étaient tous très laids. De préférence, elle les vêtait de noir orné d'or, de tissus qui se tenaient bien, cotonnades neuves ou lainages finement tissés : ainsi, il lui était plus facile de voir leur dignité naturelle. Ils pouvaient converser entre eux, lire des livres ou écouter de la musique, ou encore se reposer à leur aise. Elle alla jusqu'à imaginer des arbres et des papillons pour embellir les lieux. Ces arbres avaient une apparence primitive de fougères et de prêles géantes.

Les fourmis s'y établissaient avec un plaisir évident, comme si elles avaient guidé cet aspect-là de sa rêverie pour qu'il s'accorde avec leur préférence. De toute évidence, les fourmis ne voulaient plus la tourmenter. Elles s'étaient emparées de son corps et l'avaient aménagé selon leurs besoins, ce qui avait constitué un châtiment. Cela accompli, elles avaient suivi leur intérêt en maintenant les relations les plus harmonieuses possibles avec elle. Leur présence était discrète ; leur collaboration se passait de plus en plus d'échanges verbaux, qui avaient eu quelque chose d'emprunté ; il s'agissait plutôt d'une symbiose, où les intérêts s'accordent sans paroles.

Dans le jardin imaginaire, des visages d'ancêtres ou de fantômes disparaissaient, d'autres apparaissaient. Lame ne savait si ceux qui étaient partis, adoucis par leur séjour en elle, avaient pu s'incarner dans un monde plus agréable que les enfers. Elle constatait simplement qu'il y avait un roulement. Elle ne parlait à aucun d'eux, ayant l'impression de ne pas pouvoir comprendre leurs divers langages. Elle continuait à se présenter à eux comme un ventre douloureux et flottant avec des mains gantées, une voix sortant du plafond et un regard qui peut voir tout ce qui se passe.

Si elle avait besoin de prendre une forme plus ordinaire, lors de contacts plus difficiles, alors elle retrouvait l'apparence qu'elle avait juste avant son suicide, une jeune obèse dans la vingtaine, au visage maussade, au physique ingrat. Elle se tenait alors debout, mal à l'aise, revivant le sentiment d'être la cible de tous les regards, de toutes les moqueries, retrouvant ses réflexes de se dissimuler dans la pénombre et de s'asseoir souvent, essoufflée et moite, probablement puante. L'acuité de sa haine d'elle-même et du reste du monde la pénétrait. Elle avait l'impression d'être un tas de graisse avec une lame de rasoir à l'intérieur, qui la faisait saigner du dedans tout en étant prête à blesser quiconque s'approchait.

Quand elle adoptait en imagination la forme de son ancien corps, l'ivresse de la haine l'envahissait de nouveau, comme inscrite dans la sensation même d'obésité et de laideur. Par contre, cette colère n'avait plus de cible.

Une fois l'explosion passée, il paraissait curieux d'avoir choisi Montréal pour se défouler. Ce gros camp d'immigrants en région froide, vieux de quelques siècles à peine, qui n'avait pas envie de le quitter pour rentrer au pays ancestral ? Sauf qu'il était peut-être détruit par les tanks ou les bulldozers, ou encore envahi par le chômage, l'ignorance et la pauvreté. La ville trônait, certes, tel un couvercle, posée au-dessus de l'ancienne capitale des enfers. Par contre, ses immigrants d'hier et d'aujourd'hui manquaient rarement de l'essentiel. La grosse métropole maternelle, stupidement courageuse, ne valait pas la peine qu'on la déteste. De même pour le clergé, les riches, le gouvernement ou les ancêtres. Il paraissait encore plus bizarre à Lame de se haïr elle-même, puisque cela nuisait à ses efforts pour faire régner une atmosphère généreuse dans le monde de son ventre !

Elle faisait donc l'expérience d'une haine déconnectée de tout objet. Le reste en découlait : sa sensualité s'ouvrait plus loin que le désir. Elle était à la fois un tas frémissant de tripes et le rasoir qui les tranche, en un état de rage et de passion suspendues, qui n'avait nul besoin de faire de victime. C'était cela, l'or des orgies, l'or de l'horreur, l'or des ordures, la splendeur étonnante du monde des larves. Avec un tel or, qui va plus loin que les débordements des sens, plus loin que la haine déchaînée, plus loin que l'indifférence crasse, elle accédait à une nouvelle vision du monde. La richesse n'était plus étouffement, mais possibilité.

Elle percevait ce que vivaient ses invités. Beaucoup étaient dans un état semblable au sien. Dans la mesure où elle pouvait supporter l'impact de sa propre rage sans qu'elle s'abatte sur quiconque, dans cette mesure ils pouvaient faire la même chose. D'autres vivaient des passions tout aussi terrifiantes. Elle les voyait se promener les jambes écartées, chaque pas étant une délicieuse torture de désir sans échappatoire. Cela lui rappelait son séjour aux enfers mous, où elle avait appris à se retenir, ce qui n'était sans doute pas la meilleure solution, mais celle qui avait été à sa portée. Elle les observait se dépêtrer avec leurs désirs envahissants. S'ils y cédaient en perdant leur prestance, s'ils s'avilissaient, ils disparaissaient, pour s'incarner sans doute aux enfers mous.

Beaucoup demeuraient en elle, spectres non nés, inassouvis, énormes et résistants. Elle était fière de leur force.

Parmi tous ceux qui habitaient son ventre, il en était un qu'elle chérissait plus que les autres. Il était là depuis le début. C'est lui qu'elle avait déshabillé en premier. Elle l'appelait l'homme gras.

Il était devenu énorme et extrêmement laid. Il vivait dans une piscine ; l'eau l'aidait à supporter son poids. Son apparence était presque celle d'une larve ; il enflait toujours un peu plus. Quand elle allait le voir, il sortait de sa torpeur pour la regarder. Ils se considéraient l'un l'autre, embarrassés. Ils savaient tous deux ce qu'il fallait faire, ce qui le soulagerait. C'était très gênant, pour lui comme pour elle.

De ses mains gantées de blanc, Lame caressait son ventre informe ; elle savait comment procéder pour qu'il se décharge de ses excréments. Elle l'encourageait dans ses efforts épuisants et l'observait dans ses détails, non pas dégoûtée par ces fonctions naturelles dans la surnature de ce monde hallucinatoire, mais gênée de le sentir si embarrassé. Il mourait mille fois de honte chaque fois qu'elle s'approchait d'elle, mais après il se sentait tellement mieux. Elle aussi, d'ailleurs, puisqu'il faisait ce qu'elle ne pouvait plus faire, larve dont les déchets s'accumulaient à l'intérieur sans jamais sortir. Elle le voyait réaliser ce dont elle ne pouvait que rêver. Et comme ce rêve était de ceux qu'on ne mentionne pas, elle était aussi gênée que lui. Elle cessait de le regarder, pour s'abandonner à le toucher, communiquant avec lui dans la déchéance et l'affection.

Quand il avait fini et qu'elle avait tout nettoyé, ils restaient ensemble, muets et calmés. Parfois, il voulait se promener ; elle l'aidait à sortir de sa piscine et approchait sa marchette, si large et cependant enserrant sa chair tombante. Il errait un peu parmi les arbres préhistoriques, s'affalait sur un sofa pour regarder les papillons, et semblait emplir l'espace entier de sa présence suante et essoufflée. Lame avait l'impression que tout se courbait autour de lui à cause de sa masse. Même les papillons lui tournaient autour au lieu de passer tout droit. Mais s'ils se posaient sur son ventre, il en gémissait de douleur : comme celle de Lame, sa chair était hypersensible.

Il possédait un talent, qu'il développa de plus en plus : pendant ses sorties, d'un geste ou d'un croquis malhabile mais efficace, il suggérait à Lame des éclairages, des dispositions, des perspectives nouvelles. Les lieux s'embellissaient à vue d'œil. Peut-être l'homme gras avait-il été cinéaste, photographe ou décorateur. À moins que, plus tristement, il n'eût traîné qu'une vie de rêveur frileux, qui garde en lui son univers. Pour quelqu'un d'aussi doué, cela justifiait un châtiment. Il était muet et peu expressif, le corps et le visage engourdis, déformés sans doute par un début d'emprise des enfers mous. Mais il pouvait encore échapper à son sort. En offrant finalement toutes les visions qui l'habitaient, il agissait en ce sens.

Fait certain, il connaissait Montréal. Comme visiteur ou comme habitant, elle ne le sut jamais. Il ne donna aucun indice sur ses origines. Impossible de déceler chez lui la faconde italienne, le sens de la répartie à la française ou le flegme britannique. Elle sonda ses propres souvenirs : il ne lui rappelait personne. Elle échoua à apprendre quel avait été son nom, si elle l'avait connu ou avait entendu parler de lui, s'il avait vécu avant, après ou au même moment qu'elle.

Il leur arrivait de regarder ensemble des images de Montréal. L'homme gras faisait remarquer à Lame certains aspects du paysage. Une frise inquiétante, formée de svastikas de stuc, ornait un immeuble de la côte du Beaver Hall, dont la lumineuse perspective s'ouvrait malgré tout jusqu'aux silos du port. La frise nazie surmontait de délicats bas-reliefs représentant la rose d'Angleterre, le chardon d'Écosse et le lys de France. Rien de tel pour que les immigrants à teint sombre se sentent bien accueillis ! Lame songea à ses ancêtres d'Angleterre, d'Écosse et de France : auraient-ils apprécié son union avec Rel, ce métèque dont les os mêmes étaient noirs ? Qui pourrait jamais désinvestir cette belle décoration de son message consternant ?

Ils regardèrent l'image suivante : dans la partie ouest de la rue Saint-Paul, la double rangée, incurvée comme un cimeterre, d'anciens édifices ayant servi d'entrepôts ou de manufactures. Puis ils passèrent à l'extraordinaire quartier dévasté au sud de la Place-Bonaventure et de la Bourse, alternance de stationnements désaffectés et de constructions industrielles décrépites sur fond d'architecture ferroviaire. Là, les rues portaient des noms – Prince, Duke, Queen, King – qui évoquaient chez Lame la hiérarchie infernale.

Elle portait un nouveau regard sur la ville qui, autrefois, l'avait étouffée comme un couvercle. Ces paysages lui ressemblaient. Elle se découvrait une solidarité avec les vieux hangars et l'herbe à poux.

Surtout, l'homme gras connaissait Montréal la nuit. Cela touchait en elle une corde sensible : l'horreur de la ville s'estompait dans la pénombre. La laideur fait plus d'effet en plein jour. Ici, pourtant, elle n'y échappait pas : depuis le début, tout ce qu'elle avait pu visualiser de son corps, à l'intérieur comme à l'extérieur, était bien éclairé. On ne lui avait épargné aucun détail.

Un jour, l'homme gras inventa la nuit dans le ventre de Lame.

Il ne l'avertit pas. Se passant de son intermédiaire, il diminua l'éclairage. Lame l'aida alors à sortir de son étang. Il se dressa, ruisselant et impassible.

Sur un de ses gestes, des lucioles firent leur apparition, quelques lanternes s'allumèrent dans le crépuscule. Tout le monde s'étonna : c'était devenu si beau, d'un coup. Les chairs violacées ou souillées de l'intérieur du ventre de Lame étaient désormais bleu sombre, se découpant pour former un horizon de gratte-ciel, avec des hangars, des entrepôts, des viaducs ferroviaires à l'avant-plan. Le soir estival était égayé par des papillons à antennes en éventail et des criquets. Les chairs gonflées des invités ne paraissaient plus dans la pénombre ; les infirmes ne devaient plus affronter à leur apparence consternante.

Mû par une énergie nouvelle, l'homme gras se promena dans les allées, tout juste assez larges pour lui permettre le passage. Son ventre énorme et tremblant effleurait douloureusement les mousses et les lichens, sauf si Lame était assez vive pour écarter tout obstacle de sa route. Les lieux prenaient une allure

de jardin botanique. Il se repaissait d'un festin de nuit
à sa mesure. Des lumières tamisées transformaient la
forêt de fougères en spectacle d'ombres chinoises. Il
évoluait dans un univers de silhouettes majestueuses,
où une perspective nouvelle, riche de rêveries et d'espace, surgissait à chaque détour. Il lui fallait toute
cette obscurité pour se sentir enfin libre. Le paysage
entier reflétait son esprit rebelle, original et digne.

Lame, qui distinguait malgré tout les lieux, était
sa complice dans cette escapade nocturne, le guidant
pour qu'il ne tombe pas et ne se heurte à rien. Était-
il en train de créer du neuf ou de montrer un autre
point de vue de ce que tous connaissaient ? En ce
moment miraculeux, invention et dévoilement ne
faisaient qu'un. L'atmosphère pourrissante, fétide,
pleine de champignons et de végétaux en décompo-
sition, semblait allégée par leur marche, dont chaque
pas ébranlait le ventre de Lame jusque dans ses fonde-
ments. Le déploiement, dynamique et vibrant, changeait
d'aspect à chaque pas. Lame devenait une sorte de
tambour, résonnant au pas de celui qui avait réussi à
recréer la nuit.

Finalement, elle dut écarter des rideaux de fougères
pour l'aider à regagner son trou d'eau. Il s'y écroula
dans un éclaboussement.

Elle resta auprès de lui, caressant ses mains, tandis
qu'il tentait de reprendre son souffle. Il était allé au-
delà de ses forces ; ses halètements devinrent des râles.
Il avait recréé la nuit qui masque toutes les formes,
mais l'effort l'avait vidé de ses forces. Son état se dé-
tériora rapidement, alors que se levait un jour qu'il
ne pouvait plus retenir. Sauf son ventre, qui demeurait
énorme, le reste de son corps devint de plus en plus
décharné. Ses deux mains squelettiques saisirent une
dernière fois la main droite de Lame, pour qu'elle se

pose là où son ventre le faisait le plus souffrir. Elle eut l'impression que sa propre main s'enfonçait dans des chairs malades et empoisonnées, qui l'aspireraient tout entière comme des sables mouvants. Puis elle se rendit compte qu'ils n'étaient plus seuls.

L'homme gras était en train de quitter ce monde. Tous se rassemblaient autour de lui, une foule de créatures l'entouraient avec ferveur. Lame fixait son visage semblable à un crâne, qui râlait et ricanait en même temps. Elle avait son corps de suicidée et elle pleurait.

Il lui serra violemment la main et elle sentit qu'elle changeait de forme à son tour, malgré elle. Puis il mourut et disparut dans un tourbillon.

Quand elle se releva, elle vit qu'autour d'elle tout le monde avait changé de forme aussi. Ils étaient tous beaucoup plus beaux. L'homme gras avait emporté une bonne part de leur laideur dans sa mort. Elle ne saurait jamais si elle l'avait inventé ou s'il était quelqu'un d'autre.

Elle se regarda dans un miroir. Dans ce monde ventral où régnait sa propre imagination, pour la première fois elle avait repris sa forme de Lame, la belle fille en robe rouge qu'elle était quand les fourmis s'étaient emparées d'elle. Elle acceptait de se voir comme avant, lorsqu'elle était l'épouse de Rel. Pour un moment, elle osait se souvenir pleinement de sa dignité et de son rang. Le code d'ouverture de la porte verte s'imposa à son esprit. Elle venait de réaliser ce que représentait le fameux sept, montant la garde entre le neuf et le deux, la clé pour sortir du piège, qui active la puissance de l'imaginaire dans le sens même où il enrichit le réel.

Il est difficile de faire la différence entre la rage mauvaise et la juste colère, délicat de trancher entre la dépression et le rêve qui la transcende, si on les éprouve soi-même en pleine vulnérabilité. Dans ces zones de solitude brunâtre, si délicates, l'esprit vif, prompt à décider, se sent impuissant. Toute action tonifiante ou purificatrice peut détruire la richesse d'une situation, fût-elle atroce, la simplifier à outrance, l'abaisser à n'être qu'une caricature.

Daxiade, encore appelée
Livre des Filles de Chann

Sur la banquise

Rel discuta avec Sutherland. Pour le sauvetage de Lame, il serait difficile de se passer de Tryil. Le conseiller au grand cœur se déclara prêt à travailler avec l'oiseau, même si celui-ci l'avait récemment agressé. Rel et Taxiel seraient à sa disposition pour éviter les risques de dérapage.

Ils firent comparaître l'oiseau.

— Entre toi et moi, la collaboration est finie, lui déclara Rel : tu as tardé à donner l'alerte au sujet de Lame, puis tu as voulu me vampiriser ; telle est la conséquence. Tu obéiras désormais à Taïm Sutherland. Tu l'as blessé, répare tes torts. Vous tirerez Lame de son trou. Tu as profité de sa faiblesse. Prends tes responsabilités.

Sutherland s'initia à l'art de communiquer par télépathie avec Tryil. Rel lui montra à s'imposer auprès du grand oiseau noir ; il le tutoierait pour lui signifier qui était le maître. Il demanda à Tryil de vouvoyer Sutherland même par contact télépathique. Une fois cela établi, il se retira de la situation : Tryil avait tendance à se référer à lui, qu'il respectait, plutôt qu'à ce nouveau venu de Sutherland, qui devait se concentrer des heures avant de lui administrer la moindre chiquenaude mentale.

Taxiel, très différent de Rel, se rapprocha de Sutherland et prit la défense de Tryil. Le vieux sbire fit valoir que Tryil, malgré ses torts, n'était pour rien dans ce qui était arrivé à Lame. On lui devait au contraire de l'avoir retrouvée ! Il y avait mis le temps, certes, mais d'habitude un oiseau proscrit était trop désorienté pour ce genre de démarche. Qu'il l'eût accomplie était dû à la visite qu'il avait eue de Rel plus tôt, quand il était emprisonné aux enfers tranchants. Sans l'intervention de Rel, il aurait été hors d'état de donner l'alerte et nul ne se préoccuperait de Lame aujourd'hui ! Pour Taxiel, l'épisode était un exemple de la grande intuition de Rel.

Au cours de sa vie, Taxiel avait commandé à des bourreaux de toutes sortes ; selon lui, Tryil pouvait se réformer ; mais à la discipline il faudrait allier la douceur, donner des ordres clairs et de l'affection. Il enseigna à Sutherland comment on lissait les plumes d'un oiseau infernal, où il aimait se faire gratter le cou, comment limer son bec ébréché, nettoyer ses serres et surveiller son alimentation : Tryil avait eu tendance à se négliger depuis son bannissement. On le pomponna, ce qui améliora son caractère.

Le conseiller Sutherland et l'oiseau télépathe se mirent à former une équipe. Sutherland n'était pas porté sur les punitions. Il voyait que Tryil réagissait bien quand il lui donnait beaucoup d'attention. L'oiseau avait une extraordinaire mémoire. Ils s'exercèrent à échanger télépathiquement, Sutherland recevant les souvenirs d'enfance de Tryil.

De plus en plus aimablement, Tryil lui ouvrait son esprit. Il lui enseigna à se servir de lui comme d'un lien télépathique avec une tierce personne: c'est ainsi qu'il avait travaillé avec Rel. Pour ce faire, Sutherland devait imaginer que l'oiseau était un grand miroir à la texture délicatement froissée, en forme de parapluie renversé, une sorte d'antenne parabolique qui captait et rediffusait les pensées des uns et des autres. Sutherland y envoyait une idée, qui s'y reflétait pour ensuite atteindre un poisson dans la mer ou un oiseau dans le ciel. Leur en ayant demandé la permission, il pouvait parler à ce poisson par le truchement de Tryil ou encore savoir à quoi l'oiseau pensait. La plupart du temps, c'était un dialogue de sourds ! Parfois, cependant, Sutherland captait des éléments d'information. Les animaux étaient difficiles à comprendre, à cause de leurs perceptions différentes, mais ils étaient d'un abord facile.

Si par contre Tryil servait de lien entre Sutherland et Taxiel, le lien était ardu à établir, à cause des résistances psychologiques des deux côtés, mais, une fois en place, un véritable dialogue pouvait avoir lieu, où Taxiel et Sutherland voyaient apparaître chacun dans son imagination l'image de l'autre, qui parfois tenait un objet à identifier.

Le jayènn était impressionné par Tryil. S'il servait de relais télépathique entre deux personnes, sa personnalité disparaissait au profit du message transmis. Si l'on désirait obtenir de lui de l'information, par exemple sur Lame, l'oiseau suspendait tout sens critique pour donner libre accès à sa mémoire. L'analogie du miroir prenait son sens. Dans ses activités de télépathe, qui le faisaient traduire d'un esprit à un autre, ainsi que dans la justesse et l'étendue de ses souvenirs, Tryil ressemblait à un miroir légèrement froissé, reflétant tout avec une fidélité frémissante. C'était troublant. Sutherland comprenait qu'un tel être vive avec difficulté une si grande transparence. L'agressivité de Tryil, en plus d'être un trait de son espèce, était l'envers de ses talents. Elle venait de son besoin de s'affirmer en dépit de ce qui faisait de lui un miracle d'objectivité.

Sutherland aimait bien Tryil ; il gérait son emploi du temps en fonction des besoins de l'oiseau. Leur confiance mutuelle s'approfondissait. Ils voyaient rarement Rel, qui les laissait travailler ensemble. Pourtant, une fois, Rel s'approcha d'eux et contempla la bague que Sutherland portait toujours. Leurs regards se croisèrent. L'oiseau s'envola : la charge émotive de cet échange le mettait mal à l'aise.

Ils demeuraient sur la glace épaisse, non loin de la mer, quelque part au-dessus de ce qui avait été Drahal. Rel ne se donnait plus la peine d'apprivoiser des foules d'oiseaux de mer, comme il l'avait fait dans sa jeunesse. Il pratiquait plutôt ce que Tranag lui avait enseigné. Il se tenait immobile sur la glace, au bord des vagues, regardant l'horizon. Il invita Taxiel et Sutherland à se joindre à lui. Ils l'imitaient par la posture mais, puisque Rel n'avait encore atteint aucun résultat, il préféra ne pas leur montrer quel exercice mental accompagnait cet aspect physique. Après l'arrivée de Tryil, ce dernier, laissé à lui-même pendant ces périodes, en profitait pour jouer avec les frégates et les sternes. Pour eux tous, malgré la nostalgie, la température était clémente et la vie facile.

Sur le bord de la glace, Sutherland s'exerça à donner des ordres à Tryil, qui les exécutait en plein vol, avec une joie évidente. L'oiseau venait d'une société grégaire au sein de laquelle, à cause de son tempérament, il n'avait jamais occupé le haut de l'échelle ; il aimait se sentir encadré. Leur passion commune pour Vrénalik leur fournirait des occasions d'échanges et d'activités. La mémoire collective des oiseaux-bourreaux, dont Tryil était l'un des déposi- taires, constituait une mine de renseignements sur l'antiquité de l'Archipel. Sutherland n'essaya pas de déterminer leur degré d'authenticité ; il les étudiait plutôt dans le but de renforcer chez Tryil le lien avec cette terre-ci, avec les traditions et les règles de vie qui lui avaient été transmises. Selon les termes de l'oiseau, l'esprit des ancêtres commençait à pénétrer sa cervelle. Leur monde, qui lui avait d'abord semblé si pâle, prenait son sens.

Même s'il ne faisait pas de progrès spectaculaires avec Tryil, Sutherland ne se décourageait pas. Il était sensible au lieu où ils se trouvaient : sur la banquise au-dessus de l'île submergée de Drahal. Au temps où elle était une île véritable, c'est ici que le Rêveur Shaskath avait fait ses premières armes pour contrôler les vents et les forces océaniques. Ses débuts, à lui aussi, avaient été ardus. Or Shaskath n'avait pas été le seul à s'entraîner en ces lieux, loin de là. Pour Sutherland, l'espace vibrait encore de la magie de Drahal, des générations de sorciers qui s'étaient succédé avant l'engloutissement et qui avaient continué à fréquenter les récifs longtemps après. Avaient-ils reconnu à ces lieux des qualités exceptionnelles ? Depuis la nuit des temps, ils avaient été présents avec leurs incantations, leurs intuitions et leurs postures, déployant des pouvoirs équivoques ou profonds, semant la destruction ou incarnant la sagesse, libres ou enchaînés, souriants ou tragiques, toujours mystérieux.

À présent Rel, en s'arrêtant ici, sur la banquise de Drahal, renouait avec cette tradition. Il avait habité dans l'île, quatorze mille ans plus tôt, avec Vriis le forgeron sculpteur et sa mère Tranag, sorcière à ses heures. Il ne les avait pas oubliés.

Son séjour ancien n'avait pas été long, mais il avait laissé des traces. Après son douloureux départ

vers les enfers, ici à Vrénalik avait débuté le long
enchaînement de circonstances auquel finalement
Sutherland lui-même avait été mêlé dans sa vie précédente. En effet, bouleversés par le départ de Rel,
Vriis et Tranag avaient sculpté le dieu Haztlén dans
un bloc de pierre vert-turquoise, lui donnant l'apparence de leur ami Rel, parti souffrir quelque part dans
un monde noir et souterrain. Haztlén était l'océan.
Vriis et Tranag avaient-ils attribué à Rel ce symbole
de liberté vaste et dangereuse pour l'aider magique-
ment à faire contrepoids aux volontés infernales ? Si
tel était le cas, ils avaient gagné, certes, mais l'Archipel en avait payé le prix. La fameuse statue de
Haztlén avait pesé lourd dans sa destinée.

La vieille Tranag, précise et flamboyante, avec
son fils Vriis, talentueux et subtil, étaient passés
dans la légende, liés aux principes cosmiques de
lumière et de vide. Les lignées de sorciers avaient
continué ; la statue était un objet de vénération, lié
dans les esprit à la prospérité de cet archipel océanique. Plus tard était venu Svail, le maître des oiseaux,
qui avait délivré l'Archipel de l'emprise hanrel. Le
temps avait passé. Le culte de Haztlén avait fini par
tomber en désuétude. Dans l'indifférence générale,
son temple de l'île de Vrend avait été muré, dissimulé dans la falaise où il avait été creusé, cachant du
même coup la statue à tous les regards. Cependant,
la nouvelle en été rendue publique par la légère
Trinit-Tayinn au beau châle. Qu'importe, la prospérité
continuait, avec ou sans statue ! Plus tard encore, il y
avait eu le diplomate Joril et le tragique Rêveur
Shaskath, assassiné au large de Drahal ; à sa mort,
son amie Inalga avait maudit l'Archipel, déclarant
que ses habitants ne pourraient en sortir tant que la

statue de Haztlén ne serait pas retrouvée. Un cata-
clysme sema la ruine. Ce fut la fin des grandes années
de l'Archipel. La statue verte ressurgissait dans les
mémoires, mais introuvable. D'ailleurs, aller à sa
recherche semblait un peu bizarre. Nul n'avait envie
d'y mettre d'énergie.

Vers l'époque de Sutherland enfin, quand l'Archipel replié survivait à l'écart du monde, le profond
Skaad avait maintenu ses connaissances pour les
transmettre à son élève, le grand Ivendra, celui qui
avait réactivé la puissance des légendes pour retrouver la statue de Haztlén et préparer la traversée vers
le sud. Sutherland était arrivé, du sud, justement. Il
n'était qu'un jeune homme dans la vingtaine, fuyant
la grande ville, qui s'était retrouvé dans l'Archipel et
s'y plaisait bien. Il n'avait aucune idée qu'une tâche
l'attendait ici. Pourtant, Ivendra lui avait montré
quelques notions de l'art. Et, une nuit de tempête, ils
avaient découvert la statue de Haztlén dans sa caverne de pierre blanche à l'île de Vrend.

Cette caverne, en s'écroulant, avait servi de tom-
beau à Ivendra. Sutherland s'était échappé pour
ramener la statue à Frulken, où elle avait été détruite
par Anar Vranengal et les autres. Ainsi les paroles
d'Inalga avaient-elles rencontré leur écho, l'emprisonnement avait pris fin et le grand départ avait eu
lieu. Encore aujourd'hui, Sutherland préférait ne pas
se rappeler l'épisode du transport de la statue vers
Frulken, à la suite duquel il avait perdu la raison pour
quelques mois. Ce qu'il savait, pourtant, c'était que
la statue avait ressemblé à Rel, qui passait à présent
son temps immobile sur la glace de Drahal, blanche
comme le quartz de l'ancienne caverne.

Depuis qu'il avait reconnu que Rel avait inspiré
l'image de Haztlén, Sutherland avait souhaité ce mo-

ment où le souverain infernal, chargé de problèmes, assailli par l'agression ou la mesquinerie caracté- ristiques des lieux où il avait résolu de faire des changements, échapperait à cette atmosphère extrême pour se ressourcer là où sa nostalgie le rappelait. Sutherland avait rêvé de quelque retour triomphal, au printemps. Lame se serait parée de fleurs et aurait joué de la harpe. Il avait imaginé des chants d'oiseaux, des parfums de verdure et surtout des gens accueil- lants, pleins d'intelligence, de savoir et de charme, tels ceux qu'il avait connus ici jadis, pour leur souhaiter la bienvenue.

Ce qu'ils avaient trouvé, c'était un désert glacial. Rel s'en était accommodé ; pour eux qui venaient des enfers, le climat était doux. Ils pouvaient occuper les lieux en toute discrétion, d'autant plus facilement que les gens de la région les avaient désertés. Par contre, le choc qu'ils avaient reçu en apprenant le sort de Lame était plus grave. Jour après jour, Su- therland voyait Rel s'astreindre à rester immobile sur la banquise. Est-ce que cette discipline de fer l'aidait à tenir le coup ?

Aujourd'hui, Sutherland n'avait pas envie de se joindre à lui. Il avait reconnu sa pose et il en avait des frissons. Pour la première fois depuis leur arrivée, Rel avait pris la posture exacte de Haztlén. Après tout, il avait servi de modèle.

C'était une posture ramassée, repliée et intense. Assis, genoux relevés, chevilles croisées, les bras croisés sur les genoux, les mains sur les épaules, le dos droit et la tête haute. Elle évoquait une momie, un infirme, ou encore une résistance farouche. Elle n'avait rien d'accueillant ni de détendu. Dans l'im- mense espace de glace et d'océan, cette petite forme noire et énergique, ancienne, indomptable, solitaire dans le vent, était-ce Rel ou Haztlén? Jusqu'où allait son regard? Jusqu'où s'étendait son pouvoir? Ailleurs, hors d'atteinte dans les sables funèbres des anciens enfers, gisait Lame et son grand corps paralysé dont toute beauté avait été bannie. C'était elle, peut-être, l'infirme à qui certains avaient dit que la statue se référait, elle qui devait lutter contre l'avilissement de son corps pour sentir sa propre liberté malgré tout. Le tragique de la situation touchait Sutherland en plein cœur. Tout cela, il le sentait, s'inscrivait dans une tradition. L'île de Drahal et ses environs avaient vu tant de malheurs!

Mais tout n'avait pas été dit. L'espace d'ici savait accueillir des figures fortes, frappées mais non vaincues. D'ailleurs, dans les souvenirs de Sutherland, les lignées de sorciers avaient elles aussi continué, et brillamment, après la mort d'Ivendra et la destruction de la statue. Il y avait eu l'audacieuse Anar Vranengal, élève d'Ivendra et mère de la fille de Sutherland; émigrée au Catadial, elle s'était consacrée à constituer des archives et à diffuser le savoir de l'Archipel, qui dès lors avait pris une nouvelle dimension. Une autre amie de Sutherland avait joué un rôle plus discret. C'était Chann Iskiad, la métisse qui avait passé son enfance dans la prison d'Ougris au sud de l'Archipel, celle à qui le sorcier Ivendra avait écrit pour l'avertir de l'arrivée de Sutherland, « semblable à un sorbier ». Qu'avait-elle fait pour transmettre ce qu'Ivendra lui avait appris? Tout ce savoir avait dû essaimer pour se perpétuer au Catadial, à Ougris ou ailleurs, après la mort de Sutherland et sa réincarnation aux anciens enfers. Maintenant, deux mille ans plus tard, ces traditions de connaissance et de

sagesse existaient-elles encore quelque part dans ce
monde-ci? Il n'en savait rien.

La question était pour l'instant secondaire. Ces
dynasties de paradrouïm en cape noire, de sorciers
contemplant l'horizon, prenaient leur origine ici, à
Drahal. Rel et Sutherland s'y rattachaient, l'un ayant
étudié avec Tranag et l'autre avec Ivendra. Dès lors,
il était naturel que Rel s'astreigne aux postures et aux
regards qu'on lui avait enseignés, et naturel aussi
que Sutherland s'exerce à dompter l'énergie cruelle
d'un grand oiseau noir, s'insérant ainsi dans la tradition de Svail, le maître des oiseaux. La difficulté de
la tâche ne le rebutait pas, car ces techniques lui
serviraient en présence de Lame.

Par contre, il ne progressait pas beaucoup. La
qualité de sa communication avec Tryil était nettement insuffisante pour aller à la rescousse de Lame.
Il ne pouvait toujours pas soutenir par télépathie une
conversation avec une tierce personne. Il sentait une
résistance, chez lui comme chez Tryil, sans trop
savoir à quoi elle était due, parce qu'ils semblaient
tous deux pleins de bonne volonté. Sutherland était-
il, à la différence de Rel, peu doué pour ce genre
d'échange de haute voltige? Depuis quelques jours,
il lui semblait plafonner. Il se décida donc à en parler
à Rel, même si sa pose solitaire dans l'immensité
glacée l'impressionnait.

Il se dirigea vers lui, troublé. Toutefois, plus il se
rapprochait de lui, plus son esprit devenait net. Ce
qui, de loin, lui avait semblé une posture contraignante
et tendue, à l'image des souvenirs qu'il conservait de
la statue de Haztlén, était en fait gracieux et calme.
Rel lui demanda d'un geste ce qu'il voulait; son visage n'était pas empreint de souffrance ni de tristesse,

mais d'une bienveillance terre à terre. Sutherland lui parla de Tryil.

— Tu es trop anxieux, lui dit Rel. Oublie Lame pour un temps.

— Quoi?

— Elle va bien, toutes proportions gardées. Pense à Vrénalik. Tryil va bien, lui aussi. Tu n'as rien à craindre de lui. Il aimerait visiter l'Archipel.

— Et toi, comment vas-tu? osa demander Sutherland.

— Tu sais, j'aimerais ne jamais devoir partir, avoua Rel.

D'un coup, Sutherland mesura la situation. Haztlén était revenu, en quelque sorte. Bien vivant, aimable et sain d'esprit. La voûte de sa caverne était l'espace du ciel. Ce que Rel exprimait n'était pas un caprice. Sa présence ici voulait dire quelque chose. Si son séjour se prolongeait, quelles possibilités seraient ainsi ouvertes? Il se risqua:

— Tu pourrais rester.

Ses paroles résonnèrent dans l'air humide.

— Tu crois? fit Rel.

— Nous sommes ici dans l'Archipel, lieu important pour toi, pour moi, pour Tryil. Si tu me demandes d'oublier Lame, je te réponds d'oublier les enfers, dans la même perspective de mieux prendre nos responsabilités. Si tu veux rester longtemps, à toi de voir si c'est possible. Tu ne manques pas de ressources.

Il ajouta:

— C'est ton conseiller qui te parle.

À VOL D'OISEAU

Sutherland conta à Tryil l'histoire de Svail et de son grand oiseau noir. L'analogie entre leur situation et celle du maître des oiseaux devait prendre une tournure surprenante. Sans hésiter, Tryil lui répondit qu'il avait eu vent d'un oiseau-bourreau des enfers tranchants, proscrit comme lui, qui jadis s'était enfui jusqu'au pays des ancêtres, en passant par la porte verte. Il s'était appelé Daxad. C'était sans doute lui, l'oiseau de Svail.

Sutherland en demeura stupéfait. Il n'avait pas mesuré l'étendue des échanges entre les mondes infernaux et celui-ci. Ainsi, Rel n'aurait pas été le seul à chercher refuge dans l'Archipel !

Tryil posa alors innocemment une question lourde de conséquences : Daxad et Svail avaient-ils volé ensemble dans l'ancien azur de Vrénalik ?

Cette éventualité n'avait pas effleuré l'esprit du jayènn, lui semblant des plus irréalistes. L'idée se mit pourtant à le hanter ; il en rêvait, il y pensait sans cesse. De toute évidence, elle correspondait à son plus profond désir.

Il s'en ouvrit à Rel. Vint alors la réaction de celui-ci : si Tryil en avait parlé, c'est qu'il croyait que c'était possible ! Pourquoi n'essaierait-il pas de prendre Sutherland sur son dos, auquel on pouvait adapter une selle ?

Cette initiative allait transformer le lien entre le jayènn et l'oiseau infernal. Ils s'envolèrent en effet un jour dans l'air froid, pour survoler le pays de leur nostalgie.

Dans sa vie précédente, Sutherland avait appris à tirer à l'arc, à manœuvrer un voilier, à manier le poignard et à aller à cheval. Il s'y était astreint par devoir. Ces divers types d'entraînement, dont il avait oublié les résultats, avaient pourtant laissé des traces. Dans sa façon détendue de guider Tryil, on retrouvait l'archer qui ne s'attriste pas de rater la cible. L'oiseau était plus délicat mais plus agréable à diriger qu'un cheval ou qu'un voilier ; s'élançant dans les airs au lieu de courir sur le sol ou de voguer sur les flots, il était plus dangereux, mais plus rapide et plus puissant. Ce qu'ils feraient ensemble en délivrant Lame demandait davantage de précision que de lancer un poignard d'acier dont la cible est juste à côté de son propre cœur. Sutherland avait été préparé par sa vie passée pour cette tâche. Chevaucher l'oiseau servait de dernier préliminaire à la libération de Lame. Dans les airs, cheveux au vent, mains enfouies dans le plumage noir de l'oiseau infernal, il scrutait le paysage dévasté et vide qu'était devenu Vrénalik. Il était prêt à tout voir, à tout accepter. Ce qu'il trouverait aux anciens enfers serait pire.

La grande ville noire de Frulken, sur la côte sud de l'île de Vrénalik, devait maintenant reposer enfouie sous la glace épaisse ou bien engloutie parmi les icebergs, ses frises spectaculaires colonisées par les algues et les coquillages. Disparue, la Citadelle et ses souterrains, disparu le port et ses bateaux aux

voiles ornées d'un ryall ; l'image du légendaire dragon-
scorpion mangeur de vent ne décorait plus rien. L'Archipel était une toundra inhospitalière, plus ou moins
liée à la terre ferme au nord par des banquises. La
mer dans laquelle il baignait était à demi congelée.
À peine distinguait-on Vrend, à la pointe est de l'Archipel. La petite île, où jadis la statue de Haztlén avait
été installée, avait depuis toujours joui d'un climat
plus doux. Devenue simple îlot, elle conservait, même
du haut des airs, son charme souriant. Le reste était
méconnaissable.

Hormis la couleur du ciel, tout ce qui subsistait du
temps jadis était sous la glace, la neige ou l'eau. Du
monde des souvenirs de Sutherland, du monde des
légendes des oiseaux comme Tryil, du monde de la
jeunesse de Rel, il ne restait que l'apparence du ciel
et des astres, que la mer et ses vagues. Tryil et Sutherland survolaient, inlassables, la vaste étendue
maritime et glacée, liés par une même horreur face
aux ravages du temps. Ce qu'ils avaient voulu trouver
n'existait plus.

Alors que, pour Rel, le deuil était accompli et la
glace suffisait, Sutherland ne pouvait se résoudre à
admettre qu'il ne restait plus rien ici qui évoquât le
temps de sa vie passée. Des traces devaient subsister.
Il lui arrivait d'aller vers l'est, jusqu'à l'île de Vrend.
Tryil le laissait sur des rochers où poussaient des
lichens rouges, tandis qu'il pêchait dans la mer vert-
turquoise, déposant parfois un poisson aux pieds de
Sutherland, comme un chat le fait pour un mulot qu'il
a pris. Sutherland mangeait le poisson cru, même si
son corps originaire des enfers n'avait pratiquement
pas besoin de se nourrir ici. S'il avait eu faim, il aurait d'ailleurs pu assimiler les nutriments des rochers
ou du sable !

Sutherland poursuivait ses recherches. Cette île où il avait connu le bonheur, qui avait vu naître sa bien-aimée Anar Vranengal, ce lieu étrange et joyeux où il avait retrouvé la statue de Haztlén, devait abriter un vestige ou un signe qui lui fût destiné.

Il se promenait sur la grève rabotée, battue par les vents, sans presque rien sentir des éléments. Il regardait l'oiseau Tryil faire des cabrioles fantasques dans les airs, avec ses mouvements à la fois trop lents et trop puissants pour ce monde-ci. Il n'y avait plus de pommiers à Vrend, ni de clôtures ni de petites maisons blanches. Pourtant, pendant le court été glaciaire, le sable apparaissait, ayant conservé la même couleur blonde, qui contrastait avec les quelques herbes verdoyantes.

Un jour de fin d'été, au creux d'un rocher, Sutherland trouva un arbuste qui lui arrivait à mi-jambes. Par ses feuilles délicates et ses petits fruits rouges, il ressemblait à un sorbier, son arbre selon le sorcier Ivendra, celui au tronc duquel il s'était accroché pour échapper à la tempête, lors de la découverte de la statue de Haztlén.

Il s'accroupit devant l'arbuste aux feuilles déjà roussies. Il huma l'odeur de ses fruits sans oser en cueillir un seul. D'un coup, le passé lui était rendu. L'incroyable richesse de ce qu'il avait vécu ici se rappela à lui, avec sa confusion, sa fantaisie et sa sagesse.

Mettant de côté la prudence, il prit une décision. Cette richesse ne périrait pas avec lui. Au contraire, ses souvenirs continueraient à circuler parmi les oiseaux-bourreaux des enfers tranchants, trouvant leur place parmi leurs légendes du pays des ancêtres. Le temps était mûr.

Demandant à Tryil de se poser auprès de lui, il coupa le contact de son collier d'assujettissement et lui ouvrit complètement son esprit.

L'oiseau à l'immense mémoire, affamé de ce qui avait trait à l'Archipel, absorba les souvenirs du jayènn Taïm Sutherland. La colère envieuse qui, quelques mois plus tôt, l'avait fait se jeter sur lui, il la ressentait, mais transformée en une soif de savoir. Il fallait tout saisir d'un coup, avant que Sutherland ne se ravise. Il voulait avoir vécu la vie de Taïm Sutherland.

Il sut qui avaient été Ivendra et Chann Iskiad, Strénid et surtout Anar Vranengal, la sorcière qui était née ici même à Vrend, et qui avait aimé le jayènn, celle qui lui avait appris les secrets des chiffres et des couleurs, celle qui lui avait donné une fille. Il sentit la morsure de l'hiver dans les ruines désertes de Frulken, l'odeur des feux de bois, le lent déroulement des jours dans un monde qui se prépare à mourir. Il connut la statue de Haztlén, qui ressemblait effectivement à Rel. Haztlén, le dieu de l'océan, était encore autour d'eux. Tout n'avait pas disparu.

La vie de Tryil allait en être transformée. L'afflux soudain de souvenirs étrangers changerait son caractère. Il deviendrait une sorte d'hybride. Pour lui rendre la transition plus facile, Sutherland lui demanda de lui faire partager la rage et la méchanceté qui n'étaient pas l'apanage seulement de Tryil mais de bien des bourreaux. Il n'avait pas peur d'être contaminé par tout ce mal ; sa confiance en sa propre bonté était la plus forte.

Il connut le plaisir que Tryil avait trouvé à dépecer des damnés encore vivants et sa frustration de ne plus pouvoir le faire. Les mauvais penchants de Tryil perdaient beaucoup de vigueur à être exprimés

devant l'ancien jayènn de l'Archipel. Ils pourraient désormais les aborder, en discuter, continuer à désamorcer
leur potentiel explosif.

Ce degré d'intimité était nécessaire pour qu'ils
puissent former le noyau de l'équipe qui viendrait en
aide à Lame. Ce qu'ils partageaient à présent lui serait-
il directement utile ? Ses souvenirs cauchemardesques
de Montréal, son ressentiment envers les prédécesseurs, tout cela fondrait-il au contact de belles images
et de légendes venant de Vrénalik ? Rien de moins
certain. Les souvenirs servaient d'abord à Sutherland
et à Tryil, cimentant leur relation en prévision de
l'épreuve que constituerait le sauvetage de Lame.

L'homme et l'oiseau nagèrent de concert le long
de la côte sud de l'île de Vrénalik et, plongeant
patiemment sous les glaces, ils finirent par retrouver
Frulken. La moitié nord de la ville, émergée, était
inaccessible, prise dans la glace. Par contre la partie
sud, qui avait été encore un peu habitée au temps de
Sutherland, était sous la mer. On pouvait plonger
sous la glace et reconnaître le tracé de ses rues. Ils
s'approchèrent. Des fragments de frises géométriques
avaient été préservés, ondoyant dans l'eau glauque.
Sculptés dans la pierre noire et dense, à peine rongés
par le temps, ils entraînaient le regard vers des points
de fuite surprenants et l'esprit vers une introspection
intemporelle. Leurs motifs anciens, spiralés ou anguleux, évoquaient ceux de la muraille aux abords de
la porte verte, du côté des enfers froids, jadis pays des
Sargades. Ce contact entre les deux mondes, rompu
depuis longtemps, avait laissé des traces malgré le
froid et les courants.

En découvrant ces beautés sous-marines, Sutherland était décontenancé : jadis il avait vécu ici en
homme ordinaire, à la merci des éléments. Jamais il

n'aurait pu plonger aussi longtemps dans une eau si glaciale. Rel le lui avait dit : l'adaptation la plus délicate n'était pas liée à l'écoulement du temps ni à la lumière, mais aux sensations corporelles. Pour le moment, il avait l'impression d'un spectacle ou d'un rêve : tout était trop facile. Au moins, cela lui permettait de contempler ce qu'il avait tant voulu revoir.

Ils se rendirent à la Citadelle de Frulken, haut-fond situé au sud du champ de ruines. Maintenant, à la fin de l'été, la banquise ne s'étendait pas jusque-là. Le soleil, au contraire, illuminait l'eau, faisant surgir les détails avec une netteté colorée. Il ne restait plus un mur debout, mais les proportions des vestiges demeuraient celles de la forteresse de jadis, où Sutherland avait passé son premier hiver. Bouleversé, il se rappela le sorcier Ivendra, qui lui avait dit que le destin de l'Archipel préfigurait celui du reste. L'Archipel, alors, ne lui était pas apparu si tragique ; la vie à la Citadelle en fin d'hiver y avait été teintée d'ennui. Le pays vert et venteux avait connu sa banalité et ses routines. La magie des souvenirs qui lui enivrait l'esprit en ce moment avait sa source dans le quotidien bien organisé d'une petite communauté de gens qui se regroupent pour passer l'hiver ensemble.

Était-ce par désir d'une expérience intense que Sutherland, plongeant en apnée, descendit jusqu'à la falaise où béaient les caves de la Citadelle, telles des entrées d'enfers dans l'eau ensoleillée ? Tryil, qui gardait le contact, fut envahi par des images personnelles et des rappels historiques, allant du Rêveur Shaskath à la sorcière Anar Vranengal, de l'esclavage à la nuit d'amour, en passant par le rédacteur chenu, sec comme un bout de bois, amer et visionnaire, Jouskilliant Green. Par son amour de la solitude, Rel

lui ressemblait aujourd'hui. Passé et présent se joi-
gnaient, se renforçant l'un l'autre par des liens qui se
révélaient comme se déployait la passion de Tryil et
de Sutherland pour l'Archipel. Le sorcier Svail et
l'oiseau infernal Daxad, leurs prédécesseurs, avaient
su jadis unir leurs rêves et leurs cauchemars. Leurs
ombres et leurs soleils n'avaient pas vraiment fui le
sol et la mer. Ils les touchaient maintenant, depuis
l'orée des légendes.

Le temps passa. Rel surveillait les progrès de la
relation entre Sutherland et Tryil. Il fit connaître ses
intentions. Après leur départ, lui-même et Taxiel
quitteraient la banquise de Drahal. Ils iraient vers le
nord-est, vers l'intérieur de l'île de Strind et sa toundra
accidentée, où leur présence se ferait encore plus
discrète. Sutherland fut frappé par cette annonce.
Strind, la plus grande des îles de l'Archipel, depuis
toujours la moins hospitalière, était encore plus énig-
matique que Drahal. C'est là que jadis la porte verte
avait fait communiquer le monde des Sargades et
celui de Vrénalik, ouvrant le passage à Rel comme
plus tard à l'oiseau Daxad. Là aussi, une pointe de
l'Espace du Diamant, armature sous-jacente au monde
de Vrénalik et territoire de la Dragonne de l'aurore,
avait affleuré dans une clairière.

Sutherland connaissait peu l'île de Strind qui,
pendant son premier séjour, avait été couverte de
forêts. Il se souvint de l'expression émerveillée de son
amie Anar Vranengal, quand elle parlait d'Ivendra
revenant de la grande île septentrionale. Ivendra,
d'habitude volubile, ne lui révélait rien de ce qu'il
avait fait ou vu là-bas. Pourtant émanait de lui la
force du mystère et du silence des bois.

Lorsqu'il annonça qu'il s'en irait à Strind, Rel jus-
tifia son choix en disant que ces lieux, hors d'atteinte

des juges et des manigances dont il les soupçonnait dans le cas de Lame, seraient propices au travail sur les liens inter-mondes. Si les conditions s'y prêtaient, il pourrait s'y établir plusieurs années – infernales, s'entend – pour compléter sa tâche. Son séjour allait être beaucoup plus long qu'il ne l'avait initialement prévu.

Rel jugeait Sutherland et Tryil prêts à rentrer aux enfers. Il donna à Sutherland une liste de choses à faire quand il serait là-bas. D'abord, lui envoyer ici ses dossiers et ses instruments pour les liens inter-mondes. Il précisa que les juges lui avaient fourni le tout sans émettre de condition autre que la nécessité qu'il prenne les décisions lui-même. En particulier, ils ne lui avaient pas demandé de faire le travail dans un territoire sous leur contrôle. Ils ne lui avaient pas non plus parlé de confidentialité.

— Peut-être n'avaient-ils pas envisagé que tu t'installes ici, dit Sutherland, un peu ironique.

— Peut-être, répondit Rel.

Il poursuivit. Sutherland devrait voir s'il n'y aurait pas, par exemple chez les Sargades, deux ou trois esprits déliés qui pourraient l'aider à voir clair dans cette importante question. Les décisions, il les prendrait lui-même, comme convenu ; par contre, loin de chez lui et ne pouvant avoir accès aux juges, il avait besoin de la vision de scientifiques intelligents pour procéder en pleine connaissance de cause.

Il ajouta, visiblement amusé, que les Sargades, si brillants, étaient ses collaborateurs tout indiqués. Ils avaient intérêt, comme chacun, à ce que la répartition des liens se fasse le mieux possible. Ils pourraient être débarrassés de leur grappe encombrante de damnés et le rejoindre ici ; la procédure, comme bien d'autres,

était possible et justifiée par des circonstances exceptionnelles.

Pour conclure, il remit à Sutherland une lettre offi-
cielle en ce sens.

Sutherland se réjouit d'une telle requête, qui
pourrait esquisser un rapprochement entre Rel et les
Sargades, après les siècles de tension, tout de même
un peu compréhensibles depuis que Rel avait déménagé les enfers froids chez eux, ses cousins du côté
maternel. Par contre le sbire Taxiel protesta. Il avait
travaillé aux enfers froids et ne portait pas les Sargades dans son cœur. En inviter ici, en terre étrangère,
non protégée ? Il ne pourrait assurer seul la sécurité
de Rel. Sutherland sourit : ce que Taxiel voulait, c'était
d'autres sbires avec qui jouer aux cartes ; les Sargades
lui en fournissaient le prétexte.

Sans sourciller, Rel demanda à Sutherland de lui
envoyer une couple de volontaires pour tenir compagnie à Taxiel. Il poursuivit sa liste : il priait Sutherland
de vérifier où en étaient les travaux de réfection de
la voûte. Il y avait aussi le rôle des juges à éclaircir
dans certains événements récents. Taxiel mentionna
aussi des cigares.

Au cours de cette conversation, Rel parla à peine
de Lame. Sutherland ne s'y trompa pas. Il connaissait le style de Rel : Lame était si présente à son
esprit qu'il préférait n'en rien dire.

Le jour du départ arriva. Rel donna une accolade
émue à Sutherland. Taxiel le salua comme on le fait
pour celui qui part au combat. Puis Rel demanda à
Tryil de lui répéter son serment de loyauté et de jurer
obéissance à Taïm Sutherland. Tryil s'exécuta. Sur sa
tête parfois confuse, malheureuse, emplie du besoin
de faire mal, il sentit se poser la main de Rel, du sou-

verain au-delà du temps, la main de celui par qui la damnation même acquiert un sens.

Le conseiller Sutherland lui retira une fois pour toutes son collier d'assujettissement et se mit en selle. Ce qui les liait, désormais, c'était la noblesse d'un serment et la puissance des souvenirs. Tryil pourrait revenir la tête haute aux enfers.

Sutherland lui commanda :

— À la porte d'Arxann.

— Oui, jayènn, répondit Tryil.

Pour couper court au désir qu'ils éprouvaient tous deux de demeurer dans l'Archipel, il ajouta, citant Rel lui-même :

— Vrénalik, c'est encore plus fort après qu'on l'a quitté.

Puis le grand oiseau noir, chargé du jayènn Sutherland, prit son élan en courant sur la glace, y faisant jaillir des étincelles de ses serres adamantines, pour s'élancer dans le ciel. Il décrivit trois cercles au-dessus de Rel et de Taxiel en guise d'au revoir, avant de foncer vers le sud sans un regard en arrière.

Ils survolèrent la mer et ses icebergs. Sur la côte sud, au crépuscule, Sutherland crut apercevoir vers l'est les lumières d'Ougris, où il avait séjourné autrefois et connu Chann Iskiad. La ville n'était peut-être plus qu'un port arctique où accostaient les pêcheurs de crevettes. Du reste du paysage qui défila par la suite, loin au-dessous, il ne reconnut rien.

RETOUR

En pleine nuit, ils pénétrèrent dans le talus où s'ouvrait la porte entre les mondes. Sutherland indiqua à Tryil d'entrer avec lui.

— Jayènn, non! intervint Tryil.

— Comment?

— Nous ne pouvons pas franchir la porte ensemble. Vous vivez au temps de Vrénalik. Je vis à celui des enfers. Vous avez besoin de corriger votre décalage. Moi pas.

— Je ne corrigerai rien du tout, répondit Sutherland. Je dois rester au temps de Vrénalik, pour répéter l'erreur que Lame a probablement faite.

— Comment?

— Elle ne comprend rien aux machines. Si, comme larve, elle a grossi si vite, c'est sans doute qu'elle était rentrée aux enfers sans changer le rythme de son corps. Je vais faire la même chose.

La porte du sas se referma dernière eux. Le mécanisme se mit en marche et ils sortirent de l'autre côté. Encore plus que Lame, Sutherland s'était acclimaté à la lumière et à la légèreté de l'extérieur. Les anciens enfers l'assaillirent par leur lourdeur monumentale et sombre, décuplée par le décalage temporel. Il s'assit sur une pierre pour s'habituer un peu à l'atmosphère.

— Je vous avais averti, remarqua Tryil. Rajustez les contrôles et passez de nouveau.

— Non. Au moment voulu, je veux pouvoir parler à Lame en temps réel.

Sutherland se traîna jusqu'au téléphone qu'on avait fini par installer près de la porte inter-mondes. Il décrocha... puis raccrocha, se souvenant qu'on ne le comprendrait pas, puisqu'il vivait encore au temps de l'Archipel. D'un pas chancelant, il se mit en marche vers le village où, à défaut de parler de vive voix avec les gens, il pourrait échanger des mes-sages écrits, enregistrés et écoutés en changeant la vitesse, ou encore passer par le truchement de Tryil. Il croyait bien être capable d'organiser ainsi le sau-vetage de Lame. Il avait déjà été frappé de mutisme à Vrénalik et se rappelait que, sans vraiment lui nuire, son handicap lui avait permis de se concentrer pour tenir le bavardage à distance.

Tandis qu'il cheminait, Tryil, qui, pour sa part, n'éprouvait aucun inconfort, le quitta pour aller sur-voler les lieux où Lame était enterrée. Il l'appela télépathiquement. Elle refusa de lui répondre.

Aux anciens enfers, avant d'aller enfin voir Lame, Sutherland dut passer une année au village dans les champs de maïs, qui verdoyaient sous la voûte qu'on avait consolidée. Une année en temps de Vrénalik, c'est-à-dire moins de deux mois infernaux, ce qui était court. Mais Sutherland était si bien adapté au temps de l'Archipel qu'il eut vraiment l'impression qu'il s'agissait d'une année. Il y avait tant de travail d'organisation et de contacts à effectuer !

Durant cette période, il fit un voyage aux enfers mous avec Tryil, utilisant ses talents de télépathe pour rencontrer les fourmis et les informer de l'existence de leurs sœurs dissidentes, qui s'étaient emparées de Lame aux anciens enfers. L'annonce provoqua son effet. Les fourmis blâmaient leurs cousines des anciens enfers, surtout pour avoir omis d'indiquer aux autorités qu'il était temps pour elles de se faire transférer aux nouveaux enfers mous. Elles étaient scandalisées par cette attitude et voulaient y remédier au plus tôt. Elles se rendraient là-bas pour leur rappeler leurs engagements.

Peut-être sous l'influence de Tryil qui bavarda beaucoup avec elles, l'attitude des fourmis se tempéra peu à peu. Le sol qu'elles allaient fouler était celui de leurs terres ancestrales des anciens enfers, leur patrie depuis longtemps avant que des enfers ne s'y établissent. Lors de leur transfert aux nouveaux enfers mous, elles avaient cru laisser leur patrie à jamais derrière elles. Or voici que certaines d'entre elles y reviendraient, pour mater une rébellion, soit, mais un retour, c'était toujours un retour. Une fois leur tâche accomplie, rentreraient-elles aussitôt dans leur Nouveau Monde ? Quel était le rôle des juges dans cette affaire ? Désiraient-ils leur donner une occasion de renouer avec leur passé ? Se regroupant pour réfléchir, mettant en commun leur expérience, elles faisaient confiance aux juges.

Des contingents de fourmis s'embarquèrent pour les anciens enfers, parmi lesquelles des « mémoires vivantes », qui se souvenaient en groupe des techniques les plus avancées, par exemple celles, jamais utilisées, qui permettaient de redonner à une larve sa forme antérieure. Une base de fourmis fut établie dans une cabane du village. Leur ravitaillement était délicat à assurer ; il faudrait agir assez vite.

Sutherland participa à des réunions des gouverneurs infernaux. Ils se chargeraient de trouver quels volontaires envoyer auprès de Taxiel, et aussi quels cigares. Ils lui firent un rapport sur la réfection de la voûte : les travaux étaient terminés, mais ils ne savaient toujours pas ce qui avait causé le problème. Quant aux savants sargades invités à Vrénalik, l'annonce fit sensation. Le gouverneur sargade, entouré d'une encombrante grappe de damnés à qui il distribuait des jujubes pour les faire tenir tranquilles le temps de la réunion, reçut des mains de Sutherland la lettre d'amnistie que Rel avait écrite. Il ferait de son mieux, déclara-t-il, pour trouver des scientifiques capables de régler la fin du monde.

Enfin, au sujet de Lame, les gouverneurs confièrent à Sutherland des pouvoirs de négociation. Ils établirent ce qu'ils étaient prêts à offrir aux fourmis dissidentes, à concéder pour la libération de Lame. Pendant la durée de l'opération, ils demeureraient faciles à joindre. Détail qui ne le surprit pas, Sutherland était également chargé d'essayer de faire la lumière sur le rôle des juges.

Tous s'interrogeaient sur les juges, sauf Sutherland. Ces êtres étonnants, quant à lui, n'avaient peut-être rien à voir avec ce qui s'était passé. Il ne comptait certes pas sur leur aide pour rétablir la situation. Il vivait dans sa bulle à l'heure de Vrénalik, lieu où les juges n'entraient pas.

Cette bulle n'était pas de tout confort. Outre les ennuis physiques liés à sa présence dans un monde dense et sombre auquel il avait fait exprès de ne pas se réadapter, il vivait des désagréments d'ordre psychologique. Les infernaux avec qui il communiquait lui semblaient embrouillés, empêtrés dans le langage écrit ou le lien télépathique relayé par Tryil.

Celui-ci, fort de la confiance que lui avaient témoignée Rel et Sutherland, avait pu obtenir de nouveau accès aux enfers tranchants. Après examen, son bannissement avait été suspendu. Il s'était donc empressé de partager avec les autres oiseaux tout ce qu'il avait récemment appris sur Vrénalik. Malgré les avertissements de Sutherland, il fut déçu de voir que les nouveaux éléments qu'il apportait ne retenaient pas l'attention du plus grand nombre. Les oiseaux étaient adaptés à leur vie de tortionnaires. Rares étaient ceux qui se captivaient longtemps pour les antiquités étrangères de l'Archipel.

Tryil, noir parmi ses congénères blancs rougis de sang, incapable de se nourrir comme avant à cause de son bec tronqué, ses instincts cruels policés par tout ce qu'il venait de vivre, ne se sentait plus chez lui. Rejeté, il revint, pour porter toute son attention sur Sutherland, qui devait le tenir occupé. Il en profita pour l'envoyer s'excuser auprès des fourmis de Lame : elles ne voulaient plus lui parler, elles non plus, puisque Lame avait rompu avec lui. Sous les ordres stricts de Sutherland, Tryil put s'expliquer auprès d'elles et faire amende honorable. C'était une étape cruciale, puisque Sutherland avait besoin de l'oiseau télépathe pour s'adresser à Lame. Il faudrait sans doute pénétrer de force dans son esprit, la vampiriser, ce qui serait encore plus ardu si les fourmis s'y opposaient farouchement.

Parfois, la lourdeur sombre du monde infernal décourageait Sutherland et la tâche lui semblait impossible. Pour retrouver sa sérénité, il se rappelait le code d'ouverture. À défaut d'être utilisé par Lame, ce code lui servait. Il s'en récitait des passages chaque jour. Même s'il ne le connaissait pas en entier, il goûtait son message de légèreté et de joie, ce qui lui permettait de tenir le coup dans son isolement.

En particulier, le déploiement des quatre premiers chiffres le touchait, par les résonances qu'il y découvrait, liées aux quatre îles de l'Archipel. Le chiffre un était blanc comme l'aube, comme la caverne de quartz à l'île de Vrend, la plus à l'est, où il avait découvert la statue de Haztlén. Un, c'était aussi le commencement, le printemps. Ensuite, le quatre était vert, énergique comme l'été à Vrénalik au sud, où villes et campagnes avaient bourdonné d'activité. Puis le huit, fait d'or et de pouvoirs, d'automne et de splendides couchers de soleil, huit pour Drahal, l'île des sorciers et de la pierre vert-turquoise, submergée par l'ancienne tempête du Rêveur Shaskath. Finalement le neuf, chiffre noir, vide intersidéral, beauté de la géométrie, éclat du froid et joie de la lucidité, hiver à l'île de Strind, où jadis Rel était entré par la porte verte, venant du monde des Sargades.

Tout cela prenait un sens aujourd'hui. Il s'agissait de faire passer Lame d'un automne démentiel à un hiver efficace. De l'opulence déréglée de la larve qui opère en vase clos, il devait la conduire au rétablissement des contacts extérieurs. D'un huit exacerbé, il la mènerait à un neuf rafraîchissant. Il voyait là un écho à ce que venait de faire Rel, quittant les glaces de Drahal pour s'établir à Strind, laissant tomber sa méfiance envers les Sargades et demandant leur aide pour les liens inter-mondes. Dompter le huit, l'éduquer pour lui permettre de se transformer en neuf : il s'agissait d'une prise de conscience. L'or deviendrait nocturne, il réaliserait son potentiel d'espace. Il faudrait beaucoup d'affection et de cœur pour y parvenir. Sutherland sentait mieux pourquoi Rel lui avait demandé de devenir l'amant de Lame. Mais, comment s'y prendrait-il ? Comment serait-il reçu ? Cet aspect-là le laissait perplexe.

Ces considérations symboliques ne lui permettaient pas de voir l'aspect concret de sa tâche sous un jour plus facile. Même si Tryil avait survolé plusieurs fois la fourmilière de Lame, celle-ci avait refusé d'établir le contact avec lui, ce qui n'augurait rien de bon. La situation exigeait une action concertée des fourmis des nouveaux enfers, de Sutherland et de Tryil, avec le soutien des gouverneurs infernaux.

Les premières, les fourmis se mirent en route dans le désert, en colonnes bien organisées qui allaient rencontrer leurs cousines dissidentes.

CONQUÊTE

Lame savourait sa liberté. Elle pouvait se sentir belle en elle-même, quelle que fût sa forme extérieure. La foule de ses ancêtres et autres invités s'ébattait en imagination dans les forêts préhistoriques de son ventre, accompagnée d'une faune légendaire de salamandres, d'araignées et de licornes. C'était un monde paisible et un peu fou ; chaque jour, de nouveaux ancêtres s'ajoutaient aux anciens, comme s'ils avaient découvert dans son esprit un curieux pays où immigrer, un Nouveau Monde.

Lame accueillait sans discrimination les fantômes de ses ancêtres, des gens de leur époque et les créatures purement inventées. Elle n'essayait pas de savoir qui était qui ni, surtout, qui avait commis quoi. Elle leur donnait le droit d'habiter en elle, les considérant tous comme des ancêtres au sens large. En tant que descendante, Lame se sentait bien davantage la propriété des prédécesseurs que la terre d'Amérique ne l'avait jamais été.

Les fourmis, qui, elles, se promenaient avec leur corps bien concret dans son ventre, semblaient heureuses de l'état d'esprit où se trouvait Lame. En définitive, sa disposition à faire face aux conséquences de ses actes et de ceux de ses ancêtres favorisait la circulation de son sang, ce qui était bon pour toute la fourmilière. Parfois, il semblait à Lame que fourmis et ancêtres étaient interchangeables, ayant le même bon sens et pareils intérêts, qui coïncidaient au moins partiellement avec les siens.

Depuis qu'elle avait chassé Tryil, Lame avait évolué. Elle ne craignait plus de s'imaginer avec son corps de reine des enfers à chevelure noire et à robe rouge, svelte, souple et légère. Même si elle ne se le récitait pas, elle pouvait de nouveau se souvenir du code d'ouverture sans en rire. Pour tout dire, sa confiance en elle-même était rétablie. Dès lors, elle se rendait compte d'une réalité qui auparavant lui avait échappé : toute faute n'appartient qu'au monde du relatif et n'a jamais rien d'absolu. Jusqu'à maintenant, elle l'avait oublié en ce qui concernait les ancêtres. Les crimes qu'elle leur reprochait, elle leur avait attribué un caractère irréversible. Et c'était faux. Ils avaient commis le mal, certes, et elle en avait souffert. La situation était banale et pouvait se redresser.

Elle portait un regard neuf sur la conjoncture historique. Les conquérants d'Europe avaient débarqué dans les deux Amériques, engendrant beaucoup de violence. Donc, après leur mort, beaucoup d'envahisseurs et d'envahis s'étaient retrouvés dans les enfers chauds et tranchants, ceux de l'agression ouverte. Leurs descendants, par contre, avaient mené une vie plus paisible. Les enfers les plus agressifs ne les attendaient donc pas. Mais ils profitaient des crimes de leurs prédécesseurs, par exemple en habitant sur des terres qui ne leur appartenaient pas, ayant été acquises autrefois par la force ou la ruse. Leur vie était empoisonnée par l'atmosphère perverse qui imprégnait les bonnes conditions dont ils jouissaient.

Il leur était difficile de comprendre clairement leur situation, leur jugement étant troublé par les miasmes d'un passé qu'ils refusaient de regarder en face. Ils avaient du mal à se connecter à la grandeur d'âme qui était pourtant leur héritage. Ils se croyaient nés pour un petit pain, héritiers malingres d'un passé flamboyant auquel ils n'avaient plus accès. Cette attitude, si elle demeurait non redressée, les menait après la mort vers des tourments moins terribles que s'ils avaient eux-mêmes tué ou volé. Les enfers mous, et sans doute aussi les enfers empoisonnés, en étaient les lieux tout désignés.

Il avait donc été dans l'intérêt des ancêtres que Lame les juge. Elle les forçait ainsi à l'analyse d'une situation puante, pour en dégager quelque chose qui, de fait, était splendide. Ces ancêtres n'étaient qu'imaginaires ? La démarche en valait quand même la peine. À force d'héberger en elle ces ancêtres plus ou moins gravement criminels, de leur redonner un aspect digne, elle était parvenue à les chérir. Ce qui la mettait hors d'elle, c'était certains de leurs actes, certaines de leurs opinions ; les personnes elles-mêmes étaient moins visées. Il était réducteur de ne voir en eux que les tueurs, les fanatiques religieux, les pillards loyaux à la couronne et à l'Église qu'ils avaient été. Leurs fautes pouvaient être regrettées, expiées, laissant apparaître leur bonté. Leurs qualités, elle les discernait de mieux en mieux. En réalité, elles devenaient son héritage.

Dans le monde fantasmatique de son ventre régnait une atmosphère de plus en plus noble, presque chevaleresque. Les licornes blanches se promenaient dans les fougères, la nuit venait après le jour, les flambeaux illuminaient les ténèbres. On entendait des accords de harpe, des sonneries de trompettes et de cornemuses, tandis que chacun réfléchissait à son passé, comprenant comment réparer ses torts et repartir à neuf. Graduellement, tout devint plus simple. L'atmosphère allégée s'incarnait dans un décor naturel. Des arbres dressaient leurs silhouettes hautaines dans un soir nuageux. Il y avait du feu, du vent, du brouillard, de la houle sur l'océan. Les ruisseaux n'étaient plus des égouts couverts ; ils coulaient à l'air libre. Il n'y avait plus de gratte-ciel aux fondations douloureuses. Seules des maisons légères reposaient sur la terre que personne n'avait vraiment creusée. Les ancêtres, acceptant leur laideur, retrouvaient un peu du monde sauvage qu'avaient été l'Europe comme l'Amérique, de leur temps.

Cependant, cette période d'harmonie allait bientôt se transformer en autre chose. D'abord, les fourmis qui allaient à l'extérieur revinrent agitées, portant des nouvelles alarmantes. Plus tard, des fourmis étrangères pénétrèrent dans le corps de Lame, avec des allures justicières. Celle-ci, sensible aux rythmes plus saccadés des pattes qui la parcouraient en tous sens, eut l'impression d'une catastrophe imminente. « Voyez », déclara-t-elle aux ancêtres assemblés en une foule immense d'êtres plus ou moins obèses, plus ou moins invalides, « nous avons bien travaillé et la fin est proche ».

L'événement suivant fut la visite d'un personnage du temps où Lame se prenait pour la reine des enfers, un dénommé Taïm Sutherland, le drôle de type qui avait pris le mari de Lame pour une statue. Elle put parler un peu avec lui, par l'intermédiaire de Tryil. Elle acceptait le truchement de l'oiseau, faute de mieux. À quelques reprises, celui-ci avait essayé d'établir un contact ; elle s'était abstenue de répondre. Fort civilement, il n'avait pas insisté. Il semblait moins porté sur la cruauté mentale, ces jours-ci.

Lors de ce premier contact avec Sutherland, Lame saisit qu'il s'en faisait beaucoup pour elle. Elle le sentit s'approcher doucement, sans doute attentif aux informations que Tryil lui transmettait, qui avait établi un lien avec les fourmis pour lui dire où marcher. Sutherland choisissait l'endroit où il posait les pieds, pour ne pas abîmer le réseau de tunnels de la fourmilière, ni piler sur la tête enfouie de Lame. Finalement, il s'accroupit près d'elle et se mit à lui tracer des trucs sur le ventre avec un doigt. Elle lui demanda d'arrêter, trouvant cela désagréable.

Pourtant, il persistait. Elle se sentait déstabilisée. Les ancêtres flottant en elle donnaient des signes d'inquiétude. Elle n'aimait pas cet index mâle en train de dessiner des sinuosités sur sa peau. Cela lui rappelait quelque chose. Le même motif se répétait tout le temps. Il ne commençait pas par une sinuosité, mais par une série de barres. Surtout verticales.

Elle eut l'impression de deux mondes en train de s'entrechoquer dans un arc-en-ciel de couleurs. Blanc, vert, vieil or et noir. Un visage, une personnalité. Pas Tryil, pas Sutherland. Ah, c'était le code d'ouverture, tracé sur son ventre comme Rel l'avait fait quand il le lui avait appris ! Le code, elle s'en rendait compte à présent, avait son caractère. Ressemblait-il à Vrénalik, où elle n'avait jamais été ? Ou bien à Rel ? Sans doute, même si elle n'avait pas pensé à lui depuis longtemps. Neige, forêt, automne et nuit. Un, quatre, huit et neuf. Neuf, surtout. Le crochet du huit s'ouvrait enfin. Après l'oppression répétée de l'or, enfin les ténèbres. Enfin l'extinction.

Elle frémit de joie, s'adressant à tous les ancêtres, à toutes les fourmis :

— Regardez, c'est la fin du monde !

Ils se mirent à danser, ils étaient tous heureux. Elle expliqua :

— C'est la liberté, c'est la fin. Nos chemins s'en vont chacun de leur côté. Tout se coupe, se sépare, c'est le temps des adieux. Merci de m'avoir accompagnée jusqu'ici. On passe à l'expiation finale puis tout se défait !

— Pas si vite, intervint Taïm Sutherland, sa voix tonnant dans l'esprit de Lame par l'intermédiaire de Tryil.

Le lien télépathique allait pleinement se déployer.

Sutherland prit forme à l'intérieur de Lame, atterrissant devant l'image qu'elle avait d'elle-même avec la grâce abrupte de Tryil freinant sur les glaces de Vrénalik.

Devant cette provocation, Lame disparut. Les ancêtres encerclèrent Sutherland, menaçants, formes énormes soudain armées de cimeterres et de rasoirs puants, faisant des moulinets impressionnants. Des larves, des masses de viande et d'enflure gluante, des mandibules de fourmis se précipitèrent sur lui, le conquérant, l'envahisseur. Il se sentit découpé, dévoré, tranché.

Le jayènn Sutherland savait que ces monstres ne pouvaient détruire son corps, puisqu'il n'était ici qu'en esprit. Découpé et tranché, il restait sur place, se reformant à la vitesse où Tryil pouvait refaire sa projection, complète avec les cinq sens, y compris le toucher et les sensations corporelles, sans lesquelles cet effort n'aurait été qu'une blague stérile, selon Tryil qui n'allait pas laisser passer l'occasion. Sutherland avait mal et il avait peur.

Malgré douleur et terreur, Sutherland reconnaissait en leur agression, leur hargne, leur ressentiment, des sentiments semblables à ceux que pouvait éprouver Tryil. Rien de nouveau ni de dangereux. Il s'abandonna donc à des tempêtes de colère, à des ouragans de rage, à des engloutissements de désespoir, tout en maintenant son imagination projetée dans l'univers intérieur de Lame.

Par contre, le doute que d'autres fourmis soient en train d'investir son propre corps presque inconscient, assis à côté de celui de Lame, se mit à l'envahir. En fait, les fourmis alliées des juges lui avaient garanti la sûreté de sa position. Mais si elles se trompaient ? Sa résistance héroïque aux hordes de spectres ne servirait peut-être qu'à la transformer en une larve de plus ! Au point où il en était, il devait faire confiance à la situation et demeurer ferme. Les sensations douloureuses, l'atmosphère de cauchemar ne s'atténuaient pas. Au moins il avait la théorie de son côté : tôt ou tard, la bonté se ferait jour. Il sentait Lame très proche de lui, à la fois artisane et victime de ce déploiement terrifiant.

Qu'il s'agît de son propre doute ou de ce qu'on voulait lui imposer, il ne cherchait pas à se défendre. Il s'agissait plutôt de faire corps avec cette masse de sentiments, d'y demeurer attentif, accueillant même. Alors, au terme d'un long siège, la violence s'atténua. Lame réapparut, belle aux sourcils froncés, dans son décor naturel d'entrailles pourpres, où des formes grotesques erraient avec dignité. Subjugué, Sutherland l'admira.

— Petit héros, fit-elle, sorti d'une série télévisée pour jeunes, qu'est-ce que tu viens faire ici ?

L'image que Tryil projetait de Sutherland devait manquer de fidélité. À moins que cela ne correspondît à son aspect réel. Décontenancé, il s'épousseta et répondit :

— Te faire l'amour.

Il regretta aussitôt d'avoir entamé ainsi la discussion.

— As-tu déjà fait l'amour à une fille laide ? répliqua Lame. À une vieille, à une grosse, à une idiote ou à une infirme ? Je suis sûre que non : tu es trop bien fait pour avoir besoin de t'abaisser jusqu'à mon niveau ! Si tu avais vécu à Montréal, ce n'est pas toi qui m'aurais empêchée de me tuer.

Sutherland s'inclina :

— Tu as raison. Celles que je me souviens d'avoir désirées étaient belles.

— Une larve, ce n'est pas ton genre, beau mâle...

Il l'interrompit :

— Si je puis me permettre, l'attirance sexuelle pour une autre personne n'a pas grand-chose à voir avec l'équité. C'est un instinct, lié à la reproduction.

— Ce qui engendre énormément de frustration chez les laissés-pour-compte ! Enfin, ce n'est pas ta faute si tu étais un privilégié du système. En tout cas, si tu es venu pour me baiser maintenant, change d'idée. Des ébats imaginaires, je n'en manque pas. Tu n'as rien à m'offrir. Retourne chez tes congénères, ceux qui sont beaux, intelligents, optimistes ! Va-t'en chez les vainqueurs et les gagnants. Rentre parmi les tiens, reprends ta place au soleil. On se reparlera quand tu seras damné.

— J'habite déjà aux enfers.

— Mais oui. Tu es le juste Fax, le jayènn Suther-land. Depuis que je te connais, tu n'as jamais désiré personne. Souriant, chevaleresque et de marbre. Quelle mouche te pique aujourd'hui ?

— Rel m'a demandé de devenir ton amant.

Elle en resta bouche bée. Se ressaisissant, elle s'exclama :

— C'est bien son genre ! Et tu as accepté ?

En signe de bonne foi, il lui montra la bague qu'il portait au majeur et lui donna, toujours en imagination,

la broche triangulaire d'hématite, d'os et de diamant.
Tryil faisait un beau travail de projection : les bijoux
étaient vraiment bien rendus. Lame lui remit la broche :

— Les bijoux imaginaires, tu peux les garder !
Mais où les as-tu pris ?

Elle se demandait comment il avait pu connaître
l'existence de ces joyaux secrets et vénérables qu'elle
avait déjà portés, dans le désert près d'Arxann, avec
Rel. Ils contribuaient à identifier Sutherland comme
autre chose qu'un rêve qu'elle se serait conté.

— Les aurais-tu volés ? poursuivit-elle.

Il voulut lui faire grâce de l'évanouissement de
Rel et de la scène rocambolesque qui avait eu lieu à
l'arrivée de Tryil :

— Je ne vaux pas mieux que tes ancêtres, dit-il
simplement.

Cette réponse plut à la dame vêtue de rouge. Elle
se radoucit :

— Viens, je vais te faire visiter.

Sutherland visita la forêt, les fougères, les licornes
et les ancêtres. Tryil lui en avait donné une version
teintée de mépris et de jugements de valeur. Au contraire, il était plutôt impressionné.

Lame conclut la visite :

— J'en ai pour des millénaires à vivre ici. Voilà le
parti que j'en tire.

— Excellent ! fit Sutherland avec chaleur. Sauf
que tu n'en as pas pour des millénaires. L'état de
larve est réversible. Tu vas retrouver ta forme.

Elle se rembrunit :

— Agiter des espoirs impossibles dans l'esprit des
gens, tu ne trouves pas ça criminel ?

Sutherland alla droit au fait :

— Un nid de fourmis hors-la-loi s'est établi dans
ton corps. Ce sont des squatters des anciens enfers,

des kidnappeuses, des criminelles. Les fourmis guerrières de vingt nids des nouveaux enfers, loyales au
conseil des gouverneurs infernaux, les encerclent en
ce moment, les sommant de se rendre, pour que tu
redeviennes aussi belle et forte qu'avant. Tout ce qui
les retient de monter à l'assaut et de vaincre, c'est
ton attitude. Celles qui t'ont colonisée leur rétorquent
que tu es heureuse ainsi, et que l'épouse du souverain Rel peut bien choisir de faire ce qu'elle veut.

— Elles ont raison !

— Mais encore ?

— On voudrait que mes amies fourmis émigrent,
comme mes ancêtres ? Elles s'y opposent, comme
j'aurais rêvé de le faire ! Pour moi, c'est trop tard.
Tant pis pour les Amériques et pour Montréal, la
cause est perdue. Mais pas pour les fourmis. Avant
l'enfer, ici, il y avait les fourmis. Avant l'histoire,
avant les juges, certainement avant Rel. Ce sont les
premières occupantes du sol. Je suis de leur côté.
Qu'elles se réconcilient avec leurs sœurs qui ont
obéi aux juges. On n'a pas besoin d'une guerre par
ici. On a besoin d'intelligence.

Sutherland réfléchit. En communication télépathique avec Lame par le truchement de Tryil, ses
moindres changements d'humeur étaient transparents. Il lui était impossible de mentir ou d'utiliser la
moindre ruse. Cela, Lame le savait. Il s'en servirait à
son avantage, en abattant son jeu :

— Soit, proclama-t-il. Je parle ici au nom du conseil des gouverneurs des enfers. Je les ai rencontrés,
j'ai leur confiance, je peux négocier. Que les fourmis
gardent ici un territoire ! Par contre, Lame, on a besoin
de toi.

— Pour quoi faire, joli cœur ?

Sutherland n'essaya pas de convaincre Lame des avantages à ne plus vivre enfouie, paralysée, muette et aveugle. Dans l'état d'esprit où elle se trouvait, c'aurait été peine perdue. Cependant, ce qu'elle venait de lui dire lui fournissait une piste.

— Tant que tu restes ici, immobile sous terre, tu n'es utile qu'à un nid de fourmis et à des fantômes. Ce n'est pas rien, j'en conviens. Mais songe à ce que tu pourrais donner, si tu étais mobile, autonome, capable de parler et d'entendre ! Ta manière d'aménager ton monde intérieur pourrait servir à toutes les larves. Pour cela, il faut que tu te détaches d'ici, en y laissant une partie de ton ventre aux fourmis. C'est faisable. Tu ne perdras rien de ce que tu as découvert. Les ancêtres que tu héberges habitent dans ton esprit, pas dans ton ventre. Tu pourras continuer à t'occuper d'eux, à leur parler, à comprendre leurs réponses. Tes valeurs resteront ce que tu veux qu'elles soient. Personne n'en souffrira, ni tes amies fourmis, ni les fantômes...

Lame répondit :

— La situation n'est pas claire. Un juge m'a rendu visite ; Rel te demande de me séduire... Je ne suis pas une simple victime de fourmis traditionnalistes. Avant de donner mon accord à ton alléchante proposition, je voudrais t'entendre au sujet des autres enjeux. Qu'en sais-tu ?

— Si les fourmis se détachent de toi, on leur laissera leur pays, je t'en donne ma parole. Quant à l'attitude de Rel, elle est obscure pour moi aussi. Les juges, nul ne comprend leur rôle dans cette affaire, s'ils en ont un. Je m'engage à t'aider à faire la lumière sur tous les points.

À ce moment, Tryil intervint dans leur dialogue :

— La sincérité de Rel n'est pas en cause. Je me trouvais là quand il a appris que tu étais une larve. Tu aurais dû le voir !

Il lui transmit ses souvenirs. Lame sursauta. Que les fourmis ne la calment pas était sans doute dû à leur propre énervement.

Un moment s'écoula. Lame se prononça :

— Sur ma vie, si je me sors d'ici, j'en aiderai d'autres à faire la même chose !

Sutherland passa au concret :

— La séparation peut commencer ?

— Oui.

SÉPARATION

Le lien télépathique entre Sutherland, Tryil et Lame se relâcha pour pouvoir se rétablir autrement, au moment voulu. De nouveau pleinement conscient de son corps, Sutherland fit le signe convenu aux fourmis. Puis il recommença à tracer le code d'ouverture sur le ventre de Lame, les quatre premiers chiffres, puis les autres.

De nouveau dans son monde intérieur, Lame jura à ses compagnons qu'elle ne trahirait pas leur amitié. Dès le quatrième chiffre, le neuf, elle porta toute son attention sur le code. Sans nostalgie ni crainte, elle se concentra sur ce qu'il évoquait pour elle.

Elle en fut étonnée.

Le neuf noir se bleutait, il émettait une lumière, une belle clarté crépusculaire grâce à laquelle elle distinguait un visage, une présence pleine d'amour en train de l'observer. C'était lui, c'était Rel. Est-ce qu'il existait vraiment, après tout ? L'arc-en-ciel de couleurs avait la personnalité de Rel. Il s'enfonçait et se déployait, clarté et ténèbres splendides, pleines d'amour et de rythme. Lame ne s'empêchait plus de penser à lui, elle s'abandonnait à suivre la progression du code d'ouverture que Rel lui avait appris. Son état d'esprit n'appartenait plus au monde des fourmis. Elle échappait à sa condition, elle franchissait des seuils.

Lame ressentait une douleur intense mais supportable. La séparation était en cours. Au-dessus d'elle, planant sous la voûte, Tryil servait de relais à un faisceau de communication entre les différents groupes de fourmis et Sutherland.

La procédure était la suivante : la plus grande partie du ventre demeurerait animée d'une vie indépendante, continuant à abriter une fourmilière, avec ses poumons, ses cœurs, ses réserves, tandis que le reste du corps serait recousu, ranimé, rétabli dans ses fonctions premières. Pour que cela ait lieu dans les conditions optimales, il importait que Lame y donne son consentement ou, à tout le moins, ne s'y oppose pas ; le mieux était qu'elle souffre le moins possible au cours de l'opération. C'est là que le code d'ouverture jouait son rôle : il lui permettait de se placer dans une sorte d'état second et de considérer ce qu'elle vivait comme faisant partie d'un contexte où ses fantasmes trouvaient leur place.

Sutherland ne s'était pas trompé : en franchissant la porte d'Arxann pour rentrer aux enfers, Lame avait oublié de changer le réglage temporel. Sans doute s'était-elle sentie soudain alanguie, mais, à la différence de Sutherland, qui avait su à quoi était due cette sensation, elle l'avait mise sur le compte de la fatigue.

Donc, sans contacter personne – et donc sans réaliser qu'elle ne vivait pas au rythme des lieux – elle avait marché jusqu'à l'embuscade des fourmis.

Le venin avait agi extrêmement vite dans son organisme au métabolisme accéléré. De même, son corps s'était mis à grossir beaucoup plus rapidement que celui d'une larve ordinaire. Les fourmis avaient pu s'adapter à cette accélération, ce qui leur avait permis d'aménager son corps en un temps record et d'établir un système rudimentaire de communication avec elle.

Ce décalage temporel, joint à l'absence de points de référence, avait exagéré sa sensation du passage du temps et accentué son sentiment d'être abandonnée de tous, trop de temps ayant passé sans secours. En fait, en temps infernal, elle n'était ici que depuis cinq mois. Sa taille, confirmée par les fourmis, était celle d'une petite maison. Plus grosse que celle d'une larve de son âge, elle ne battait toutefois pas le moindre record. Même Tryil s'était laissé prendre par l'intensité obsédante avec laquelle Lame vivait son état.

La maison souterraine servirait toujours aux fourmis, tandis que Lame l'abandonnerait pour redevenir autonome. En continuant à vivre au même rythme que Lame, Sutherland était mieux à même de communiquer avec elle. Par exemple, cela lui permettait de tracer sur son ventre le code, à une vitesse qui permettait à Lame de reconnaître chaque chiffre. Il l'accompagnerait ainsi, jusqu'au complet rétablissement. Alors, en temps voulu, ils changeraient ensemble de rythme de vie, reprenant celui des enfers.

Tout en se plongeant dans l'univers du code d'ouverture, Lame avait l'impression de siéger parmi une assemblée complète d'ancêtres. Ils étaient là, dans l'outre de son ventre qui se séparait du reste de son corps, là en train de sombrer, ou plutôt de se détacher. Ils étaient réunis, osant enfin réaliser les conséquences de leurs actes. L'introspection douce leur avait servi de préliminaire. À présent, ils vivaient les contrastes et les ruptures qu'ils avaient contribué à créer, ils comprenaient leurs actes du point de vue de ceux qui en avaient souffert. Pour beaucoup, ce ne fut qu'à ce moment-là qu'ils acceptèrent de se rendre compte qu'ils avaient fait des victimes. L'impression était celle d'un immense feu d'artifice, comme si le code d'ouverture de la porte verte leur permettait de moduler leur expérience, de la vivre en mode panoramique, en changeant souplement d'angle au lieu de céder au remords. Le monde ventral de Lame devenait un éblouissement de couleurs douloureuses et libératrices, à mesure que progressait la suite inexorable du code, tracé par Sutherland et repris par Lame avec ses évocations cosmiques.

Sutherland ne se contentait pas d'inscrire les chiffres les uns après les autres. Il pensait aussi, avec le plus de richesse et de précision possible, à ce que chacun des chiffres représentait. Sa pensée, grâce à Tryil, était rediffusée à Lame et aux fourmis qui coupaient la chair, les artères et les nerfs, ce qui créait un puissant effet de résonance. Sutherland avait connu les sorciers de Vrénalik, Ivendra et Anar Vranengal, il avait participé aux voyages de la Dragonne de l'aurore ! Il était fait pour les passages et la communication. Il avait le don de libérer des mondes. Ces souvenirs de moments inimaginables se déployaient en lui en même temps que le code d'ouverture. Il redevenait un héros de légende, un jayènn, tandis qu'il modulait son esprit d'après ce code qui, jadis, avait sauvé la vie de Rel.

Tout cela parvenait à Lame et aux esprits ancestraux, les protégeant du désespoir face à ce qu'ils revivaient intensément. Ils étaient emportés par une confiance qui venait de très loin, qui leur faisait garder la tête haute malgré tout ce qu'ils avaient causé.

Quand ils arrivèrent à la partie du code la plus dangereuse, celle de la rupture et du malheur, Lame affronta son suicide, l'acceptant, comprenant comment elle aurait pu l'éviter et sentant ce qu'elle avait fait vivre à ceux qui lui avaient survécu. Ce n'étaient pas des caricatures. Ils avaient eu leur bonté, eux aussi ; ils avaient porté son deuil. Elle songea à ses parents, atterrés par la nouvelle de sa mort, et au chauffeur du camion, en état de choc de l'avoir vue se jeter sous ses roues. Une telle réalisation n'avait rien de confortable, mais elle pouvait y faire face. Elle eut alors l'impression de regarder vers le haut. Dans le ciel bétonné de son imagination, le miroir froissé de Tryil reflétait son visage.

Le reflet redescendait d'ailleurs jusque sur son ventre en train de se détacher, emportant en lui une société libérée d'elle-même, utopique à force de s'accepter. C'était la société mystérieusement heureuse qu'elle avait pressentie jadis, chez les Sargades, quand le graveur Saktius lui avait montré l'œuvre dont elle était le personnage principal, *La Tour de Lame*. Il avait représenté une tour veillant sur un riant paysage plein de gens heureux, une tour dans les pierres de laquelle on reconnaissait clairement, en un grand bas-relief, le visage serein de Lame. Eh bien, Saktius avait vu juste : la société qu'il avait dépeinte trouvait son origine dans son ventre à elle.

Le code continua à être proclamé par Sutherland, tandis que l'opération de détachement se poursuivait. Mais Sutherland ne pouvait pas le réciter jusqu'au bout, Rel ayant choisi que Lame soit seule à le connaître en entier.

Arrivant à la fin de ce qu'il savait, Sutherland demanda à Tryil d'interrompre la communication télépathique. Lame poursuivit seule, songeant à chaque chiffre de la fin, pour le bénéfice des ancêtres de son pays, en train de se dissoudre en êtres fantomatiques, de se transformer en fourmis, de disparaître de manière variée, comme le font les spectres quand on les a libérés de ce qui les hante.

Elle vécut ensuite un moment de vide, où elle était déconnectée de tout, sauf de sa douleur physique. Plus de fourmis, plus de ventre gonflé, plus de lien télépathique ; pas encore de vue, d'ouïe, de goût ni de mobilité du corps. Si l'opération ne marchait pas, elle mourrait ainsi, isolée au bout du code d'ouverture. Après ce qu'elle venait de traverser, cela ne lui faisait pas peur.

Un bruit extraordinaire, un crissement de soie ou un bruissement de vagues, l'émerveilla soudain : on venait de réactiver son ouïe. Elle entendit la voix de Sutherland, qui se parlait à lui-même, jouant avec la symbolique du passage du huit au neuf :

— Si l'or engendre l'espace, c'est pour obéir aux ordres, d'un autre ordre que l'ordinaire.

Elle passa par Tryil pour répondre :

— L'or des organes, l'or de l'horreur, l'or des ordures.

Il continua, songeant à l'Archipel sous la calotte glaciaire :

— L'or de la mort.

Dans le monde de Vrénalik, loin au nord de la porte d'Arxann, dans une caverne de glace à Strind, Rel avait cru sentir ce qui se passait chez la femme qu'il aimait. Tenant la main de Taxiel pour mieux s'ancrer dans le concret, il s'était alors récité le code. Quand il arriva à la fin, à bout de pensées et d'énergie, il eut l'impression d'être catapulté dans un autre espace, celui des légendes et de l'histoire, qui transperçait les trois niveaux, Vrénalik en bas, Montréal en haut et les enfers entre les deux. Dans ce faisceau de lumière qui les réunissait, le temps avait disparu. Il ressentit une frayeur intense et ses doigts s'enfoncèrent dans la main de Taxiel. Une immense quantité d'informations se condensait en lui, tout devenait simple, il n'était qu'un point focal. L'océan, oui, existait à l'intérieur de son cœur, avec ses marées, ses mystères, ses prolongements mythiques et ses monstres. Il l'avait en lui, cet univers liquide et vivant. Il était fait pour décider du sort des mondes parce qu'il les portait en lui.

Les implants de son bras gauche se mirent à grésiller. Taxiel le secoua doucement pour le ramener à un état plus ordinaire.

— J'ai vu Haztlén, déclara Rel quand il eut recouvré ses esprits. Le dieu de l'océan et des orages. Je l'ai en moi.

Ce genre de phrase n'impressionnait pas Taxiel.

— Et Lame ? demanda-t-il, prêtant tout de même une certaine foi aux intuitions de Rel.

— Elle est arrivée à sa place.

LE PARC DES FOURMIS

Lame se reposait. Sous sa chemise de nuit, elle avait des points de suture, du sternum au pubis À l'intérieur, il y avait d'autres points de suture. Tout cela était le travail des fourmis, dont quelques-unes supervisaient sa convalescence de l'intérieur. C'était la deuxième fois qu'elle échappait aux enfers mous et son corps semblait en prendre l'habitude. Ses forces revenaient. Elle était de bonne humeur. Sitôt la séparation terminée, on l'avait installée dans une tente bien isolée. La tente avait des fenêtres. Lame se leva lentement et alla regarder dehors. Sutherland entra à ce moment. Il la veillait avec assiduité ; il avait dû la voir se lever et voulait être disponible. Tous deux vivaient encore au rythme du monde de Vrénalik si bien que, du point de vue infernal, Lame guérissait très vite. Cependant, s'il y avait la moindre complication, sa situation pourrait se détériorer tout aussi rapidement. On avait donc besoin de Sutherland pour s'occuper d'elle et assurer une communication avec les médecins qui, eux, vivaient au rythme d'ici. Quant à Tryil, il s'éclipsait parfois pour aller donner des nouvelles à Rel.

Lame secoua un peu la jambe. Sutherland, qui en avait l'habitude, regarda à ses pieds. Une grosse fourmi, qui venait de tomber, était en train de s'ébrouer. Il restait encore des fourmis à l'intérieur du corps de Lame, d'autant plus que toutes les reines n'avaient pas fini de pondre. Cela ne la dérangeait pas outre mesure, d'autant plus que ces fourmis l'aidaient à adoucir la transition entre le monde où elle dépendait d'elles et celui où elle ne le ferait plus. Sutherland fit monter la fourmi sur une feuille de papier et sortit la déposer parmi ses congénères, près de la tente et du ventre enfoui, presque invisible. Puis il rentra rejoindre Lame. Elle indiqua l'extérieur.

— Les travaux vont bientôt commencer, dit Sutherland.

— Vite, répondit-elle.

Elle ne s'était pas complètement réhabituée à parler. Sutherland savait à quoi elle faisait allusion, mais il faudrait qu'elle s'exerce :

— Est-ce toi qui parles ou une porte-parole des fourmis ? demanda-t-il.

Elle sourit. C'était drôle de la voir sourire : son visage qui n'avait pas servi depuis longtemps s'animait, prenant une expression encore gauche.

— C'est pour les fourmis que je le veux. C'est moi qui le pense, dit-elle d'une voix inégale.

Elle tourna autour d'un doigt une mèche des cheveux qui lui restaient, secs et raides d'avoir séjourné dans la cendre infernale. Sutherland baissa les yeux, embarrassé.

Lame avait hâte que sa convalescence s'achève, pour pouvoir sortir. De la fenêtre, elle distinguait le petit renflement de sable où le restant de son ventre était encore enfoui, toujours vivant et utilisé par les fourmis qu'elle connaissait, auxquelles s'étaient jointes quelques fourmis des nouveaux enfers mous demeurées sur place. Elles apprenaient à faire bon ménage. D'autres les rejoindraient une fois l'installation terminée. Ce que Lame venait de traverser avait attiré l'attention sur le sort de ceux qui, parmi les bourreaux, n'étaient ni des machines ni des êtres très intelligents, mais de simples animaux. Les fourmis qui colonisaient des larves, les différents insectes piquants des enfers empoisonnés, même les oiseaux des enfers tranchants n'avaient d'autre endroit où vivre que celui où ils tourmentaient, d'autre mode de vie que de tourmenter. Ils ne connaissaient pas de solution de rechange. Pourtant, ils avaient le potentiel de faire autre chose.

Cette partie-ci des enfers serait aménagée en parc pour les insectes. Un jardin avec des fougères, pour qu'y pullulent toutes sortes de créatures aux mœurs étranges se débrouillant entre elles, s'entre-dévorant bien sûr, mais selon leur rythme propre. Ce serait un lieu de réhabilitation pour les insectes bourreaux, le lieu d'une dignité retrouvée, même dans la sauvagerie.

À présent que les anciens enfers étaient paisibles et calmes, les descendants des bourreaux qui y prospéraient disposaient des loisirs et de la générosité nécessaires pour mettre sur pied l'installation et veiller à son équilibre écologique. Le maintien d'une société saine devait comporter des éléments dynamiques, altruistes, un dépassement, une ouverture à l'ennemi ou à l'étranger – ici, les insectes.

Lame avait hâte que les travaux commencent.

— Tu leur demanderas quand, insista-t-elle auprès de Sutherland.

Son sujet l'intéressait et la faisait parler:

— Je veux bien croire que les plans ne sont pas au point, on pourrait faire un effort. Amener quelques plantes en pot avec des lampes, pour commencer. Une vieille baignoire avec de l'eau, d'autres sortes d'insectes, pour qu'un équilibre commence à s'installer et qu'on voie qui mange quoi, qui mange qui. Les fourmis ne vont pas rester indéfiniment toutes seules.

— Elles se sont débrouillées pendant des siècles, elles peuvent bien attendre un peu.

Son séjour souterrain avait rendu Lame plus susceptible qu'avant:

— Les damnés des enfers froids ont eux aussi attendu des siècles! Un jour ils sont devenus des grappes, pendues aux basques des Sargades, qui s'en seraient passés. Tu diras ça au chef de chantier. En dépit des apparences, ce ne sont peut-être plus de vraies fourmis qu'il y a ici, mais des entités trafiquées par les juges, qui pourraient mettre la pagaille partout si l'injustice persiste! Quant on fait appel à la rhétorique des menaces, les éléments ne manquent pas.

— Je ne crois pas que cet aspect ait échappé à nos collègues.

— Et puis, il faudrait aussi des abeilles. À Montréal, tu sais ce qu'on avait comme miel?

Il fit signe que non; elle continua:

— C'était du bon miel. Les abeilles qui le produisaient venaient du sud. Elles travaillaient tout l'été. On les laissait mourir pendant l'hiver. Elles ne résistaient pas au froid. Les éleveurs s'en fichaient. Il y en aurait toujours d'autres à vendre au printemps. Bien sûr, il y avait sur place des abeilles capables de résister à l'hiver. Les éleveurs n'en voulaient pas: ça les aurait obligés à s'occuper d'elles l'année durant. La société fonctionnait comme cela. Les gens étaient jetables, dans la mesure où cela ne paraissait pas. Ils mangeaient du miel fait par des abeilles jetables.

— On essaiera de faire venir des abeilles, oui. On ne les jettera pas.

Il était content de l'entendre parler : ses idées étaient cohérentes, sa diction correcte. Elle insista, peut-être pour voir s'il la contredirait.

— Les poux aussi, il fallait les tuer à vue. Les mouches, les araignées, les coquerelles n'avaient pas le droit de pénétrer dans les maisons. Sinon on devait les tuer. Voilà comment on était obligés, par nos semblables, de se comporter à l'égard des insectes. C'était censé être le bon sens !

Excédée, elle secoua les bras comme pour se débarrasser d'une saleté. Sutherland nota que c'était un nouveau geste. Elle récupérait très vite. Elle continua :

— Je n'y habite plus, à Montréal. L'enfer, si nous avons les pieds dedans, c'est pour le transformer. Il faut une sorte de paradis pour bestioles. Un lieu où elles soient respectées. Pas pour qu'on les étudie, ni pour qu'on les regarde. Pour qu'elles soient seules entre elles. Ça, je le vois ici. Ailleurs, il n'y a pas de place, pas de motivation. Alors c'est ici que ça se passe.

— Ce serait une jungle, ton truc, pas un paradis.

— Nous ne serions pas là pour le voir, ni pour en juger.

— Alors, pourquoi le faire ?

— Pour rétablir un équilibre. On leur fait du tort ailleurs : laissons-les libres ici. Si on pouvait rééquilibrer un peu le monde, au lieu d'être obligés d'établir enfer sur enfer pour faire expier aux gens leur méchanceté !

Taïm Sutherland considéra Lame. Ce discours, étrange et naïf, l'ébranlait. Son attachement à l'élégance, au bon sens, à une certaine forme d'intellect qui se méfie de la passion, en prenait pour son rhume. Indépendamment de ce que Rel lui avait demandé, il voyait que Lame lui faisait de l'effet.

Avec d'infinies précautions, il la prit dans ses bras. Elle se laissa faire, amusée.

Sa peau était encore rêche d'avoir séjourné dans le sable et les cendres des morts, sauf pour la grande cicatrice qui lui marquait le ventre et qu'il imaginait suppurant sous le pansement; il s'en tenait soigneusement à l'écart. Il effleura ses cheveux desséchés, ses lèvres encore engourdies, il sentit la faiblesse de ce corps qui revenait presque d'une expérience d'outre-tombe.

— Lame, murmura-t-il, je te servirai aussi loyalement que je suis le serviteur de Rel. Mon corps te donnera tout ce que tu voudras prendre de lui. Ton plaisir vaudra pour ce que je ne peux pas ressentir. Tes extrêmes, je leur fais confiance.

Elle le regarda sans expression, la tête penchée de côté, sans doute par les courbatures lui venant de son séjour dans le sable. Elle avait l'air d'une mante religieuse considérant sa proie.

— Tu m'as déjà violée, fit-elle.

— Tout de même!

— Tu t'es introduit de force dans mon ventre.

— Façon de parler! Il fallait que je te vampirise, pour que les choses avancent plus vite. Les gouverneurs, je les avais sur le dos, sans parler des fourmis guerrières des enfers mous, qui avaient peur de manquer de nourriture. Le temps pressait.

— En tout cas, c'est toi qui étais là. En moi. Sans ma permission.

— Je ne pensais pas que ça t'offusquerait, une fois libérée. Tu m'en veux encore?

Elle ne répondit pas. Il choisit d'en rire:

— Tu m'as alors découpé en rondelles, Lame. Nous sommes quittes, non?

Il se demanda si les fourmis n'exerçaient pas encore un ascendant sur elle. À moins qu'il ne s'agît d'autre chose. Si elle pouvait sortir et se changer les idées, elle serait plus détendue!

Elle se prononça :

— Il y a des expériences qui ne s'oublient pas, Taïm, peu importe ce qui les a justifiées. Nous ne venons pas du même monde, nous n'avons pas les mêmes valeurs, nous nous éloignons l'un de l'autre à mesure que nos souvenirs reviennent. Collaborons pour ce qui est des fourmis et des larves, mais gardons nos distances autrement.

— Ce sera plus simple pour moi aussi, admit Sutherland.

Il sortit. Il ne se souvenait pas de s'être fait éconduire par une femme qui lui plaisait. C'était la première fois.

LE RÔLE DES JUGES

Plus tard, Lame commença à sortir. Elle s'était rasé la tête pour que ses cheveux repoussent à neuf. S'appuyant sur une canne plutôt qu'au bras de Sutherland, elle foula de nouveau la grande plaine des anciens enfers, qu'elle aimait tant. Ses plaies se cicatrisaient, les forces lui revenaient à vue d'œil. Autour d'elle, les travaux d'aménagement de la jungle venaient de commencer. L'espace avoisinant s'encombrait de camions, de conteneurs et de plantes. Entomologistes, botanistes et écologistes conféraient parmi les projecteurs dont on réglait l'intensité. Les fourmis et les autres insectes participaient aux prises de décision, avec l'aide de Tryil.

Le décalage temporel empêchait Lame de renouer avec les gens qu'elle connaissait. La seule personne avec qui elle pouvait converser normalement était Sutherland. Il se faisait discret. Il devait surveiller Tryil pour qu'il ne commette pas de bêtises, soit propre et mange convenablement. En plus, ils fraternisaient tous les deux, échangeant des impressions de Vrénalik à tout bout de champ. Lame ne s'en plaignait pas. De son côté, elle ne voulait pas s'éloigner du site tant qu'il resterait des fourmis en elle. D'ailleurs, ces travaux la captivaient. Ils avançaient vite, même pour quelqu'un qui vivait au rythme de Vrénalik. Avec tous les aménagements qui avaient eu lieu dans les dernières années, on ne manquait pas de personnel d'expérience. Le chantier bourdonnait d'activité ; rien de plus approprié pour un projet consacré aux insectes !

La présence de Lame, son regard acéré, ses gestes rapides et raides de rescapée en décalage temporel, tout cela causait son effet. On n'allait pas lui refiler de camelote. Les fourmis auraient du haut de gamme.

Un jour que tout était plus calme, un étonnant événement se produisit.

Lors d'une de ses promenades de santé, Lame passait entre deux conteneurs, dans un coin désert du chantier, quand il lui sembla apercevoir quelque chose. Elle s'arrêta. C'était comme si, devant elle, l'espace plus dense frémissait d'énergie. Une sorte de boule, transparente et vibrante, se forma, de la grosseur d'un gros chien.

— Un juge ! se dit-elle.

C'en était un, en effet. Les juges pouvaient changer d'apparence. Celle-ci, petite et à ras de terre, était indiquée s'il désirait la discrétion. Donc, à la faveur de la pause sur le chantier, ce juge avait choisi de la contacter. Une voix bizarre se fit entendre, venant de la boule :

— Lame, nous avons à te consulter.

De toute évidence, le décalage temporel n'était pas un obstacle pour lui. Elle s'attendait à ce qu'il lui demande de le suivre dans un de leurs repaires, ce qui aurait été ennuyeux pour d'éventuelles fourmis voulant quitter son ventre. Il saisit son objection, ou du moins il tint compte de son état de convalescente, car il demeura sur place, dans ce lieu public, ce qui devait lui déplaire. Sans autre préambule, il en vint au fait :

— C'est au sujet des liens inter-mondes. Comme tu le sais, le puits qui mène à Montréal est en mauvais état.

— Depuis le temps, on a fait des réparations, non?

— Des plus temporaires.

Le juge poursuivit:

— Nous avons le choix entre boucher le puits et rompre le contact, ou au contraire tout réaménager.

Elle ne voulait pas en savoir plus:

— Les liens inter-mondes, c'est l'affaire de Rel.

— Pour l'ouverture vers Montréal, répliqua le juge, la décision presse. Le lien a été construit à l'aide d'une technologie expérimentale: pas de code, pas de réglage du décalage temporel. Du concret, pas du virtuel. Pratique pour les bonnes âmes, mais s'usant vite. Ça n'a pas fait ses preuves. Des bonnes âmes, il n'y en a plus ou bien elles fonctionnent autrement. En haut, on observe du chapardage de biscuits. Les parois se détériorent. Il y a des risques d'effondrement. Ça a une incidence sur toute la voûte, ici. Voudrais-tu que le ciel te tombe sur la tête?

Elle haussa les épaules: quelle question! Il reprit:

— Nous sommes responsables des liens. Mais, dans la conjoncture actuelle de fin du monde, comme vous dites, nous ne décidons pas quoi détruire et quoi rénover. C'est l'entente avec Rel: on lui a demandé de décider pour nous.

— On peut aller vous le chercher à Vrénalik.

— Ce n'est pas nécessaire. Nous t'avons, toi.

— Moi?

— Tu portes l'implant qu'il t'a donné. Tu es sa déléguée, en son absence.

Elle se regarda le bras. Mais oui, l'implant était toujours en place, malgré toutes ses aventures.

— Et tu connais Montréal mieux que lui, conclut le juge.

— Attendez, fit Lame. Le Montréal que je connais est celui de ma vie précédente. J'ai beau en garder des souvenirs précis, ils sont périmés. Montréal, c'est un peu comme Vrénalik : les années y sont beaucoup plus courtes qu'ici. Ce sont des mondes extérieurs, où tout tourne plus vite. Il y a des siècles infernaux que je suis l'épouse de Rel. À Montréal, ils se trouvent quelques milliers d'années plus tard, à leur échelle.

— Erreur, dit le juge. Le temps de Montréal file encore plus lentement qu'en enfer.

— Pourquoi donc ?

— Une conséquence mal connue de ce type de lien inter-mondes, dont nous ne nous servons plus, faut-il le préciser. Le temps, c'est comme un rideau. À Montréal, les anneaux du rideau se sont accrochés dans la tringle. Ça nous était bien égal, mais puisqu'on doit faire des réparations, on va arranger ça aussi. En tout cas, à cause de cet ennui technique, qui fige le temps à Montréal comme si tout y faisait du surplace, tes souvenirs sont encore pertinents. Le Montréal de l'époque où tu y habitais ressemble au Montréal d'aujourd'hui, qui t'apparaîtrait comme si quelques dizaines d'années à peine s'étaient écoulées. Au pays du Québec, rien n'a changé.

Lame se croisa les bras. Ses souvenirs du pays des ancêtres étaient encore bien clairs. Un juge qui s'inspirait de *Maria Chapdelaine*, c'était un peu fort.

— Donc, résuma-t-elle, vous voulez que je décide si l'on rompt les liens avec ma ville natale bien-aimée.

— Tu dois nous donner la réponse. Tu portes l'implant. Rel t'a déléguée.

— Laissez-moi le temps d'y penser.

— Te contacter nous ennuie. Tu as en toi toutes les données. Ta réponse, on la veut tout de suite.

À ce moment, une fourmi dégringola du vagin de Lame et tomba dans le sable. Apercevant le juge, elle se dirigea vers lui à toutes pattes et fut comme absorbée par sa substance transparente. Quelles phéromones émettait ce juge ? Il était à coup sûr un habitué du nid de fourmis ! Qu'est-ce que cela voulait dire ?

Lame poussa un cri de peur et de colère. Le juge recula.

— Vous avez tout arrangé ! l'accusa Lame. Ça faisait votre affaire que je tombe dans le piège des fourmis. Elles ne sont pas plus dissidentes que les autres. Ce sont vos instruments.

Elle brandit sa canne au-dessus de lui, prête à frapper.

Alertés par le cri de Lame, qui possédait une impressionnante résonance télépathique, Tryil et Sutherland arrivèrent sur les lieux. Elle les mit au courant, en utilisant des termes plutôt crus à l'égard du juge et de ses semblables. D'autres personnes se joignirent au groupe. Même si l'on ne comprenait pas ce qui se passait, il y eut bientôt un attroupement. Bien des gens n'avaient jamais vu de juge de leur vie.

Celui-ci, encerclé, ne perdait pas sa contenance :

— On prend les méthodes qu'il faut, bourdonna-t-il. Mais je veux ta réponse, Lame.

— Rel était au courant ? répliqua-t-elle.

— Un juge ne contrôle pas, mais il ne lui est pas interdit de suggérer. Surtout si l'enjeu en vaut la peine. Ici, il s'agit de la survie pure et simple des anciens enfers. Un peu de suggestion, pour Rel ; moins que pour toi.

— Pour moi ?

— Te suggérer que tu n'as rien à faire à Vrénalik. Te donner l'idée d'aller sur l'ancien site des larves. Te faire oublier de régler le décalage temporel.

— Le décalage ? Qu'est-ce que ça vous donnait ?

— Ça t'a fait mûrir plus vite. Sinon on aurait perdu un temps fou dans ta période d'enflure initiale, pendant laquelle tout ce qui t'intéressait était ton ventre. On voulait arriver le plus vite possible au plateau plus stable, où la larve est obsédée par sa vie précédente. Tout ça pour que tu nous fournisses la réponse, que j'exige de toi sur-le-champ.

— Et si je refuse de décider pour vous ?

— Votre vieille voûte s'effondrera. Le ciel vous tombera sur la tête !

— Menace exagérée. Vous n'oseriez pas.

— Allons, Lame, fais un effort. Grâce à nous, tes réflexions sur Montréal vont porter fruit. Dès qu'on a notre réponse, on te laisse guérir tranquille. Si tu penses que tu nous intéresses plus que ça !

Elle ne répondit pas.

Le juge insista :

— Ce n'est pourtant pas sorcier. Si on répare le lien, tu pourras voir le monde de ta jeunesse, la rue Sainte-Catherine, le fleuve Saint-Laurent et le reste. Tu pourras prendre ta revanche, aller par les rues sales et transversales en étant toujours la plus belle.

Après Louis Hémon, Georges Dor ! Mais d'où sortait ce juge ?

— Tandis que, continua-t-il, si on rompt le lien, tes rapports avec ta vie passée, si douloureuse, regagneront le flot du sang du souvenir.

Et Jacques Brossard à présent ! Elle comprit : il était encore plus télépathe que Tryil, il puisait directement son vocabulaire et ses images dans son esprit à elle, plus particulièrement dans ses souvenirs montréalais, histoire de mieux la mettre en situation.

— Le lien, on le coupe ou non? demanda le juge. Nous, ça nous est égal, on aura de l'ouvrage dans les deux cas. Mais il nous faut ta réponse. Oui ou non?

Discours référendaire, pour bien faire.

— Vous m'avez assez trompée, répondit Lame. Si vous voulez de vrais consultants, traitez-les mieux!

Elle détacha l'implant de son bras gauche et le jeta dans le sable. Il y eut un silence consterné.

— Vous auriez pu être plus patient, dit Sutherland au juge. Quand on la brusque, voilà ce que ça donne.

— Je suis ingénieur, répondit le juge, pas diplomate. Honnêtement, je pensais que ça irait tout seul. On flanque la demoiselle dans le trou, pour qu'elle se concentre sur sa vie précédente: normal pour une larve. Quand ses souvenirs sont bien présents à sa mémoire, on s'arrange pour qu'elle échappe à son triste sort et redevienne comme avant. On lui demande alors de faire un choix simple, lié de près à sa vie précédente, justement. Si on lui avait expliqué d'avance, elle n'aurait jamais voulu. Pourtant, elle sort gagnante. Sa jungle, elle l'a! Si elle exige des excuses, je lui en ferai. La réponse qu'on veut, ce n'est pas la fin du monde!

Changeant de ton, il ajouta:

— Vous devriez voir les barrages qu'ils ont construits, là-haut, dans leur Nord. Manicouagan, Les Outardes, La Grande. Nos petites larves, à côté de ces énormes trucs! Sauf qu'ils n'avaient pas prévu que le niveau de l'eau baisserait, fit-il avec un rire étouffé.

Personne ne bougeait. Cependant, les barrages dont le juge venait de parler, ces masses de béton avec une flaque d'un côté et un ruisseau de l'autre, faisaient leur chemin dans l'esprit de Lame.

— Comme le Titanic en image inverse, continuait le juge, un barrage échoué en terrain sec !

Lame était intriguée. À sec, la fierté nationale ! Plus saugrenu que ça... Un jour, il faudrait qu'elle voie ça de ses propres yeux.

Comme si de rien n'était, elle se pencha, ramassa l'implant et se le remit au bras.

— Oui, proclama-t-elle. Restaurez le passage entre Montréal et les anciens enfers !

Le juge produisit un formulaire, lui fit cocher une case et apposer sa signature ; Sutherland signa aussi, comme témoin. Après leur avoir laissé un exemplaire, le juge disparut comme il était apparu, laissant derrière lui une fourmi désorientée.

— Ne t'en fais pas, dit Lame en la prenant dans le creux de sa main. Toi aussi, tu as été trompée. Mais ta belle jungle, tu vas l'avoir quand même.

SOIR D'HIVER

Les fourmis avaient entièrement quitté le corps de Lame. Elles étaient installées dans leur jungle. Pendant qu'ils vivaient encore au rythme de Vrénalik, Lame et Sutherland franchirent la porte d'Arxann, accompagnés de Tryil, pour camper juste de l'autre côté.

Lame était redevenue belle, malgré elle. Ses cheveux noirs, encore courts, étaient bouclés. Elle était lucide et joyeuse, éblouissante de jeunesse et de vitalité. Tandis qu'elle terminait sa convalescence, Sutherland échangeait beaucoup avec elle. Leur camaraderie s'était rétablie. Ce qu'elle avait vécu à Montréal ressemblait à ce qu'il avait connu dans sa propre ville natale, Ister-Inga, d'où il s'était enfui, purement et simplement, pour revenir s'y établir, cependant, vers la fin de sa vie. Leurs expériences de vie précédente avaient plus de points communs qu'il n'y semblait au premier abord.

Sutherland, prenant au sérieux son rôle, fit en sorte que Lame et Tryil se réconcilient. Il les convainquit même de s'envoler ensemble et les regarda faire des tours dans le ciel, la belle dame chevauchant le terrifiant oiseau noir. Lame laissa Sutherland et Tryil lui parler de l'Archipel ; en retour, elle décrivit

Montréal. Ils se demandèrent si, dans la ville engloutie de Frulken, les frises qui ornaient les édifices
n'avaient pas, elles aussi, des motifs de svastikas
qui, dans ce contexte étranger, demeuraient sans
aucune connotation abominable. À cet effet, Tryil
cita Rel :

— Vrénalik est le lieu de l'innocence qui se retrouve.

Sutherland profitait de sa présence près de la porte
d'Arxann pour former les deux volontaires qui iraient
tenir compagnie à Taxiel. En les apercevant, Lame
eut envie de rire. Ils étaient là pour la même raison,
qui n'avait rien à voir avec le vieux sbire. Elle les reconnaissait : c'étaient deux amants de Rel, l'un venant
des enfers du pal et l'autre des enfers cloîtrés ; elle
les avait rencontrés lorsqu'elle accompagnait Rel
pour une tournée des enfers. Ils la saluèrent, un peu
gênés. Elle laissait Rel faire ce qu'il voulait ; la pos-
sessivité, surtout après ce qu'elle venait de traverser,
lui semblait absurde. Avec son corps tout recousu,
aurait-elle si envie de faire l'amour ? Ce n'était pas
évident. Mais plutôt que de contempler cette éventualité un peu déprimante, elle préférait regarder la
situation de vaudeville qui s'amorçait ici. L'un des
volontaires était-il conscient de la relation que l'autre
avait eue avec Rel ? Elle en doutait. Ils se débrouilleraient entre eux une fois là-bas !

Elle raconta tout cela à Sutherland, qui regarda
différemment les deux jeunes gens. Quoi qu'il en
soit, leur contant des anecdotes, vérifiant que la documentation qu'ils emportaient était complète et les
instruments bien empaquetés, mettant au point les
camouflages les plus raffinés, il savourait ces moments
dans le monde de Vrénalik. Les deux volontaires ter-
minaient leur acclimatation en faisant des voyages

entre la porte d'Arxann et Vrénalik, pour porter à Rel ses dossiers sur la répartition des liens. Sutherland leur servait de guide. Ils quitteraient bientôt tous trois les environs de la porte pour un dernier voyage vers l'Archipel, avec un radeau plein de matériel technique, que Sutherland installerait à Strind. De plus, heureuse nouvelle, la démarche de Rel auprès des Sargades avait porté fruit. Trois scientifiques avaient été sélectionnés; ils arriveraient bientôt.

Quand ces derniers seraient installés à Strind et que tout serait en place, Lame, Tryil et Sutherland reviendraient; ils franchiraient la porte d'Arxann vers les enfers en se mettant tous, cette fois-ci, au temps infernal. Lame avait hâte de se consacrer aux larves des enfers mous, avec l'aide de ses deux compagnons.

Entre-temps, Lame et Tryil venaient de partir rejoindre Rel dans la toundra de l'île de Strind. Quand Tryil portait Lame sur son dos noir, Sutherland en avait des frissons. Beau joueur, il savait à quel point Rel serait heureux de la revoir. Discret et optimiste, il ne spéculait pas sur les explications que Lame jugerait nécessaires de demander à Rel. Elle seule était bien placée pour soulever les points embarrassants dans ce qui s'était déroulé et obtenir une vision claire dont ils bénéficieraient tous.

Lame et Tryil se posèrent à Strind en plein blizzard. Taxiel et Rel avaient l'air de deux blocs erratiques gisant dans la plaine, qui s'ébrouèrent à leur arrivée. Tryil fit son rapport à Rel, ce qui prit quelques instants.

Tandis que Taxiel s'installait sous la tente à équipement avec Tryil, pour y jouer aux cartes, Lame arpenta la plaine balayée par des vents polaires comme s'il s'agissait d'une plage tropicale, accompagnée par Rel. Après cet épisode bizarre comme larve, la réunion avec Rel la rendait nerveuse. Elle n'avait pas envie de le regarder. Au cours des derniers mois, ce qu'elle avait pensé de lui, ressenti pour lui, projeté sur lui était, pour tout dire, embarrassant. Avant de décider si elle lui ferait une scène ou lui tomberait dans les bras, elle voulait savoir quel rôle il avait tenu dans cette histoire. Après tout, il était proche des juges. Elle était encore furieuse contre eux :

— J'ai l'impression qu'on m'a manipulée du début à la fin, déclara-t-elle.

— C'est sans doute le cas, répondit Rel. Tant mieux si tu t'en rends compte.

— Comment ?

— Les juges manipulent ceux qu'ils aiment.

— Ils m'aimeraient ? Cet ingénieur n'avait pas l'air de vouloir me revoir !

Rel haussa les épaules :

— Ils disent toujours ça pour qu'on ne se monte pas la tête ! Non, c'est ta réponse qu'ils voulaient, pas la mienne, ni celle du voisin.

— Tu es jaloux ?

— Ce serait trop simple.

Elle reprit sa colère :

— Tout le monde m'a manipulée, même toi ! Tu m'as envoyé Sutherland pour me séduire !

— Tu veux que je me justifie ?

— Pas maintenant.

La nuit tombait. Le vent créait des tourbillons de neige. Lame était secouée par ce qu'elle venait de dire. Il eût été plus diplomatique de sa part d'entamer la conversation autrement.

Rel semblait impénétrable. Inspiré par le séjour qu'elle venait de faire en larve, il aurait pu lui servir de grandes vérités : « On apprend toujours des épreuves de la vie. » Sur un mode plus tendre, il l'aurait prise dans ses bras, cherchant à lui faire oublier l'horreur, lui signifiant avec émotion à quel point il s'était tracassé pour elle. Trouvait-il, comme elle-même dans le fond, qu'elle n'avait besoin ni de sermons ni de réconfort? Il lui avait répondu comme à une collègue: «Les juges t'aiment.» Tiens donc! Qu'advenait-il de leur impartialité?

— Qu'est-ce qu'ils veulent, les juges? s'exclama-t-elle.

— Il y en a plusieurs. Il n'ont pas à être tous du même avis.

De la dissension chez les juges?

— Ah? fit-elle pour en savoir plus.

Rel lui donna sa version des faits:

— Ils m'ont demandé de m'occuper des liens. C'était un honneur, certes, mais je ne l'avais pas recherché: j'ignorais pouvoir accomplir une telle tâche! Pour eux, cela semblait clair. Ils m'ont signifié leurs directives, avec des textes qui expliquent comment s'y prendre et quels sont les enjeux. Ils m'ont aussi donné de leurs instruments. De quoi faire des modèles, des simulations, mesurer le destin... Je me sentais apprécié! Ils voulaient un travail de qualité; j'y mettrais le temps qu'il faut. Fort bien.

Son expression de gamin qui a reçu de beaux jouets disparut:

— Regarde ce qui s'est passé! Ils m'ont juste assez inquiété pour que je te délègue auprès d'eux; ils se sont arrangés pour que tu tombes dans les pattes des fourmis dissidentes. Puis, quand tu as été rescapée, ils ont utilisé ta fonction de déléguée pour t'arracher des décisions sur les dossiers qu'ils venaient de me confier!

L'agacement de Rel se dévoila:

— Ils auraient pu dire tout de suite qu'ils voulaient garder le contrôle ! C'est de la provocation pure et simple !

— Tu n'es pas content, constata Lame, qui s'amusait.

— J'ai déjà réagi en m'installant ici ! Les liens, c'est dans l'Archipel que leur sort sera décidé, loin d'eux ! C'est peut-être ce qu'ils voulaient, en plus ! Ils perdent du terrain, mais si c'était leur désir ? Comment notre fin du monde les affecte-t-elle ? Sont-ils en train de se retirer du marché des enfers de ce coin-ci d'univers, pour être plus actifs ailleurs, où c'est plus calme ? Et certains agissent un peu vite, tandis que d'autres gardent davantage le sens de leurs responsabilités ?

— Impressionnant. Mais tu ne trouves pas ta réaction exagérée ?

— On ne dérange personne ici. Les habitants de ce monde-ci ne se rendent pas compte que nous y sommes. Nos camouflages fonctionnent. Des Sargades vont se joindre à moi, ce qui me réjouit fort. Je resterai ici le temps qu'il faut. Si les juges ne veulent pas des résultats que je leur remettrai sur les liens inter-mondes, qu'ils s'arrangent !

Son sens de la stratégie reprit le dessus :

— Non, ils doivent être divisés. Une faction regrette qu'on m'ait confié le dossier des liens ? Elle ne veut pas s'opposer directement aux autres ? Ils peuvent être très retors, entre eux comme avec nous.

Lame lui donna la réplique :

— Retors ?

— Le destin lui-même est retors, et c'est leur spécialité !

— Je les croyais messagers du destin, infaillibles en quelque sorte.

— Voyons, Lame.

— Je l'ai entendu dire.

— Le genre de version simple qu'on enseigne aux damnés, oui.

— Aux bourreaux aussi.

— C'est ce qu'on dit à tout le monde ! Ce n'est même pas faux !

Elle répliqua en apportant un élément dont elle était fière :

— Leurs méthodes sont infâmes, mais les fourmis ont leur parc.

Elle n'avait pas prévu la réaction de Rel :

— Leur parc ! Parlons-en ! Les juges veulent-ils que les anciens enfers conservent indéfiniment des liens avec les enfers mous et les enfers empoisonnés, que les fourmis et les guêpes qui y travaillent comme bourreaux gardent des droits de visite au parc ?

De nouveau, elle joua la naïveté :

— Comme ça, dans ta redistribution des liens, tu envisageais de rompre avec certains nouveaux enfers ?

— C'est là le point ! Regarde ce que les juges ont fait : avec ton parc, ils m'imposent des contraintes supplémentaires !

— Tu aurais pu le dire, en envoyant Sutherland, que tu ne voulais pas de concessions territoriales.

— Lame, franchement, j'avais autre chose en tête.

Elle en vint à ce qui, pour elle, constituait le cœur du sujet :

— Il y a tout de même la question des terres ancestrales. Le sud-est des anciens enfers, pour les fourmis, c'est un peu l'Archipel pour toi.

— Ton parc renforce leur sentiment, qui autrement aurait fini par disparaître. Si on le leur enlève à présent, ça va causer un scandale.

— Tu ne vois que cet aspect ?

— C'est un élément de l'ensemble.

— Ce parc, j'y tiens. Si je n'avais pas été larve, je ne comprendrais pas.

Au mot larve, Rel explosa :

— C'est ça le plus scandaleux ! Pourquoi s'en sont-ils pris à toi ? Tu étais innocente !

— J'avais quand même tué quelques fourmis, jadis.

Rel hocha la tête avec ironie.

— Je dois dire que c'était brillant de leur part. Déterrer cette peccadille, pour que tu acceptes qu'on te transforme en larve !

— Si je m'y étais opposée, ça n'aurait pas donné grand-chose.

— Tu te serais calmée moins vite. Ils auraient eu plus de mal à te plonger dans tes souvenirs, puis à te faire signer le papier. Autrement dit, les risques d'échec de l'entreprise auraient été trop importants. Et surtout, sans motif valable pour te sauter dessus, ce qu'ils commettaient étaient un crime gratuit. Ça, ils ne le voulaient pas, parce que ça se paie cher. Non, ils sont retors.

Il réfléchit, puis continua :

— Je vois d'ici ce qui a dû se passer. Premier tableau : les fourmis dissidentes, qui croupissent dans leur fond de désert en refusant de contacter quiconque, amères, aigries, ressassent des rêves de grandeur en mâchonnant des bouts de larve recyclée. Deuxième scène : un juge se présente chez elles, avec ton dossier. Il leur indique le détail fatal, l'écrasement de fourmis par ton pied d'enfant dans un passé reculé. Elles se sentent valorisées. Un juge les a remarquées, pour leur confier la tâche importante de châtier l'épouse du roi des enfers. Les fourmis se préparent à accueillir enfin une nouvelle larve, toi. Il avait pourtant été entendu que les anciens enfers ne serviraient plus à ça ! Violation patente des accords qu'elles ont passés avec moi ! Elles ne se posent pas de question, parce que dans le fond le contact avec moi ne compte pas beaucoup, comparé à celui qu'elles ont avec les juges. Ne les servons-nous pas tous ? Troisième étape : les juges conspirateurs tripotent notre état d'esprit, surtout le tien, pour que tu viennes, un beau jour, tomber dans le piège des fourmis dissidentes !

— Et le juge qui m'a rendu visite, il est de quel côté ?

— Je ne sais pas. Son comportement arrangeait les deux camps. Quand il t'a rencontrée, les fourmis montaient la garde et tu n'étais pas très lucide. Il t'a fait deviner que Montréal était ton lieu d'origine, pour que tu ne perdes pas de temps et que tu évolues plus vite. Les oiseaux sont très influençables par les juges ; c'est probablement encore lui qui a ensuite suggéré à Tryil d'aller errer dans ton voisinage, pour te découvrir. Tryil avait une dette envers toi. Plus facile d'être attiré par ses dettes que par ses goûts, en enfer.

Rel s'interrompit, puis il s'exclama :

— Voulaient-ils m'atteindre ! Ils ont réussi ! J'aurais préféré cent fois que ce soit moi, la larve, au lieu de toi !

Ravie de sa réaction, Lame aborda l'autre décision qu'elle avait prise :

— En tout cas, ensuite, le choix pour Montréal, je l'ai fait librement.

Rel était d'un autre avis :

— Tu parles ! La documentation sur Montréal m'est arrivée l'autre jour, et Tryil m'a fait son rapport. Le juge ingénieur s'est débrouillé pour que tu choisisses de garder ouvert le lien avec Montréal.

— Comment ?

— Il t'a fait évoquer toutes sortes de souvenirs.

— Cela me semblait de bonne guerre.

— Tu étais encore fragile, et furieuse contre lui ! Tu ne t'es pas rendu compte ! Penses-y. Il t'a relancée sans cesse là-dessus, pendant votre rencontre. À la fin, tu mourais d'envie de savoir ce que deviendraient ta ville, ton pays et, pourquoi pas, les enfants qui avaient joué dans la cour derrière chez toi.

— C'est vrai, avoua Lame. Il m'a eue avec le Titanic.

— Voilà. Il a fait pencher la balance du côté qui lui plaisait. Quel intérêt un juge ingénieur peut-il trouver à ce que les anciens enfers demeurent liés à Montréal ? Veut-il installer un autre lien expérimental dans le puits ?

— Ça ne tirerait pas à conséquence.

— Tout dépend pour qui.

Rel semblait attristé. Lame lui fit signe de s'exprimer davantage.

— Dans l'état de mes études, dit-il, j'ai l'impression qu'on ne pourra pas maintenir longtemps un lien avec Vrénalik et un autre avec Montéal : ça fait trop de liens fixes concentrés au voisinage d'Arxann, pour des mondes en réalité éloignés les uns des autres. On a redécouvert la porte d'Arxann, on s'est mis à l'utiliser après des millénaires d'abandon. Tout cela a pu contribuer à abîmer la voûte et le lien avec Montréal.

— Alors, ce n'était pas la fin du monde qui causait les lézardes ?

— Elle y était peut-être pour quelque chose.

— Je vois. En tout cas, un jour tu ne pourrais plus venir ici ?

— Voilà. Je ne sais pas combien de temps ça va tenir. C'est vraiment bien, mais ça crée des tensions.

Si les juges installent un lien tout neuf avec Montréal, c'est sans doute la porte d'Arxann qui va céder en premier. En privilégiant Montréal au détriment de Vrénalik, certains juges veulent-ils me contrarier ? Tout cela constituerait-il une menace voilée à mon égard ? Dois-je la prendre au sérieux ?

Lame était excédée par ces révélations et ces hypothèses :

— C'est tout de même fort ! Tu prenais des vacances tandis que j'ai préféré rentrer chez nous. Quoi de plus banal ! Mais non ! Tes vacances deviennent un séjour permanent : tu vas travailler à Vrénalik. De mon côté, au lieu de me retrouver à la maison, il m'arrive une mésaventure ahurissante, par laquelle je règle par inadvertance le sort de trois ou quatre mondes !

Elle se sentit découragée :

— J'ai gaffé. Je m'en veux. Est-ce que ça vaut la peine que je rentre aux enfers ? Que je garde l'implant qui fait de moi ta déléguée ? Qu'est-ce que les juges me réservent ? Quelle autre erreur ont-ils l'intention de m'amener à commettre ? Tu dis qu'ils m'aiment ?

Rel en fut troublé :

— Qui suis-je pour t'adresser des reproches, après ce que tu viens de traverser ! Garde ou non l'implant, rentre ou non aux enfers. Je ne sais plus quoi te conseiller !

Il ajouta, avec une nuance menaçante dont la soudaineté effraya Lame :

— Par contre, une chose est claire. Les juges et les fourmis – quiconque a ses torts dans cette histoire – paieront tôt ou tard, comme tout le monde !

Il garda le silence un moment. Le blizzard s'arrêta net. Lame en était impressionnée. Alors Rel se radoucit. Ils se regardèrent : un vieux couple qui roulait sa bosse depuis des siècles, une relation qui tenait autant de l'amour que de la haute voltige.

— On pourrait toujours demander aux juges de réviser mes décisions, se hasarda à dire Lame.

Mais déjà Rel considérait la situation d'un autre angle :

— Ces liens, qui relient les anciens enfers à Montréal, aux enfers mous et aux enfers empoisonnés, il vaut peut-être mieux qu'ils demeurent ouverts. Après tout, les juges sont justes, la plupart du temps ! On peut voir l'épisode comme une épreuve de force entre mes souvenirs et les tiens. Vrénalik se détacherait éventuellement d'Arxann, tandis que Montréal y resterait unie. En fait, rien de plus normal. D'une vie à l'autre, souvent les liens d'affection périssent. Par contre les dettes, les problèmes non réglés se conservent. Ta relation à Montréal, à ta culture, à ton pays et à son passé, était assez conflictuelle pour que votre lien se réaffirme, tôt ou tard.

Lame objecta, brodant sur le même sujet :

— Ce lien ne concerne que moi ! Verrais-tu ça, si chaque damné déterminait des liens inter-mondes au gré de son mal de vivre ? Pourquoi ma vie personnelle aurait-elle des conséquences à si vaste échelle ?

Rel haussa les épaules :

— Eh bien, Lame, bienvenue sur le devant de la scène ! Jadis tu t'es sortie des enfers mous, ce qui aurait pu n'être qu'un heureux hasard. Puis tu m'as sauvé la vie, ce qui était crucial pour l'avenir des enfers. Moi, l'héritier de la dynastie infernale, je t'ai prise pour épouse, te plaçant ainsi dans un rôle public. Maintenant les juges t'aiment ; ce sera délicat à gérer. Tu t'es tirée une deuxième fois des enfers mous, ce qui confirme ton caractère exceptionnel. Autant d'indicateurs que tes actes résonnent beaucoup plus loin que ta petite personne. Que veux-tu, il faudra que tu t'y fasses !

Lame soupira. Au moins, il lui restait un motif de réjouissance :

— Je ne vais pas m'éterniser ici. J'ai hâte d'aller voir les larves, aux nouveaux enfers mous. Je veux vraiment m'en occuper, maintenant que je sais par quoi elles passent.

La réaction de Rel fut enthousiaste :

— Tu penses que tu pourrais leur parler ?

— Avec Tryil, oui. Sutherland essayera de former d'autres oiseaux : il faut une relève. C'est notre projet.

— Le travail sur le terrain, quand on sait comment agir, c'est tellement plus agréable que la planification et les décisions. Là, tu me fais plaisir.

Après un long silence, il insista :

— Vraiment plaisir, répéta-t-il, comme s'il lui révélait un secret.

Lame ne s'y trompa pas.

— Je resterai avec toi le temps qu'il faut pour renouer pleinement, dit-elle. Ce que je vis maintenant me semble encore un rêve. J'attends que tu disparaisses, comme si tu étais un fantôme d'ancêtre ! Quand j'étais larve, j'avais abandonné l'espoir de te revoir un jour. Il était plus réaliste de te croire hors d'atteinte. Un peu comme ce qui se passe après la mort.

— Ça m'a brisé le cœur que tu m'aies oublié si vite. Puis j'ai compris.

— Par contre, dit-elle avec émotion, tu m'avais donné assez d'amour pour que je puisse accepter ce qui m'arrivait. Le code d'ouverture et plus tard les anciens bijoux, c'étaient des preuves d'amour un peu accessoires. Même si je ne m'en occupais pas, je ressentais, au présent, un amour mutuel.

Elle sentit ses cheveux voler dans les bourrasques et se parsemer de neige. Le vent la caressait, comme Rel lui-même n'osait pas encore le faire. Elle se souvint que les sorciers de Drahal avaient su commander aux vents. Il avait étudié avec eux.

— Lame, si tu savais, commença-t-il.

Il ne termina pas.

Elle reprit, déterminée à aller au bout de sa pensée :

— J'en avais à peine conscience, mais cette sensation d'affection partagée était toujours présente. Si j'ai pu devenir l'amie des fourmis, c'est parce que moi-même j'avais été aimée. C'est grâce à toi si j'ai tenu le coup.

Rel protesta :

— Je n'ai même pas pu aller t'aider ! Ce qui t'arrivait me faisait si mal que je ne pouvais pas me résoudre à m'approcher de toi !

— Ça n'a pas d'importance. Tu as délégué. Ça a marché.

— Sans doute, dit-il en reprenant sa prestance. En demeurant à l'écart, j'ai laissé entendre que je dominais la situation. En particulier, j'ai minimisé les contacts avec Tryil : les pensées de celui qui dirige n'appartiennent qu'à lui. Ma performance a donné confiance aux autres.

Lame sourit :

— Elle n'a trompé personne ! Je n'étais pas encore détachée, déjà je savais que tu te faisais un sang d'encre. C'est l'une des premières choses que Sutherland et Tryil m'ont apprise.

Rel trouva quoi répondre :

— Ah. Croire que je donnais le change m'aura au moins aidé à tenir le coup. Bon, le résultat est là, grâce à tous ceux qui l'ont rendu possible, surtout Sutherland. Quel travail exceptionnel ! Et ces fourmis qui t'ont détachée ! C'est toujours un privilège pour moi d'avoir pour alliés des êtres aussi talentueux.

Il regarda Lame avant de continuer :

— Pourtant, une chose est claire. Avant qu'ils aillent à toi, tu as résisté seule. Tu aurais pu continuer indéfiniment. Quand j'ai compris à quel point tu t'étais adaptée, j'ai presque regretté qu'on t'ait interrompue.

— Si ce n'avait pas été vous, les juges se seraient arrangés autrement : ils me trouvaient prête à leur fournir une réponse !

— Ça les arrangeait que nous nous chargions du travail, c'est vrai. On l'a su après coup. Mais si on l'avait su avant, ça n'aurait rien ralenti !

— Vous aviez peur que je sois de plus en plus folle.

— C'est ce qui arrive aux larves, en général. Si tu établis le contact avec elles, tu t'en rendras compte. Arme-toi de psychologie et de patience.

— Tu crois que je pourrai faire une différence ?

— Tu entreras en territoire inconnu et tu es la mieux placée pour le faire. On ne sait pas grand-chose des larves. Tu as fait bonne figure quand tu étais l'une d'elles. Ça augure bien, au moins pour certaines autres. Mais je me demande comment tu as fait !

— Parce que tu m'as aimée.

— Ou encore parce que tes parents, tes ancêtres, tes amis de ta vie précédente et actuelle t'ont aimée, eux aussi. Même si les morts n'étaient plus là, même si tu as eu des relations difficiles avec eux, quelque chose de leur affection s'est transmis, de génération en génération, jusqu'à faire partie intégrante de ta personne. Cette base-là existe pour à peu près tout le monde. On peut compter dessus.

Sa remarque avait quelque chose de sentencieux. Lame, encore prompte, n'entendait pas recevoir de leçon :

— C'est tout de même à moi de savoir comment interpréter ma vie ! Si je veux te faire jouer le beau rôle, ça te gêne ?

Mais Rel tenait à son point de vue :

— Interpréter sa vie, si elle promet d'être longue, c'est un processus. Je ne suis pas le seul à t'avoir aidée.

— Mêle donc les juges à ça, pendant que tu y es ! Selon toi, ils m'aiment ! Je m'en serais tirée à cause d'eux ?

— Ils ne voulaient certainement pas que tu y restes !

Ils se toisèrent. Lame demanda :

— Pourquoi veux-tu tempérer ma gratitude ? Tu préférerais que je t'aime moins ?

— Jamais, dit Rel.

Sans se laisser distraire par le vent qui faisait des siennes, Lame reprit le cours premier de sa pensée :

— J'ai de la gratitude pour toi, il faudra que tu t'y fasses. On m'a reproché d'avoir passé mes ancêtres en jugement. C'était la seule façon que j'avais d'établir un lien, même imaginaire ou négatif, avec là d'où je viens. Eh bien, la nécessité d'un tel lien avec mon passé, mon pays, ma culture, c'est toi qui me l'avais fait comprendre, avec ta façon de parler de ton père.

Il baissa les yeux, embarrassé. Elle poursuivit :

— Dis-moi, Rel, les Européens auraient quand même dû rester chez eux, plutôt que de coloniser les Amériques ?

Il réfléchit. Lame admira son profil aux traits accusés, éclairé par la plaine lumineuse. Ici, elle sentait le froid et la neige sans en être incommodée. De même, elle jouissait du débat avec Rel sans se trouver menacée.

Finalement, il se prononça :

— J'ai commencé à me documenter. Une colonisation, c'est une grosse guerre. Ça engendre beaucoup de tragédies et de damnés, sur le coup et dans les siècles qui suivent – tu en es un exemple.

— Je suis une victime de l'arrivée des Blancs en Amérique du Nord ?

— Une parmi d'autres, la plupart plus gravement touchées que toi. En une époque plus stable, tu aurais peut-être découvert des valeurs qui t'auraient dit quelque chose. Quoique, des marginaux, il y en a toujours. En tout cas, dans ta vie précédente, tu n'étais pas une exception. Isolée, découragée, en un instant de déséquilibre ta haine s'est déclenchée contre toi-même. Tu as payé le prix aux enfers. Les damnés, ce sont d'abord des perdants. Ce qu'ils ont fait, c'est s'assurer un avenir désagréable, ni plus ni moins.

— Le châtiment n'est pas un blâme ?

— Jamais. Le criminel dans une vie est victime dans une vie suivante. Souvent ça alterne, en des cycles de vengeance de plus en plus embrouillés. Il y a des moyens de prévenir et de réformer. En leur absence, les choses suivent leur cours. Les remous d'une colonisation, ce qui l'entoure, ce qui s'ensuit, tout cela crée des siècles de déséquilibre. Tu es au nombre des victimes. Mais il n'y a pas que vous. Une fois le mouvement d'émigration enclenché, qui a eu raison de partir ou de rester ? Si les deux Amériques étaient demeurées un beau parc sauvage, tout irait-il mieux ? Le bilan total est-il positif ou non ?

— Négatif, il me semble.

— Peut-être, mais c'était difficile à empêcher.

Il y eut un silence. Lame avait abordé tous les sujets qu'elle voulait. Les réponses de Rel la satisfaisaient. Elle goûta un moment de tranquillité.

Puis Rel se plaça devant elle :

— Lame, regarde-moi. Je provoque des bouleversements, comme tes ancêtres. Je l'ai déjà fait, je m'apprête à recommencer. C'est ma vie. J'ai déménagé des enfers, je vais décider de liens inter-mondes. Plus tard, des gens comme toi se tueront peut-être, à cause des conséquences à long terme de mes décisions. Il m'appartient de minimiser les pertes, de choisir la solution la moins risquée. Je ne pourrai jamais empêcher tous les drames.

Il en vint au fait:

— Tu n'es plus une ancienne damnée fragile, à qui on ménage une vie retirée. Notre relation change, parce que tu mûris. Ce qui te dérange en moi, tu le verras de plus en plus. Je ne suis pas un amant apprivoisé, qui te protège. Taïm Sutherland aurait pu l'être.

— Il me protège, d'ailleurs. Il aurait plu à mes ancêtres, avec son nom écossais, son allure souriante et sa sincérité. Il est équilibré et ne prête pas à controverse. Nous sommes vraiment amis.

— Moi, j'ai les mains sales, un peu comme un juge. Veux-tu de moi quand même?

Ele n'hésita pas:

— Ceux qui sont encore incapables d'agir comme toi gardent leurs mains blanches et mûrissent sans être détruits. Tes os sont noirs parce que tu travailles depuis si longtemps. C'est toi que j'aime, Rel.

Il la contempla, très sérieux:

— Tu es plus forte que moi. Ce que tu as fait, jamais je n'y serais arrivé.

— J'en doute, répondit-elle d'une voix soudain émue.

Un déluge de souvenirs d'ancêtres et d'entrailles s'abattit sur elle. Il fallait partager avec Rel ce qu'elle avait vécu. Sutherland et Tryil lui avaient fait leur rapport ; mais elle devait fournir un témoignage personnel. Par où commencer ? Par des symboles ? Des jeux de mots ? Ce registre-là l'attirait :

— Devenue larve, dit-elle, j'ai trouvé l'or des ordures, l'or de l'horreur et l'or des orgies. À Vrénalik, Taïm a trouvé l'or de la mort et l'or des ordres. Le monde est plein d'or, dont on se méfie. On regarde cet or, il devient espace. Rel, que sais-tu de l'or ?

Il ne répondit pas. L'avait-elle dérouté par cette déclaration étrange ? L'énergie qu'elle ressentait était difficile à maîtriser. Tout son corps exultait d'avoir retrouvé la liberté et son esprit s'emportait facilement. Elle regarda la poudrerie, joyeuse et volatile comme ses pensées.

Il suivit son regard.

— Tu aimes ? fit-il.

— Oui, admit-elle. Je viens d'un pays qui ressemble à ça. Les soirs d'hiver, je m'emmitouflais pour sortir. Personne ne remarquait ma taille. Je pouvais oublier qui j'étais.

— C'est vrai, dit Rel d'une voix serrée, tu t'es tuée au printemps.

Elle hocha la tête.

— C'est comment, Montréal ? demanda-t-il.

— La température, ce soir, me la rappelle.

— Le fleuve tout autour, il forme une banquise comme ici ?

— On l'en empêche. Il faut que les bateaux passent.

Elle se souvint du Saint-Laurent en hiver, qu'elle avait souvent regardé, seule, au bout d'un quai. Les travaux d'aménagement du nouveau lien inter-mondes vers Montréal venaient de commencer. Quand elle l'utiliserait, ce serait pour retrouver, en haut des anciens enfers, une bonne partie de ce qu'elle y avait

connu, puisque le temps de Montréal s'était écoulé
au ralenti.

— As-tu l'intention d'essayer de renouer avec des
gens de ta vie précédente ? lui demanda Rel.

Lame soupira. Le destin était retors. Elle obtien-
drait une sorte d'accès à son passé. Rare privilège.
Rel et ses compagnons, eux, avaient trouvé de la
glace au lieu de l'Archipel.

— Montréal et moi, répondit-elle, c'est comme
les Sargades et toi.

Elle décrivit à Rel le fleuve, la nuit, avec les glaces
qui dérivent sur l'eau où scintillent les lumières de
l'île Sainte-Hélène. Au temps de sa vie précédente,
l'île avait été un parc. Un siècle plus tôt, toutefois,
c'était une prison et un camp militaire. À cette époque, il n'y avait pas eu de pont sur le fleuve. En hiver,
l'île avait été coupée de tout. Les hommes au cachot
n'avaient eu aucun chauffage. Il y avait eu un enfer
froid en face du port.

— L'aspect horrible de Montréal, dit-elle, je ne
l'oublierai jamais.

— Ça, ça vaut de l'or, murmura Rel.

Alors, seulement, elle eut envie de lui effleurer
la main.

RÉUNION

C'était le court été polaire. Il y avait des nuages de mouches et de moustiques sur toute l'île de Strind, rendue marécageuse par la neige fondue au-dessus du permafrost. Bien sûr les infernaux, à l'épreuve de ces ennuis comme de bien d'autres, ne se faisaient pas piquer et n'étaient pas incommodés par la boue. Tout s'était bien déroulé. L'installation de Rel était terminée au centre de l'île. Il était prêt à commencer son travail sur les liens inter-mondes

Par mesure exceptionnelle justifiée par l'importance de l'enjeu, trois jeunes savants sargades avaient obtenu la permission de se débarrasser de leur grappe de damnés pour se joindre à lui. Ils étaient arrivés à la nage, pour courir jusqu'ici. Ils venaient d'arriver. La chevelure encore mouillée par la traversée des mers, ils étaient cependant vêtus impeccablement. Leur expression d'intelligence perspicace était accentuée par leur fierté visible d'être enfin libres de damnés qui les suivaient partout.

Leurs ancêtres, qui avaient pu traverser la porte verte, avaient su vivre au temps de Vrénalik. Eux-mêmes s'y étaient plus rapidement adaptés que quiconque ; sans doute avaient-ils des trucs. Par contre, ils avaient été escortés par cinq gouverneurs infernaux essoufflés qui, eux, n'avaient rien voulu savoir du décalage temporel ; Tryil traduisait pour eux. Ayant eu l'impression que Rel allait dire quelque chose d'important, ces gouverneurs avaient tenu à venir. Ils ne passeraient qu'un minimum de temps dans cet environnement qui, à cause de leur absence d'adaptation, tenait à la fois des enfers mous, des enfers froids et des enfers empoisonnés.

Le gouverneur des enfers de vitesse conta une anecdote, relayée par Tryil à Sutherland qui la partagea avec les autres. Ce gouverneur avait été le dernier à franchir la porte d'Arxann pour venir ici. Juste avant, alors qu'il traversait les ruines aux anciens enfers, il avait rencontré un juge, qui lui avait demandé :

— Quand Rel revient-il ? Il devrait bientôt se mettre à travailler sur les liens inter-mondes.

— Il a déjà commencé, avait répondu le gouverneur. Ses instruments et ses données sont à Vrénalik, avec ses gardes et ses conseillers sargades. Je doute qu'il rentre aux enfers avant d'avoir fini.

Ainsi, c'était seulement aujourd'hui que les juges se rendaient compte de ce qui s'était passé. Cela amusa tout le monde.

On s'installa pour la réunion proprement dite. Sutherland, qui repartirait bientôt avec Lame et Tryil vers les enfers, s'assit à gauche de Rel. Il lui avait remis la broche ancestrale mais, avec sa permission, il continuait à porter la bague, ce qui était contraire aux coutumes infernales. Les gouverneurs, il l'avait noté, voyaient en cela une marque d'arrogance. Il ressentait pourtant l'envie de la porter. Le travail aux enfers mous ne serait pas facile ; la bague lui donnait confiance. Il remarqua, en face de lui, le sbire Taxiel et l'oiseau Tryil. La tête tournée dans la même direction, ils fixaient les Sargades d'un air soupçonneux. Quel pari Rel avait-il pris en les invitant ici ? Cependant Lame, à droite de Rel, regardait l'un des Sargades avec une expression très douce. Sutherland l'observa à son tour : jeune homme un peu chauve, il avait un air distrait et poétique. Il ressemblait à Séril Daha.

Alors que Rel allait se mettre à parler, des oiseaux de l'Archipel arrivèrent. Ils avaient interrompu leur chasse aux moustiques pour venir ici. Ils se posèrent autour de Tryil, foule caquetante qui se calma rapidement. On avait soudain l'impression d'une grande assemblée. Des fantômes de Montréal et de Vrénalik étaient-ils au rendez-vous ?

Un des gouverneurs mit son enregistreuse en marche : le discours, qui serait ralenti pour pallier le décalage temporel, serait disponible en enfer.

— Tout tombe juste, déclara Rel en substance. S'il y a des dissensions parmi les juges, nous n'avons pas à en être curieux ni à prendre parti. S'il y a des dissensions parmi nous, puissent-elles se résorber. Nos tâches sont clairement définies et en valent la peine. Accomplissons-les avec cœur. Je suis heureux de travailler avec des gens aussi qualifiés et responsables que vous qui êtes ici, et que tous mes collègues bourreaux et bonnes âmes demeurés aux enfers. Le contact avec vous demeurera ouvert. L'avenir s'annonce bien.

Il invita Lame à dire quelques mots.

— En devenant larve pour quelques mois, dit-elle, j'ai vécu une aventure hors du commun. Grâce à cela, je saisis mieux ce que j'ai à faire. Rel s'installe ici, dans l'Archipel qu'il aime. Je continuerai à le représenter auprès des juges, mais ma principale activité sera auprès des larves. J'assurerai également un lien avec Montréal, où s'est déroulée ma vie précédente. Puisse le reste du monde profiter de notre harmonie.

La réunion terminée, les oiseaux s'envolèrent. Les gouverneurs prirent congé de Rel et repartirent. Les savants et les assistants se retirèrent avec Taxiel dans leurs tentes. Il faisait nuit. Rel demeura dehors avec Lame, Sutherland et Tryil, qui se dirigeraient bientôt vers la porte d'Arxann. Ils regardèrent les étoiles.

Sutherland dit ce qui lui tenait à cœur :

— Un jour, je voudrais lier contact avec les gens ordinaires qui habitent ce monde-ci. Nous sommes chez eux sans même qu'ils s'en doutent ! Mais j'ai déjà été l'un des leurs.

— Garde ton projet à l'esprit, répondit Rel. En temps voulu, l'occasion pourrait se présenter.

ÉPILOGUE

En haut, Montréal, au milieu, les enfers, en bas Vrénalik, le nord le plus étincelant. La peur de descendre, celles de souffrir et de devenir fou se concrétisent : c'est l'enfer. Mais au-delà, toujours, encore plus creux, l'infini d'un pays venteux et libre, en image inverse du premier.

En haut, Vrénalik, en dessous, les enfers et, plus bas encore, Montréal. La peur de l'opaque, celles de l'incompréhension et du néant deviennent réalité : c'est l'enfer. Mais au-delà, toujours, encore plus profond, le déploiement d'une ville insulaire et riche, en image inverse de l'Archipel.

Si le mouvement vertical fait craquer des voûtes et ébranle des empires, c'est naturel. Le passage aux enfers s'effectue rarement sans peine. Mais l'affection qui unit Sutherland de Vrénalik, Rel des enfers et Lame de Montréal en a vu d'autres. L'équilibre demeure stable et l'alignement parfait. Quand il se défera en triangle, ce sera l'étape suivante.

Voilà comment négocier une fin du monde avec style.

Daxiade, encore appelée
Livre des Filles de Chann,
chapitre 3

ESTHER ROCHON...

... est venue tôt à l'écriture puisqu'en 1964, âgée d'à peine seize ans, elle obtenait, ex aequo avec Michel Tremblay, le Premier Prix, section Contes, du concours des Jeunes Auteurs de Radio-Canada.

Depuis, elle a publié de nombreux ouvrages qui lui ont valu, entre autres, trois fois le Grand Prix de la science-fiction et du fantastique québécois.

Née à Québec, habitant Montréal depuis fort longtemps, Esther Rochon a fait des études supérieures en mathématiques tout en devenant une fervente adepte de la philosophie bouddhiste.

« L'Autre » Littérature Québécoise !

➡ ### FANTASY

ROCHON, ESTHER

002 • *Aboli* (Les Chroniques infernales –1)

Une fois vidé, l'ancien territoire des enfers devint un désert de pénombre où les bourreaux durent se recycler. Mais c'étaient toujours eux les plus expérimentés et, bientôt, des troubles apparurent dans les nouveaux enfers...

007 • *Ouverture* (Les Chroniques infernales –2)

La réforme de Rel, roi des nouveaux enfers, est maintenant bien en place, et les damnés ont maintenant droit à la compassion et à une certaine forme de réhabilitation. Pourtant Rel ne se sent pas au mieux de sa forme. Son exil dans un monde inconnu, sorte de limbes accueillant de singuliers trépassés, pourra-t-il faire disparaître l'étrange mélancolie qui l'habite ?

014 • *Secrets* (Les Chroniques infernales –3)

Avant d'entreprendre son périlleux voyage au pays de Vrénalik, Rel, le roi des nouveaux enfers, veut partager avec son peuple les terribles événements qui ont parsemé son enfance et sa jeunesse. Les secrets qu'il révèlera à la foule venue l'entendre seront pour le moins stupéfiants...

013 • *Le Rêveur dans la citadelle*

En ce temps-là, Vrénalik était une grande puissance maritime. Pour assurer la sécurité de sa flotte, le chef du pays, Skern Strénid, avait décidé de former un Rêveur qui, grâce à la drogue farn, serait à même de contrôler les tempêtes. Mais c'était oublier qu'un Rêveur pouvait aussi se révolter...

022 • *L'Archipel noir*

Quand Taïm Sutherland arrive dans l'Archipel de Vrénalik, il trouve ses habitants repliés sur eux et figés dans une déchéance hautaine. Serait-ce à cause de cette ancienne malédiction lancée par le Rêveur et sa compagne, Inalga de Bérilis ?

018 • *Tigane -1*   019 • *Tigane -2*

Le sort de la péninsule de la Palme s'est joué il y a vingt ans
lorsque l'armée du prince Valentin a été défaite par la sorcellerie de Brandin, roi d'Ygrath. Depuis lors, une partie de
la Palme ploie sous son joug, alors que l'autre subit celui
d'Alberico de Barbadior. Mais la résistance s'organise enfin ;
réussira-t-elle cependant à lever l'incroyable sortilège qui
pèse sur tous les habitants de Tigane ?

024 • *Les Lions d'Al-Rassan*

Tout a commencé lorsqu'Ammar ibn Khairan a assassiné
le dernier khalife d'Al-Rassan. Affaiblie et divisée, la con-
trée redevint alors la convoitise des royaumes jaddites du
Nord et de Rodrigo Belmonte, leur plus célèbre chef de
guerre. Mais un exil temporaire réunira à Ragosa les deux
hommes et leur amitié – tout comme leur amour pour Jehane
bet Ishak – changera à jamais la face du monde...

➡ # SCIENCE-FICTION

VONARBURG, ÉLISABETH

003 • *Les Rêves de la Mer* (Tyranaël –1)

Eïlai Liannon Klaïdaru l'a « rêvé » : des étrangers viendraient
sur Tyranaël... Aujourd'hui, les Terriens sont sur Virginia
et certains s'interrogent sur la disparition de ceux qui ont
construit les remarquables cités qu'ils habitent... et sur cette
mystérieuse « Mer » qui surgit de nulle part et annihile
toute vie !

004 • *Le Jeu de la Perfection* (Tyranaël –2)

Après deux siècles de colonisation, les animaux de Virginia
fuient encore les Terriens. Pourtant, sous un petit chapiteau,
Éric et ses amis exécutent des numéros extraordinaires avec
des chachiens, des oiseaux-parfums et des licornes. Le vieux
Simon Rossem sait que ces jeunes sont des mutants, mais
est-ce bien pour les protéger qu'il a « acquis » la possibilité
de ressusciter ?

005 • *Mon frère l'ombre* (Tyranaël –3)

Une paix apparente règne depuis quelques siècles sur
Virginia, ce qui n'empêche pas l'existence de ghettos où
survivent les "têtes-de-pierre". Mathieu, qui croit être l'un
d'eux, s'engage dans la guerre secrète qui oppose les "Gris"
et les "Rebbims", mais sa quête l'amènera plutôt à découvrir le pont menant vers le monde des Anciens...

010 • *L'Autre Rivage* (Tyranaël –4)

Lian est un lointain descendant de Mathieu, le premier sau-
teur d'univers virginien, mais c'est aussi un "tête-de-pierre"

qui ne pourra jamais se fondre dans la Mer. Contre toute attente, il fera cependant le grand saut à son tour, tout comme Alicia, l'envoyée du vaisseau terrien qui, en route depuis des siècles, espère retrouver sur Virginia le secret de la propulsion Greshe.

012 • *La Mer allée avec le soleil* (Tyranaël –5)

La stupéfiante conclusion – et la résolution de toutes les énigmes – d'une des plus belles sagas de la science-fiction francophone et mondiale, celle de Tyranaël.

017 • *Le Silence de la Cité*

À l'heure des Abominations, des scientifiques se sont repliés dans la Cité pendant qu'à l'extérieur les hordes de mutants retournaient à l'état sauvage. Dernière enfant dans la Cité, fruit des expériences génétiques de Paul, Élisa apprend à connaître ses facultés d'autorégénération et reprend à son compte le projet des généticiens : réensemencer la race humaine, à l'extérieur de la Cité trop dorée et corruptrice, et lui transmettre ses nouveaux pouvoirs.

PELLETIER, FRANCINE

011 • *Nelle de Vilvèq* (Le Sable et l'Acier –1)

Qu'y a-t-il au-delà du désert qui encercle la cité de Vilvèq ? Qui est ce « Voyageur » qui apporte les marchandises indispensables à la survie de la population ? Et pourquoi ne peut-on pas embarquer sur le navire de ravitaillement ? N'obtenant aucune réponse à ses questions, Nelle, une jeune fille curieuse éprise de liberté, se révolte contre le mutisme des adultes...

016 • *Samiva de Frée* (Le Sable et l'Acier –2)

Apprentie mémoire, Samiva connaissait autrefois par cœur les lignées de Frée. Elle a cru qu'elle oublierait tout cela en quittant son île, dix ans plus tôt, pour devenir officier dans l'armée continentale. Mais les souvenirs de Frée la hantent toujours, surtout depuis qu'elle sait que le sort de son île repose entre ses mains...

020 • *Issa de Qohosaten* (Le Sable et l'Acier –3)

Devenue la Mémoire de Frée, Samiva veut percer le mystère des origines de son peuple. Mais son enquête la mènera beaucoup plus loin qu'elle ne le croyait, jusque sur la planète dévastée des envahisseurs. Et c'est là, en compagnie de Nelle, qu'elle découvrira enfin la terrible vérité...

VOUS VOULEZ LIRE DES EXTRAITS
DE TOUS LES LIVRES PUBLIÉS AUX ÉDITIONS ALIRE ?
VENEZ VISITER NOTRE DEMEURE VIRTUELLE !

www.alire.com

Or
est le vingt-cinquième titre publié
par Les Éditions Alire inc.

Il a été achevé d'imprimer
en mars 1999 sur les presses de

ranscontinental
IMPRESSION
IMPRIMERIE GAGNÉ

IMPRIMÉ AU CANADA